seremos mentirosos

e. lockhart

seremos mentirosos

Traducción del inglés de
Jaime Valero

Papel certificado por el Forest Stewardship Council®

Título original: *We fell apart*

Primera edición: noviembre de 2025

Printed in Spain – Impreso en España

ISBN: 978-84-19868-58-9
Depósito legal: B-16.350-2025

Compuesto por José María Díaz de Mendívil Pérez
Impreso en Romanyà Valls, S. A.
Capellades (Barcelona)

SI 6 8 5 8 A

Para Daniel

N
SOUTH ROAD
Mercedes
Garaje
Casita de
la piscina
Torre del Pergamino
Matilda
Brock
Puerta
principal
Solarium
Piscina
Torre de la Perla
June y Kingsley
Despacho
Acantilado
Escalera del
acantilado

MAPA DE
Hidden Beach
WEST TISBURY, MASSACHUSETS
Charcosombrío
rre de la Tiza
Torre
del Hueso
Estudios
de arte
Zona de picnic
Ducha al aire libre
Zaguán
Playa

Índice

Queridos lectores:

Seremos mentirosos es una historia independiente. Puede leerse y comprenderse del todo por sí sola.

No obstante, está ambientada en el mismo mundo que mis novelas *Éramos mentirosos* y *Una familia de mentirosos*. Aquí se revelan algunos detalles de la trama de esas obras.

He escrito este libro con cariño, gasolina y una pizca de pimienta... para ti. Estoy en deuda contigo.

E. Lockhart

PRIMERA PARTE

Matilda

1

Era un mal sitio para enamorarse.

En una finca llamada Hidden Beach, un castillo de madera en la cima de un risco monstruoso. Era un lugar repleto de

barbacoas, protector solar, guitarras acústicas y zambullidas a medianoche.

Pintura al óleo, escaramujos intrusivos. Perros hambrientos.

Dibujos sobre la piel, mentiras atroces y

tardes interminables junto a la orilla del mar.

Los tres chicos que vivían en el castillo cumplían unas normas extrañas, se valían por sí mismos y orbitaban los unos alrededor de los otros, manteniendo sus secretos confinados en una torre. Eran prisioneros en un paraíso infinito.

Había algo podrido allí, como un cuenco de frutos del bosque que se han estropeado al sol.

Yo era una chica de dieciocho años, una taza de té fría, una indeseada.

Tenía un arsenal de armas.

Fui la que trajo la locura.

Cuando mi padre empezó a construir el castillo en lo alto del risco, sus amigos se desplazaron para ir a visitarlo. Se alojaron en torres y edificios anexos a medio construir. Incluso en tiendas de campaña en el jardín. Cocinaban almejas en unas hogueras que encendían en la playa y por las mañanas se zambullían entre las olas del océano cuando tenían resaca. La idea era vivir apartados del resto del mundo, libres de obligaciones y creencias convencionales.

Algunos de esos amigos se quedaron durante años. Emprendieron una vida en las torres y en la casita de la piscina. Tocaron la guitarra, escribieron poesía, sacaron fotos y tejieron tapices. Tomaron drogas y criaron hijos.

Y posaron como modelos para mi padre. Se pasaba los días con el pincel en la mano, plasmando los rostros y cuerpos de sus amigos, el frenesí del mar que se extendía ante sus pies.

Pero eso ya se acabó.

2

Me llamo Matilda Avalon Klein. Soy la única hija de Isadora Hirschel Klein.

Mi madre se fue de casa cuando era muy joven. Sus padres le decían que era una inútil y ella no estaba de acuerdo. Apenas les dirigió la palabra mientras estaban vivos. Prefirió guardar las distancias, y ahora ellos ya no están.

Mi madre y yo siempre hemos sido una familia de dos.

Si le preguntaba por mi padre, Isadora me decía que estábamos mejor sin él y no daba más explicaciones. Los detalles no tenían importancia.

Hasta que, en mitad del verano, tras haberme graduado en el instituto, mi padre se presenta por email:

> Matilda:
>
> Soy Kingsley Cello. Soy un artista. Soy tu padre.
>
> Sé que nunca he formado parte de tu vida, pero me gustaría cambiar eso.
>
> Tengo un cuadro que me gustaría regalarte. Por favor, ven a visitarme a Hidden Beach.

Ni siquiera conocía el nombre de mi padre hasta hoy. Y tal vez debería odiar a ese tal Kingsley por no haber estado nunca presente, por lo que quiera que le hiciese a Isadora. Pero en vez de eso, ese mensaje acartonado ha hecho que el mundo empiece a vibrar.

Piénsalo de este modo: has desbloqueado un nivel secreto en un videojuego que ni te imaginabas que existía. Es una invitación para avanzar en una dirección inesperada. Hoy me han invitado a una cala oculta. Allí me está esperando el padre al que nunca he conocido.

Cuando lo busco en internet, me doy cuenta de que el nivel que he desbloqueado es inmenso. Kingsley Cello es tan famoso como puede llegar a serlo un pintor vivo. Hay cientos de entradas: artículos en revistas de arte con nombres sofisticados y reseñas de exposiciones en solitario en museos de primera categoría.

Estas son las preguntas que muestra el motor de búsqueda cuando introduzco su nombre:

> *¿Por qué es famoso Kingsley Cello?* Cuadros neoclásicos controvertidos. (No tengo ni idea de lo que significa eso.)
>
> *¿Por qué es importante Kingsley Cello?* La visión oscura del pintor y sus interpretaciones de los cuentos de hadas han influido a muchos otros artistas.
>
> *¿Qué escándalo está relacionado con Kingsley Cello?* En una exposición de 2012 en el Museo Whitney, un cuadro de Cello extremadamente violento, *Príncipe de Dinamarca*, enfureció a los críticos.
>
> *¿Dónde vive Kingsley Cello?* El artista ermitaño no ha revelado su lugar de residencia.
>
> Busco «valor en dólares de los cuadros de Kingsley Cello».
>
> Se cotizan a una media de dos millones de dólares.

3

Escribo a mi madre: He recibido un email de Kingsley Cello.

Ella me responde enseguida: Hm.

Espero, pero no escribe nada más. Hm ¿qué?, pregunto al cabo de un rato.

No es trigo limpio.

¿En qué sentido?, inquiero.

No lo es y punto. ¿Por qué te ha escrito?

¿Cómo es?

Extraño, responde. Obsesivo. Atormentado.

Es mi padre, le replico.

No hay respuesta de Isadora.

¿Es mi padre?, pregunto. Él dice que sí.

No responde.

HOLA ES MI PADRE PORQUE ÉL DICE QUE SÍ.

Espera, me escribe. Estoy en la frutería.

ME DA IGUAL LA FRUTA ESCRIBE SÍ O NO.

Sí. Después añade otro mensaje: Pensaba que me había perdido la pista. Y otro: ¿Ha preguntado por mí?

Paso de ella y leo algunas cosas más sobre Kingsley en internet. Los artículos de las revistas de arte están llenos de frases como «una imaginación de lo más sórdida» y «el *enfant terrible* del neoclasicismo del siglo XXI». Según la Wikipedia, Cello irrumpió en el mundo del arte cuando tenía veintitantos años. (A cada entrevistador le da una fecha de nacimiento distinta.) Nunca admite haber asistido a alguna escuela de arte y la primera vez que llamó la atención fue con una exposición temporal en Nueva York, en una nave que alquiló para él un mecenas anónimo.

Sus primeros cuadros fueron considerados audaces. Salen mujeres (y algún que otro hombre) riendo. Algunas figuras aparecen en bañeras o duchas. Otras están viendo la televisión, preparando la cena o realizando alguna otra actividad mundana. Todos sus modelos aparecen desnudos.

Los artículos describen su ascenso a la fama hasta ser el ojito derecho de los críticos, aunque más tarde se convirtió en una figura controvertida. Empezó a trabajar con referencias a la literatura clásica y los cuentos de hadas. Algunas personas dicen que Kingsley «erotiza el sufrimiento», mientras que otros opinan que su trabajo es «pueril e innecesariamente violento».

Nunca invita a los periodistas a su estudio y por lo visto realiza todas sus entrevistas sentado en el banco de un parque en diferentes ciudades, ingeniándoselas casi siempre para no revelar gran cosa de sí mismo. Dice que es estadounidense, pero que se crio en Italia con una abuela estricta y autoritaria. También dice que creció en un pueblo de mala muerte del Medio Oeste.

Y que pasó su juventud en un sanatorio sueco para tuberculosos.

Y que lo criaron unos pescadores gais en Alaska.

Busco algunos de sus cuadros más famosos. Mares turbulentos, bosques quemados, monstruos desnudos, personas con atuendos contemporáneos enfrentándose a criaturas de los cuentos de hadas, castillos desmoronándose, animales transformándose en personas. Resultan hermosos y perturbadores al mismo tiempo.

Entonces me encuentro con un retrato de mi madre.

4

Perséfone escapa del inframundo muestra
un castillo construido en piedra.
Está ardiendo.
Da igual que la piedra no arda. Aquí lo hace de todos modos.
De las ventanas más altas emerge un humo negro.
El puente levadizo también está en llamas.
Kingsley ha pintado a Isadora Hirschel Klein
como Perséfone, esposa de Hades.

En la mitología griega, Hades era el señor del inframundo. Pero Perséfone no quería vivir ahí abajo con él. Quería respirar un aire distinto.

Mi madre lleva puesto un camisón blanco con un
tejido transparente.
La vemos a través de una
nube de humo que se expande hacia el frente.

Está encogida a causa del cansancio, pero su rostro se ilumina con un gesto risueño, como si estuviera maravillada de su propia
huida.

El móvil suena en mi mano y me sobresalto.

Mi madre no me llama casi nunca. Vive en Ciudad de México.

—¿Por qué eres la reina del inframundo que huye medio desnuda? —inquiero sin decir ni hola.

—¿Qué quería Kingsley? —contraataca.

—Me ha invitado a hacerle una visita. Quiere regalarme un cuadro.

—¿Regalarte un cuadro? Uf, pues valen una millonada.

—No pienso venderlo, así que me da igual.

—¿Por qué no? Claro que deberías venderlo.

—Porque sería lo único en el mundo que tengo de mi padre. ¿Le diste tú mi correo?

—No he vuelto a tener noticias suyas desde antes de que tú nacieras.

—Hm.

—En serio.

—Entonces, ¿cómo es posible que exista ese cuadro donde eres Perséfone? —inquiero.

—Posé para él —responde—. Cuando estaba en la universidad.

—Pero es una obra de arte famosa, ¿no? Eso dicen en internet.

—Ya.

—¿Y nunca me lo has contado? ¿Ni lo has mencionado delante de mí?

—Ni siquiera quería que supieras que era tu padre. No me gusta hablar de Kingsley Cello. Ya sabes que nuestra familia somos solo las dos.

No me puedo creer que haya dicho «solo las dos» cuando vive en México y yo en Los Ángeles, pero no quiero discutir con ella. Ya ha tomado su decisión.

—Está en el Museo de Arte de San Luis —añado.

—Lo sé. Oye, no creo que debas ir a visitarlo. Es una persona complicada. ¿Te va a enviar un billete de avión?

—No. Puede ser. No lo creo.

—¿Cómo te ha localizado?

—Eso te lo he preguntado a ti. Pero mi correo es MatildaAvalonKlein@gmail. Supongo que lo habrá deducido.

Mi madre chasquea la lengua.

—Tú no eres un juguete al que puede recurrir cuando se aburre.

—No seas así. ¿Me lo vas a contar o no?

—¿El qué?

—Lo que pasó entre Kingsley y tú.

5

Isadora tenía diecinueve años cuando conoció a mi padre. Él tenía cuarenta y tres. O puede que incluso más. No está segura.

Ella estudiaba en la Universidad de Fordham, en Nueva York. Ganaba algo de dinero posando como modelo en una escuela de arte llamada Cooper Union, en pleno casco urbano. Kingsley era amigo de un profesor de dibujo. Una tarde, se presentó al final de la clase. Los estudiantes se agolparon alrededor de aquel pintor famoso, acribillándolo a preguntas, deseosos de bañarse en su luz.

Kingsley no vio desnuda a mi madre, pero sí vio quince retratos suyos repartidos por el aula, en diversas etapas de culminación. Mientras ella se ponía el abrigo, Kingsley le dijo que podría convertirla en un «cuadro de verdad», si estaba dispuesta.

Y lo estaba. Isadora me cuenta que lo hizo porque estaba sin blanca. Pero yo creo que le gustaba la idea de que la inmortalizase, le gustaba pensar que era digna de la atención de ese gran hombre. Su belleza interesaba a un pintor que se había hecho famoso especializándose en la belleza.

Isadora acudió a su estudio, que estaba instalado en una nave en Brooklyn. El piso de arriba era un apartamento diáfano donde Kingsley vivía sumido en un esplendor caótico. Isadora pensó que le pagaría por el posado, pero nunca hablaron de dinero. En vez de eso, se mudó allí con él durante tres meses y compartieron cama. Se enteró de que estaba embarazada varios días después de que Kingsley le dijese que recogiera sus cosas.

Añade varias llamadas de teléfono subidas de tono, discusiones furibundas y la revelación de que Kingsley se estaba viendo con otra mujer. Se negó a ayudarla con el embarazo o con el bebé, y antes de que yo naciese siquiera, él había desaparecido de ese *loft* en Williamsburg.

Fue imposible localizarlo. Isadora no volvió a tener noticias suyas. Envió una tarjeta para anunciar el nacimiento a su antigua dirección.

Luego volvió a mudarse con sus padres durante una temporada, pero los Klein le dijeron que era una tarambana perezosa y sin estudios que no estaba hecha para ser madre, así que Isadora se fue a vivir con otra madre soltera y compartieron los cuidados de los niños. Poco después conoció a otro artista, esta vez un escultor. Nos mudamos a Santa Fe para irnos a vivir con él.

Más tarde, mi madre se enteró de que el retrato que le hizo Kingsley, *Perséfone escapa del inframundo*, se había vendido por más de cuatro millones de dólares a un coleccionista privado que lo acabó donando a ese museo de San Luis. Ahora lo utilizan para anunciar su colección de arte del siglo XXI.

Isadora nunca vio ni un céntimo por ese cuadro.

6

No he explicado por qué ya no vivo con mi madre. Se debe a que es una musa. O quizá, podría decirse, una grupi. Esa es su vocación.

Sí, Isadora preparaba galletas, me enseñó a nadar y me llevaba a las revisiones médicas.

Me arropaba en la cama y me llevaba en coche al colegio.

Pero en el fondo no le gusta ser madre.

A sus treinta y ocho años, Isadora parece una ninfa de los bosques: terrenal, indómita y con un aura mágica. Es menuda, con facciones marcadas y una maraña de rizos negros. Nos parecemos, si nos describes tan solo como mujeres de un metro cincuenta y siete con ojos grandes y una mata generosa de pelo oscuro.

Pero Isadora tiene un aspecto novelesco. Los hombres creativos a los que les gusta sentirse fuertes y vitales la adoran. Y el sentimiento es mutuo.

Posee una habilidad notable para encandilar a personas que son más sofisticadas o instruidas que ella. Nunca actúa con remilgos, jamás se disculpa y siempre se deja llevar por sus impulsos. Para ella, todos sus caprichos son válidos. Se antepone a sí misma a todo lo demás, porque nadie le concedió esa prioridad cuando era joven.

La admiro por todo eso, pero se me eriza la piel al ver cómo reluce bajo el fulgor de la aprobación de un nuevo hombre.

Durante mi infancia, Isadora fue musa (o amante, o compañera) de una larga lista de artistas masculinos, de los cuales mi padre parece haber sido el primero. Es el único al que no conocí. Hasta que cumplí tres años, vivimos en un estudio de arte en Santa Fe con ese escultor. Yo dormía en un colchón en el suelo, rodeada de plantas de aloe vera.

Entonces Isadora dejó al escultor por un videoartista que estaba haciendo un documental sobre gente que decoraba sus coches. Vivimos con él hasta que encontró a otro. Y luego a otro más.

Cuando tenía seis años, Isadora preparó dos pequeñas maletas y nos llevó a Roma. Allí fue la amante de un famoso artista conceptual. Vivimos con él en una villa alquilada. Yo cenaba espaguetis todas las noches y dormía debajo de un dosel.

Unos meses después, cuando empezaba a entender el italiano, el artista nos abandonó. Isadora y yo nos despertamos una mañana y vimos que estábamos solas. Su novio y su séquito se habían largado en mitad de la noche. Sin dejar ningún mensaje.

Mi madre no tenía dinero, ni permiso de trabajo, ni crédito en la tarjeta. Sobrevivimos con lo que quedaba en la nevera mientras el propietario de la villa intentaba echarnos. Aguantamos allí varias semanas. Nos alimentamos a base de pepinillos y panecillos rancios.

Al final nos rescataron porque Isadora se puso su vestido más bonito y se fue a la inauguración de una galería, donde conoció a un ceramista entrado en años cuya obra se exponía en el Museo de Arte Moderno de Nueva York. Era inglés y nos llevó sin perder un segundo a una cabaña con el techo de paja que poseía en su país natal. Vivimos con él hasta que Isadora se arrejuntó con un cantante y compositor que estaba pegando fuerte en el circuito de la música folk.

Un año después, estábamos viviendo con su rival.

Vivimos con (deja que los cuente) siete hombres más, y yo pasé por otros tantos colegios o escuelas a distancia. En un momento dado, Isadora me compró una videoconsola portátil. Y más tarde, un iPhone. Aunque estaba limitada a pantallas pequeñas, los videojuegos se convirtieron en lo más importante para mí, supongo que igual que los libros son la sal de la vida para los lectores. Los videojuegos eran amigos con los que podía contar. Podía evadirme en sus mundos e historias, pero lo más importante era la sensación de estar en movimiento: surfeando vagones de metro o corriendo por un templo. La emoción de resolver un puzle. El desahogo de derrotar a los enemigos. El entusiasmo de ser buena en algo.

Saar Adler es el penúltimo novio de mi madre. Cuando lo conocimos, Isadora tenía treinta y cinco años y yo quince. Saar había ganado un Oscar a los veintisiete años con un papel secundario, donde interpretaba a un gánster nervioso y cargado de ansiedad en una película que hacía gala de una fotografía oscura y una violencia brutal. Pero, después de eso, no se convirtió en una estrella. No es el típico actor guapete. Es bajito y un poco peludo, un tipo blanco con barba de dos días y semblante alicaído. Acabó interpretando papeles menores: criminales y esbirros, sobre todo. Se casó y luego se divorció. Sin hijos.

Tres años antes de que lo conociéramos, Saar fue contratado en el último momento para una serie de la tele, sustituyendo a un actor protagonista que se lesionó durante el segundo día de rodaje. Cuando *Alto secreto* se convirtió en un éxito, Saar se encontró con unos ingresos regulares a sus cuarenta años. Interpreta a un criminal de poca monta reconvertido en agente de élite de la CIA, y su trabajo le ha permitido comprarse un buen coche y un bungaló de dos dormitorios en Venice Beach, California. El bungaló es pequeño, pero se reformó hace poco y cuenta con una pequeña piscina privada.

Según mi madre, Saar era otra clase de artista. Había estudiado en Juilliard. Había ganado ese Oscar. Ella pensaba que esa serie de la tele no estaba a la altura de su talento y que pronto se convertiría en una estrella del celuloide de proporciones bíblicas. Pero Saar estaba satisfecho en su bungaló de dos dormitorios. Después de haber tenido tan poco trabajo como actor durante tantos años, se sentía muy afortunado de contar con esa serie continuada. No era un tipo agresivo ni obstinado, como su personaje. Tenía ansiedad, que se trataba con medicación y una sesión semanal de terapia. Por las mañanas hacía ejercicio durante noventa minutos. Por las tardes memorizaba sus diálogos. Los fines de semana se levantaba tarde, preparaba tortillas vegetales, jugaba a la consola y salía a cenar con sus amigos.

Eso era todo. Saar no se dejaba llevar demasiado por la pulsión creativa. No era un visionario misterioso, ni una sensación internacional, ni un *enfant terrible* del neoclasicismo del siglo XX. Era un actor de televisión que estaba satisfecho con echar raíces en la soleada California con su chica y la hija de ella.

Una noche, Saar se marchó temprano de una fiesta. A menudo tenía que levantarse a las cinco de la mañana para hacer sus ejercicios antes de trabajar. Mi madre se quedó.

En la fiesta había un escultor estadounidense que vivía en Ciudad de México. Aquella noche, Isadora se quedó a dormir con el escultor en su hotel, y una semana más tarde recibió la invitación de acompañarlo a México y asentarse allí con él.

La misma historia de siempre. La única diferencia era que esta vez yo acababa de cumplir los dieciocho. Estaba en el último año del instituto y era una mujer adulta desde el punto de vista legal.

Me negué a ir con ella. Me había echado un novio, Luca, que traía consigo un grupo de amigos que me caían muy bien: gente interesante y dicharachera que organizaba fiestas y tocaba en bandas. Luca soñaba con dirigir películas explosivas y provocadoras, como Robert Rodriguez y Quentin Tarantino. Su risita ronca, cuando se le ocurría algo gracioso, me producía mariposas en el estómago de lo dulce que era. Cuando me preguntó por primera vez si podía besarme, se mordió el labio y miró al suelo como si creyera que le iba a decir que no. Pero por supuesto que lo besé.

Después de eso, Luca y Matilda se sumieron en el placer de

hacerse reír el uno al otro,

recorrer la autopista en su coche y

perder el hilo de lo que dijeran los profesores en las asambleas,

tan embebidos como estábamos en el roce

de la piel del otro,

palma sobre palma.

Sentí que podía estar enamorada de él. Y él de mí. No estaba segura, pero quería averiguarlo.

Me pareció importante comprobar lo que podía suceder entre los dos.

Además, me estaba postulando a varias universidades que ofrecían cursos para el diseño de videojuegos y quería visitar algunas de ellas. Mudarme a Ciudad de México con Isadora lo habría hecho imposible.

Saar me dijo que podía quedarme a vivir con él mientras terminaba mi último curso en el instituto. Le gustaba tener a una joven cerca, ya que no tenía hijos propios. Y a mí me gustaba vivir en su casa. Era majo. Tenía la piscina privada, una nevera llena de comida y esa consola tan molona.

Así que mi madre se marchó.

7

Aquello sucedió en noviembre. Cuando Isadora se fue, sentí una oleada de ira hacia ella. Hacia nuestra forma de vida. Me invadió una rabia homicida por haber tenido esa infancia itinerante,

por no ser tan importante para Isadora como para que quisiera quedarse,

por los patrones que seguían repitiéndose, como si no hubiera manera de frenarlos.

Saar se quedó hecho polvo. Bebía los vientos por Isadora e imaginaba que se había convertido en un puerto seguro para esa mujer mágica e indómita. Pensó que se acabarían casando. Cuando se marchó de esa cena, Saar le dio un beso de buenas noches, feliz y confiado, sin el menor indicio de que su cariño se agotaría por la mañana.

Ahora traía a casa tartas de chocolate inmensas y se comía una porción bien grande todas las noches, después de cenar, a pesar de que seguía una dieta muy estricta. Se sentaba en el sofá a jugar a la consola, sin afeitar y vestido con unos pantalones de chándal de Juilliard muy feos y raídos.

Aun así, no bebía demasiado. Tampoco tomaba drogas. Nunca se saltaba sus noventa minutos de ejercicio. Entre semana, iba a trabajar todos los días. Memorizaba sus diálogos y me preguntaba qué alimentos quería incluir en la lista de la compra.

Saar era una persona muy responsable.

Isadora nunca preguntó por él, aunque me escribía a menudo. Me contaba que seguramente siempre había estado destinada a vivir en Ciudad de México. ¡Por primera vez me siento viva!, aseguró. También me llamaba de vez en cuando, pero no con regularidad. Casi siempre lo hacía cuando estaba en clase y no podía responder.

Cada semana que transcurrió desde su marcha, sentí que conocía menos a mi madre. Iba a bordo de un barco que se adentraba en el océano a toda velocidad. Estaba desapareciendo, haciéndose cada vez más y más pequeña.

Dentro de poco ya no podría verla.

Durante las vacaciones de invierno, celebré Hanukkah con la familia de Saar en un pequeño pueblo de Oregón. Él pagó los billetes de avión. A finales de enero, ya había redactado todas mis cartas de presentación para la universidad y entregado mis solicitudes.

Por las noches, Saar y yo cenábamos delante de su enorme pantalla. La comida consistía más que nada en proteínas magras y ensalada, y los juegos acostumbraban a ser en primera persona y violentos (aunque no siempre): *Grand Theft Auto, Luigi's Mansion, Arkham City, Red Dead Redemption.* Más o menos cuando nos pasamos el *Luigi's Mansion*, Saar empezó a salir con mujeres otra vez. Primero quedó con Nicki, una maquilladora profesional. Después llegó Serena, que imparte clases de escritura creativa en UCLA.

En abril, me admitieron en la Universidad de California en Irvine. Ofrece matrículas asequibles para los residentes en el estado y un programa especializado en diseño de videojuegos. Saar me compró una sudadera con el logo de la universidad y me ayudó a presentar la solicitud para la residencia de estudiantes. Rellené los formularios para pedir una beca, alegando que ya no vivía con ningún progenitor, y encontré trabajo atendiendo la barra en una cafetería. Tengo previsto trabajar allí a jornada completa hasta que empiecen las clases.

Me las apaño.

Estoy bien.

Me siento furiosa y abandonada, pero también soy una persona responsable.

Cumplo con mis tareas, vacío el lavaplatos e intento actuar como una mujer adulta, aunque me sienta como una niña perdida.

Entonces Luca rompe conmigo.

8

Estamos montados en su coche, de camino a una fiesta. Luca va conduciendo y yo estoy hablando de un juego que acabo de empezar, titulado *Killer Odyssey*. Le cuento mi opinión y las cosas que habría cambiado si lo hubiera creado yo. Me gusta el diseño de sonido. Estoy intentando determinar qué hace que un paisaje sonoro resulte efectivo para un juego, porque la música no es lo único que importa. También cuentan los efectos de sonido, los golpes, el silbido de un arma al surcar el aire.

Saco mi cuaderno de apuntes de la mochila. Es un cuaderno con papel cuadriculado donde anoto ideas y bosquejo niveles. Hablo mientras dibujo, con los pies apoyados en el salpicadero.

—En lugar de que Ulises mate al Cíclope clavándole una espada en el ojo, que es la manera de superar el nivel —le explico—, estaría guay que pudieras sacarle el ojo de cuajo al monstruo y después utilizarlo como herramienta. El ojo podría permitirte ver al otro lado de una esquina, por ejemplo. O podrías arrojarlo al aire para obtener una panorámica del mapa del juego que no podrías conseguir de ninguna otra manera. Para localizar atajos y cosas así. O quizá podría ser un ojo explosivo, o contener un gas venenoso. ¿Qué te parecería utilizar un ojo como arma? En plan, imagínate que es un globo ocular gigantesco.

Mientras hablo, dibujo armas con forma de ojo en mi cuaderno, y la respuesta de Luca es un gruñido que yo creo que es de admiración, cuando me doy cuenta de que ha aparcado el coche. Me giro para mirarlo.

—¿Ya hemos llegado?

—¿Tú te escuchas cuando hablas, Matilda?

—¿Eh?

Sinceramente, creo que va a decirme lo lista que soy.

—Eres... eres muy intensa.

—Ya. Pero eso es lo que te gusta de mí.

Lo digo con confianza, pero estoy empezando a hundirme por dentro.

Luca suspira. Tamborilea sobre el volante con esas manos fuertes y bonitas.

—Deberíamos dejarlo.

—¿Qué?

—Es que eres un poco obsesiva —añade. La luz de las farolas traza la silueta de su perfil. Parece muy factible que deje de hablar de un momento a otro y me sujete la nuca para presionar sus labios carnosos sobre los míos—. Con los videojuegos. Con el cabreo con tu madre. Y hablas un montón. No es fácil llevarlo.

De repente, veo todas las señales que he pasado por alto.

Luca solo me mira cuando quiere cacho.

Llega tarde.

No me hace preguntas.

Tarda en responder a mis mensajes.

Luca se ha cansado de mí, igual que le pasó a mi madre con Saar. Igual que le ha pasado con todo el mundo.

Continúa explicándose mientras yo intento no llorar. Me concentro en enroscarme las puntas del pelo entre mis dedos.

Soy demasiado demandante, demasiado obcecada, me dice. Siempre tengo la cabeza metida en mi cuaderno de apuntes. Resulta raro. No entiende por qué siempre tengo una opinión para todo, aunque sea una minucia. Mis sentimientos están a flor de piel en todo momento. Hablo tanto que le pongo la cabeza como un bombo.

—Está bien —lo interrumpo—. He pillado que ya no te gusto. Lo has dejado cristalino.

Entonces Luca dice que llegamos tarde a la fiesta, así que deberíamos entrar. Nuestros amigos nos están esperando.

—¿Vale?

No, no vale. Ahora mismo no pienso ir a una fiesta ni de coña. Tiene que llevarme a casa.

Luca se niega, porque la gente lo está esperando, dentro.

Entonces pierdo los papeles. Le digo que no sabe escuchar. Que no es lo bastante inteligente para mí. Y que siempre le dejo ganar cuando jugamos a la consola, porque si le gano se enfurruña como un bebé.

A veces besa raro. En el mal sentido. Nunca se esfuerza por nada, porque cree que esforzarse es de pringados, como también lo es querer algo y tratar de conseguirlo. Pero se equivoca. Tener miedo de intentarlo es lo que le hace débil. Yo soy una estratega, una contendiente, y pienso a lo grande, mientras que él es un holgazán que sabotea su propio futuro y que ha tocado techo en el instituto.

Esas cosas son ciertas. Pero la verdad es que adoro a Luca, a pesar de todo. Nada de eso importaba hasta que rompió conmigo. Solo me estoy defendiendo.

Luca sale del coche con un portazo y me deja sola. Lo llamo para que vuelva, pero él entra en la fiesta sin girarse siquiera.

Me quedo sentada en su coche. Llorando.

Con las llaves.

No se me ocurre ni un solo amigo en esa fiesta que esté dispuesto a llevarme a casa si se lo pidiera, y no puedo permitirme pagar un taxi cuando el trayecto durará casi una hora. Así que me deslizo hacia el otro asiento.

Conduzco el coche de Luca hasta casa.

Lo dejo aparcado cerca del bungaló de Saar, con las llaves dentro.

Cuando me despierto a la mañana siguiente, Luca lo ha recogido. Hay una ristra de mensajes furibundos en mi móvil.

No respondo.

Después de eso, nuestros amigos cortan lazos conmigo. Conocen a Luca desde hace más tiempo. Les cae mejor. Además, los convence de que soy un bicho raro, una friki, una pirada. Le robé el coche.

Desde entonces como sola y no quedo con nadie después de clase. Dejan de invitarme a las fiestas.

Estoy totalmente aislada. Sin amigos, sin novio, sin familia, sin madre.

No tengo motivos para estar en ninguna parte.

SEGUNDA PARTE

Martha's Vineyard

9

Matilda:

Hidden Beach se encuentra en South Road, a las afueras de West Tisbury, en Martha's Vineyard. Después del cuarto buzón que hay pasada la fresa, toma el sendero que lleva mi nombre.

No tengas miedo de *Charco*. ¡Nos vemos pronto!

Hay cuatro cosas extrañas en el segundo correo de Kingsley, que recibo el día después de haber respondido al primero.

Uno: No menciona ninguna dirección postal normal.

Dos: ¿Qué fresa?

Tres: ¿Qué *Charco*?

Cuatro: Piensa dejar que me pague yo el billete de avión, aunque soy su hija y él es un pintor famoso.

—Las tres primeras cosas extrañas me parecen bien —dice Saar—. Pero la cuarta es horrible. Puede que tu madre tenga razón sobre ese tipo.

—Ni siquiera conozco a Kingsley —replico. Estamos en la cocina. Saar está intentando desentrañar las instrucciones de una cafetera que acaba de comprar—. Lo raro es esperar que alguien a quien no conoces te pague las cosas —añado.

Saar pulsa el botón de «moler» en la máquina, que emite un zumbido estridente. Cuando termina, dedica un rato a consultar el manual del usuario.

—Conozco gente que está forrada y nunca invita a nada —dice mientras pasa una página—. Y esas personas siempre te acaban pegando la puñalada, tarde o temprano. —Presiona los granos molidos y configura la máquina para que prepare el café—. Deja que te pague yo el vuelo.

—Tengo dinero ahorrado —le digo—. No tienes por qué hacerlo.

—Ya lo sé. Pero me lo puedo permitir, mocosa —replica—. Deberías ahorrar tu dinero. No hagas que resulte raro. —Me pasa una taza de expreso—. Prueba esto. ¿Está bueno?

Reprimo la incomodidad que me produce la situación, le digo a Saar que el café está delicioso y dejo que compre el billete.

Llevo casi veinticuatro horas de viaje. Me he tomado un moca, un bizcocho de calabaza del Starbucks, cuatro Coca-Colas light y tres bolsitas de Doritos, pero no he comido nada más. Casi no me queda batería en el móvil y me ocurre lo mismo con la batería portátil. He tomado un vuelo, después otro y, por último, me he montado en un avión que solo tiene ocho plazas. Es tan pequeño que mis rodillas chocan contra el respaldo del asiento del piloto.

Por debajo de nosotros se extiende la isla de Martha's Vineyard, verde en su mayor parte. Está bordeada por playas arenosas y orillas pedregosas, salpicada de lagos y ensenadas curvadas.

Kingsley Cello está en esta isla.

¿Por qué está dispuesto, después de tantos años de ausencia, a llenar ese espacio en blanco que he etiquetado como «Padre»? ¿Me mirará con un brillo en los ojos, como un padre mira a su hijo?

Puede que compartamos una taza de té al caer la tarde o salgamos a pasear junto al océano, hablando de arte y de videojuegos. Puede que me muestre su estudio de pintura y me pida que le enseñe mi cuaderno de bocetos. Aunque haga falta mucho tiempo para llegar a conocernos, aunque al principio resulte incómodo, Kingsley podría ser la persona que me falta. Esa persona que pensé que podría ser Luca. Esa persona que mi madre no ha sido nunca, alguien dispuesto a entender el interior de mi mente. Puede que al conocerlo —no solo como padre, sino como artista de renombre—, me adentre más en mí. En mis poderes. Ya no me sentiré perdida.

Estoy sudando, apretujada en el asiento del avión. El piloto lleva puestos unos auriculares aparatosos, pero para los pasajeros el ruido es constante y estridente. Sobrevolamos la vegetación exuberante de la isla y mi estómago pega un vuelco.

Cuando el diminuto avión aterriza, me siento hinchada y acalorada. No, tengo frío. Me meto en el cuarto de baño del aeropuerto y me arrodillo sobre las baldosas mugrientas, expulsando una mezcla horrible de Doritos y calabaza.

El suelo es de baldosas blancas y sucias. Hay un recibo tirado junto a mi rodilla.

Estoy temblando y vomito durante lo que parece una eternidad, no solo a causa del viaje y la mala alimentación, sino por el batiburrillo de incógnitas que llevo dentro, por el caos y la rabia acumulados durante un año:

la separación abrupta con Isadora,
la herida abierta del rechazo de Luca,
la pérdida de los amigos que creía tener,
la soledad,
la conmoción al conocer la existencia de Kingsley.

Cuando por fin cesan las arcadas, me obligo a respirar lentamente.

Tengo el rostro empapado de sudor. Me sujeto a un lateral del retrete para no caerme redonda al suelo.

—Hay una chica arrodillada ahí dentro —dice una voz desde el otro lado del cubículo.

—Pues déjala tranquila —responde otra persona.

—¿Estás bien? —pregunta la primera voz con un tono amistoso.

—¡Holland! —La segunda voz es aguda y nasal—. Si alguien se arrodilla, es porque está vomitando. Y cuando alguien vomita, quiere que lo dejen en paz.

—Eso lo dirás tú, Winnie.

—Lo dice todo el mundo.

—No es cierto. Si yo estuviera vomitando, querría que alguien me preguntase qué tal estoy.

—Lo recordaré la próxima vez que eches la pota.

—Sí, por favor. Me gusta tener compañía.

—Pues vale. Pero al mismo tiempo, ¡qué asquito das!

—Estoy bien —respondo—. Creo.

—¿Quieres que avisemos a alguien? —pregunta la tal Holland—. ¿A un médico o algo así? ¿Necesitas una botella de agua?

—No hay médicos en el aeropuerto —dice Winnie—. En este, no.

—Es un aeropuerto muy pequeño —me explica Holland a través de la puerta—. Ni siquiera sé si suele haber médicos en los aeropuertos. No debería haberte ofrecido eso.

Me agarro al dispensador de papel higiénico y me impulso para levantarme, después abro el cubículo. Delante de mí hay dos chicas de mi edad. Derrochan colegios privados y pistas de tenis, clubes de golf y repostería francesa. Despiden ese brillo que reportan la salud y el dinero.

—Madre mía —exclama Holland, mirándome.

Tiene tres pendientes en cada oreja, el pelo corto y rubio, la piel clara y sonrosada, y una boca amplia repleta de dientes, yo diría que más de los que suele tener la gente corriente. Lleva puestos unos pantalones cortos de un uniforme de baloncesto, un jersey de cachemira y sandalias Birkenstock.

—Acaba de vomitar —dice Winnie—. No digas «madre mía».

—Justo te lo estaba diciendo —replica Holland—. ¿Te acuerdas? Esa cosa que te enseñé en mi móvil.

—No toques tu mochila —me dice Winnie—. Hasta que te hayas lavado las manos. —Es bajita y afrodescendiente, con largas trenzas y los ojos pintados con un tono azul eléctrico. Lleva puesto un vestido blanco de algodón y unas sandalias amarillas—. Para no mancharla. Ugh.

—Yo soy Holland —se presenta Holland—. ¿Cómo te llamas tú?

—Dale un poco de cancha —le dice Winnie.

—¿Entiendes lo que estoy diciendo? —le contesta Holland.

—Yo soy Winnie —se presenta Winnie, dedicándome una gran sonrisa—. Diminutivo de Guinevere.

—Yo soy Matilda.

Me inclino sobre el lavabo y me lavo las manos.

—Tengo chicles —me dice Winnie—. ¿Quieres uno?

—Gracias.

Le quito el envoltorio. Es de menta fresca.

—Lo siento si te he agobiado —dice Holland—. Pero es que te pareces a alguien. ¿Vives aquí? ¿En Vineyard?

—No.

Me agacho de nuevo y bebo un poco de agua directamente del grifo. Me miro en el espejo y veo que tengo los ojos rojos y el pelo encrespado por la humedad. Tengo la piel macilenta. Las dos se ciernen sobre mí como si no tuvieran nada mejor que hacer.

—El avión era muy pequeño —añado mientras me enderezo—. Y me ha sentado mal la comida. Pero ya estoy bien.

—¿Quieres cambiarte de ropa? —pregunta Winnie.

Miro hacia abajo. Tengo restos de vómito y migas de Dorito en la sudadera.

—Sí.

Llevo una camiseta debajo, así que me quito la sudadera e intento arremeterla en la mochila, pero no cabe, así que me rindo y al final la dejo hecha un gurruño.

Esas dos aún siguen aquí.

—En serio, estoy bien —insisto—. No hace falta que seáis tan amables.

—Tranquila —replica Holland—. No tenemos ninguna prisa. Estamos esperando a mi madre y su vuelo se ha retrasado. ¿Tienes a alguien que te lleve? ¿Conoces la zona? Yo me la conozco bastante bien. Tengo familia aquí.

—Voy a pillar un...

¿Habrá taxis aquí? ¿O debería buscar un coche compartido?

—Encontrarás taxis si sales por la entrada lateral —dice Holland—. ¿Vas a la zona alta?

—No sé qué es eso —confieso.

—La zona alta de la isla es la que está alejada de los pueblos principales. Es la campiña.

—Voy a... Bueno, a un sitio que está a las afueras de West Tisbury.

—Eso está en la zona alta. Nosotras también vamos allí. Hemos alquilado una casa en la zona, sin padres. Un grupo entero de chicas. Menos yo, porque no creo en el género binario. Así que cuando no estés vomitando y ya te hayas asentado, deberías pasarte a vernos, ¿vale? Estaremos aquí el resto del verano. Celebrando la graduación.

En Los Ángeles, las niñas ricas tienen un aspecto lustroso y altanero. Holland y Winnie no parece que hagan ningún esfuerzo en ese sentido. Winnie va maquillada, pero lleva un vestido holgado, las uñas cortas y una mochila raída. Holland está rebuscando algo en su bolso de rafia de Celine. Sé que esos bolsos cuestan miles de dólares, pero el suyo está desgastado de tanto usarlo, como si no fuera consciente de que es de diseño. Extrae del interior un surtido de objetos variopintos, incluyendo cartones de zumo estrujados y un medidor de glucosa, mientras busca su móvil para darme sus datos.

No me explico por qué estas dos querrían invitar a salir con ellas a una chica a la que acaban de conocer vomitando en los baños del aeropuerto, pero puede que la vida en Martha's Vineyard sea aún más tranquila de lo que me imaginaba. Cuando Holland encuentra su móvil, me pasa su número y yo le doy el mío. Después me dan un chicle de menta fresca de repuesto —«¡Por si vomitas en el taxi!»— y se van corriendo a recibir el vuelo que está a punto de aterrizar.

10

El taxi de Martha's Vineyard resulta ser una furgoneta. Está abollada y tiene el parachoques cubierto de pegatinas. La única manera de identificarla como un taxi es un letrero que tiene en la ventanilla.

El conductor es un chico un poquito mayor que yo, que está apoyado en el vehículo con los brazos cruzados. Le asoma el labio inferior con un mohín. Tiene la nariz enrojecida por el sol y un montón de pecas sobre su piel pálida, como si el verano estuviera intentando dejar su huella en él. Su pelo oscuro y ondulado necesita un buen corte. Tiene unos hombros fornidos de nadador, le rozan los oídos por estar encorvado, como si no pudiera soportar estar de pie en el aparcamiento de este aeropuerto.

Achica los ojos para mirarme desde debajo de una gorra de béisbol mientras deposito mi mochila y mi bolsa de viaje en el suelo, frente a él.

—¿Vas a la zona alta? —le pregunto. Intento aparentar que sé de lo que hablo.

—Ajá. Son diez dólares.

Repito las indicaciones del correo de Kingsley:

—Tengo que ir a South Road, a las afueras de West Tisbury, y bajarme en la fresa. ¿Es posible?

—South Road, sí. —Se cruza de brazos—. Pero ¿a qué fresa te refieres?

—No lo sé.

El taxista niega con la cabeza, pensativo.

—Quizá sea un puesto agrícola.

—¿Puedes llevarme allí?

Se encoge de hombros. Un hombre mayor con una cazadora deportiva se acerca con una maleta con ruedas y el chico se gira hacia él. Adopta un tono alegre y amistoso.

—Muy buenas, señor Hancock, ¿vuelve a casa?

Carga la maleta del señor en la parte trasera de la furgoneta y abre la puerta lateral. Se mueve con fluidez, como si no le supusiera ningún esfuerzo. Luego vuelve a girarse hacia mí y adopta un tono huraño.

—¿Sabes si está en el lado de la playa?

—¿Con respecto a qué?

—A South Road.

—Supongo.

El taxista niega con la cabeza.

—No puedo llevarte.

—¿Qué? ¿Por qué no?

—Los clientes llaman a mi jefe para quejarse si no los dejo en el sitio correcto. Me pasó dos veces la semana pasada. No quiero que me despida.

—¿Por qué los dejaste donde no era?

Se encoge de hombros otra vez y ayuda a otra pasajera a subir su equipaje a la parte trasera.

—No pienso llamar a tu jefe —le aseguro, siguiéndolo mientras trabaja—. Y tampoco te echaré la culpa si resulta que no es el sitio.

—No quiero arriesgarme. Y tampoco quiero un servicio que requiera tiempo extra, porque tengo que recoger a un cliente a mediodía y no puedo llegar tarde. Usa una app.

—Una app no puede llevarme hasta una fresa.

—No es mi problema, señorita.

Añade lo de «señorita» como si quiera decir: «déjame en paz».

—¿Y si te pago de más? —Miro en mi cartera. Tengo treinta dólares en efectivo—. Podría darte diez dólares extra.

El chico se quita la gorra y se desliza la mano por el pelo. Tiene los ojos de color castaño oscuro con unas pestañas negrísimas.

—Que sean quince. —Extiende la mano—. Por adelantado.

Es un jeta, pero qué le vamos a hacer. No tengo otra opción.

11

La furgo está llena, así que me toca sentarme al lado del conductor, aunque es evidente que no nos podemos ni ver. Él mantiene sus ojos grandes y castaños sobre la carretera mientras yo intento ignorar su hostilidad abriendo el juego *Algo podrido* en mi móvil, pero sigo demasiado mareada como para jugar dentro de un coche en marcha. Me doy por vencida y me pongo a mirar por la ventanilla.

Serpenteamos bajo un manto de hojas verdes, a través de carreteras flanqueadas por muros de piedra antiquísimos. La luz del sol es radiante, pero pálida. No es el sol caliente y rezumante de California, sino unos rayos que parecen limonada en un vaso helado.

En la parte de atrás del vehículo, parece que los residentes de Martha's Vineyard que regresan de sus escapadas veraniegas se conocen. Son una mezcla de gente de campo y profesores en vacaciones estivales. Están chismorreando sobre un incendio que se produjo hace cinco días. Tuvo lugar en una isla llamada Beechwood, a un trayecto corto en barco desde aquí. Por lo que consigo averiguar, la isla es propiedad de un hombre llamado Harris Sinclair. Su familia y él pasan todos los veranos allí y es habitual verlos en Edgartown, aunque ninguno de los pasajeros de la furgoneta se mueve en círculos tan selectos.

Cuando comenzó el incendio, comentan los residentes, los bomberos de Martha's Vineyard acudieron a Beechwood en barco, pero no llegaron a tiempo. Una de las casas de la isla había ardido casi hasta los cimientos. Murieron tres personas, todos ellos adolescentes.

Los residentes hablan al mismo tiempo, interrumpiéndose y disintiendo:

—He oído que fue un fallo eléctrico. Nadie había revisado la instalación eléctrica de esas casas desde hace ni se sabe.

—Yo he oído que fue por culpa de la chimenea. Prendieron unas ascuas. No tenían puesta la rejilla.

—Pues yo he oído que se volcó un bidón de combustible para lanchas.

—¿Qué dijeron en el periódico?

—Causas desconocidas. Pero tengamos en cuenta que el reportaje lo hizo Gerry, y todo el mundo sabe que es tonto perdido.

—Puede que los chavales estuvieran jugando con fuego. Quizá se les ocurrió encender una hoguera cerca de la casa, o que estuvieran fumando donde no debían. Algo así.

—¿La policía tomó declaración a los testigos? ¿Y a la chica que sobrevivió?

—Se llama Cadence. He oído que se pasó toda la tarde en una de las casas más pequeñas. No sabe qué ocurrió en la casa grande.

La historia me pone la piel de gallina. Esos chicos han muerto muy jóvenes.

—¿Tú sabías lo del incendio? —le pregunto al conductor.

—Todo el mundo lo sabe —responde—. Aquí en la isla.

—¿Conocías a la familia?

Niega con la cabeza.

—¡La fresa! —exclama el taxista mientras aparca en el arcén.

Nos hemos detenido delante de un buzón metálico. Tiene una fresa pintada.

Me apeo mientras el conductor saca mi equipaje de la parte de atrás. Extiende la mano para cobrar su tarifa.

Le doy el dinero. El chico se queda mirándome unos instantes.

—No pienso darte propina —le suelto—. Ya te he pagado quince dólares extra por adelantado.

—Pues vale —replica—. Que tengas un buen día, señorita.

Cierra con un portazo cuando se monta en el asiento del conductor, después acelera el motor y se marcha.

Me quedo quieta bajo un sol de justicia. La carretera está flanqueada por muros de piedra y arbustos de color esmeralda. En un lateral hay un prado por el que pululan un par de bueyes castaños, taciturnos.

South Road discurre en paralelo al mar. El email de mi padre dice que siga por el sendero que lleva su nombre, después del cuarto buzón que hay pasada la fresa.

Cargada con la bolsa de viaje y la mochila, me dispongo a caminar por el arcén. Varios caminos de tierra se extienden por doquier, trazando una senda sinuosa hacia el sur, hacia el océano, hacia el norte, o adentrándose en el corazón de la isla. Algunos están señalizados con unos discretos letreros de madera: Davenport, Rothstein, Taylor, Robertson. Algunos tienen nombre de calle: Clamshell Drive, Evergreen Lane.

Dejo atrás tres buzones. Después el cuarto.

Me duele la espalda. Casi no he pegado ojo. Pero sigo avanzando, pendiente arriba. Un único coche pasa a toda velocidad a mi lado.

Mi móvil, que está a punto de morir, pita con un mensaje de Holland Terhune: Tengo que asistir a un rollo familiar en Edgartown durante un par de días, pero cuando vuelva QUIERO QUE VENGAS. A Winnie le molas. ¡Y eso que acababas de potar! ¿Te gustan las chicas?

Respondo al mensaje: Solo como amigas, sí que iré a veros. Pero no puedo pensar en Holland, ni en Winnie, ni en su fiesta. Estoy a punto de conocer a mi padre, si es que consigo encontrar su casa.

Cuando llego a la cima de la colina puedo ver el océano. También puedo olerlo, el viento transporta un aroma a sal y misterio. A unos trescientos metros del cuarto buzón hay un camino de piedra sin señalizar que se extiende por debajo de unos árboles vetustos hacia el mar. Entre las piedras brotan briznas de hierba, aunque se nota que las colocaron con meticulosidad. Oscuras a contraluz, esas piedras forman una inicial a lo largo del trazado curvo del camino: «K».

Después «I», «N», «G».

Kingsley. Ha inmortalizado su nombre en piedra.

Me adentro en el camino, cargada con la bolsa de viaje y todavía un poco revuelta por haber vomitado. El camino se curva y vuelve sobre sí mismo, suavizando la pendiente hacia el océano. La panorámica queda entorpecida por los árboles que se arquean sobre la carretera, muchos de ellos con las ramas tan inclinadas que podría tocarlas. Hay mucha maleza.

He dejado atrás South Road cuando una perra enorme, esbelta y greñuda aparece en el camino. Es del mismo color gris oscuro que las piedras que se extienden bajo sus patas.

Se yergue ante mí y su cabeza me llega por encima de la cintura. Tiene unas patas larguísimas. ¿Será un perro lobo, quizá? No lleva collar.

Gruñe, después suelta un ladrido ronco.

Me paro.

La perra vuelve a ladrar. Esta vez más fuerte y sin intención de parar. Parece que no quiere que dé un paso más.

Me quedo quieta. Me encantan los perros, pero esta es enorme. Y está haciendo mucho ruido.

La perra avanza un paso hacia mí, enseñando los dientes. Haciendo ruido.

Doy un paso atrás.

No pienso irme corriendo, pero tampoco quiero enfadarla más.

Recuerdo una frase del segundo correo de mi padre: «No tengas miedo de *Charco*».

—¿Tú eres *Charco*? —le pregunto a la perra con un tono suave y dulce.

El animal levanta las orejas. Los ladridos cesan.

—*Charco*. Hola, bonita. Soy Matilda.

La perra avanza con tiento hacia mí.

—Eres muy guapa, *Charco*. Muy grandota y especial.

Menea la cola.

Uf, la adoro.

—Eres tú. *Charco*, bonita. Eres una gran defensora de tu hogar, ¿eh? Valiente y fiel.

Dejo la bolsa de viaje en el suelo para poder arrodillarme y extender la mano. *Charco* se acerca a olisquearla. Ya somos amigas. Deja que le acaricie las orejas y la rugosidad ósea de su cráneo.

Cuando reanudo la marcha, *Charco* trota por delante de mí, mirando hacia atrás de vez en cuando para asegurarse de que no me he ido.

Tras una curva, el sendero desemboca en un claro pensado para aparcar el coche. Al otro lado se alza un arco de madera descolorido, un garaje. Dentro hay un Mercedes descapotable de color beige, una especie de modelo para coleccionistas con guardabarros curvados y asientos de color de pelaje de camello. Pero está cubierto de polvo y polen, y le falta un faro.

A través del arco del garaje, por el otro lado, se divisa un castillo. Pero no es un castillo como los que he visto en los cuadros de Kingsley. Este está hecho de madera, como si fuera una caseta de playa, cubierto de tablillas desgastadas. Muchas de las paredes de la planta baja son de cristal. Cuatro enormes torres cilíndricas se elevan del suelo, repletas de ventanas. La puerta tiene una forma que recuerda a la del arco del garaje.

Alrededor del castillo, la finca se extiende cubierta de césped sin segar. A lo lejos hay otro edificio a la derecha, con un solárium. Por el lado izquierdo se extiende un huerto de aspecto caótico, dentro de una cerca de madera y malla de alambre.

Por detrás de todo eso se divisa el mismísimo océano Atlántico, reluciente y amenazante.

He llegado a Hidden Beach.

TERCERA PARTE

Hidden Beach

12

—¿Matilda?

Un chico rodea el lateral del castillo, empujando un cortacésped que parece oxidado. Aparenta unos dieciocho años. Tiene rasgos asiáticos, con el rostro redondeado y la nariz y los pómulos enrojecidos por el sol. Tiene el pelo negro, largo y ondulado, recogido en un moño en lo alto de la cabeza. No lleva calzado. En su camiseta pone «Almacenes Shirley».

—Sí, soy Matilda.

—Te estaba esperando —me dice—. June está a tope con la cuba del índigo.

—¿Perdona?

—Llevo aquí todo el día —prosigue el chico mientras abandona el cortacésped y se acerca hacia mí—. Por si llegabas. Y ya estás aquí. Qué guay.

—Le dije a Kingsley el horario del vuelo.

—Kingsley está fuera de la isla.

—¿En serio?

Me invade una oleada de decepción.

—Volverá mañana —dice el chico—. Tenía que hacer una cosa.

—¿No te dijo cuándo llegaba?

—Es posible que no viera el mensaje. Aquí nos pasamos la mayor parte del tiempo desconectados, en plan analógico. —El chico le acaricia las orejas a *Charco*—. ¿Quién es la mejor perra del mundo? Has acompañado a Matilda hasta aquí, ¿verdad? —Se gira hacia mí con una sonrisa radiante—. Se llama *Charcosombrío*. Es un personaje de *Las crónicas de Narnia*. Pero nosotros la llamamos *Charco*. Yo soy Vermeer Sugawara. Me llamo así por el pintor, Vermeer. ¿Has oído hablar de él?

—Me suena.

—Era un holandés del siglo XVII o por ahí. Le gustaba pintar con tonos azules y amarillos. Gente situada cerca de una ventana, bajo una luz lechosa. Cosas así. Todo el mundo me llama Meer, porque así pronunciaba mi nombre cuando era pequeño.

Se cuelga mi bolsa del hombro y se dirige hacia el castillo, pero se detiene antes de abrir la puerta.

—¿Sabes qué? Pasemos de entrar. Con ese rollo del índigo y los tintes naturales. Mejor vamos a la playa. ¿Estás cansada?

—En absoluto —miento.

—Bien.

¿Quién es Meer? ¿Y quién es esa tal June de la que habla? ¿Viven aquí, trabajan aquí o qué?

Le echo un vistazo rápido al móvil. No hay ningún mensaje de Kingsley. No se ha molestado en decirme que ha tenido que ausentarse de su casa.

De pronto, este viaje me parece una idea nefasta.

Apilamos el equipaje junto a la puerta principal y sigo a Meer alrededor de un lateral del castillo. Habla sin parar.

—Puede que Tatum esté ahí abajo, en el agua. Aunque también puede que esté liado con el índigo. O puede que esté trabajando, no tengo ni idea. Brock está fuera, aunque no sé dónde, puede que se haya ido al mercado.

—¿Quién es Brock?

—Vive aquí. Vino en una especie de peregrinaje para conocer a Kingsley. Igual que tú.

—Yo he venido a ver a mi padre.

—El padre de Brock es una clase de persona muy diferente. Una especie de timador. Cogió todo su dinero y se lo gastó en pastillas.

El sendero nos conduce junto a lo que ahora veo que es una casita independiente y una piscina enorme y circular. Está llena de agua, pero está sucísima, cubierta de hojas podridas.

—Se nota que nos bañamos mucho en la piscina —bromea Meer—. La playa está por aquí.

Cruzamos una arboleda hasta llegar a una escalera de madera. Está construida en un acantilado gigantesco, en una tortuosa comunión entre madera furibunda y arcilla sumisa. Las escaleras descienden, después giran hacia la izquierda, luego descienden, después giran hacia la derecha, y así continúan su senda sinuosa hasta la arena.

En lo alto de las escaleras hay un recipiente grande de plástico con un dosificador. Tiene pegado un trozo de cinta de carrocero azul que dice: «Líquido asqueroso. No beber». Meer acciona el dosificador y se vierte en la mano un potingue que parece aceite, después se lo restriega por las mejillas y los brazos, dejándose la piel reluciente.

—¿Qué es eso? —le pregunto.

—Un líquido asqueroso.

—En serio.

—No te lo bebas —añade, sonriendo.

—Ah, ya. Es protector solar.

—Lo prepara June —me explica—. El mejunje que venden en el supermercado es maligno, o tóxico, o cuesta una pasta, o algo así. El texto de la etiqueta lo escribí yo.

Me vierto un poco en la mano. Huele a mandarina. Me froto las manos y me lo extiendo sobre la cara y los brazos.

—¿Quién es June? Porque Kingsley no me dio muchos datos cuando me invitó a venir. No la mencionó a ella, ni a Tatum, ni a Brock. Ni a nadie más que viva aquí.

Meer se encoge de hombros.

—Kingsley nunca le cuenta nada a nadie. No es culpa tuya.

—Vale. Por cierto, no sé quién eres —le confieso.

—Kingsley es mi padre —dice Meer—. Como también es el tuyo.

13

El sonido del océano retumba en mis oídos mientras sigo a Meer por la escalera. Corro para alcanzarlo cuando llegamos hasta la arena. Está con los pies metidos en el mar.

—Eres mi hermanastro —le digo, recalcando lo evidente.

Meer asiente con la cabeza.

—Tenía muchas ganas de conocerte.

—¿Por qué Kingsley no me lo contó?

—Ni idea. Él es así.

—¿Tú lo has sabido desde siempre? ¿Lo de mi existencia?

—Ajá.

—Pues yo no. Ni siquiera había oído hablar de él.

—No pasa nada. Ahora sí lo sabes.

Me quedo mirando a Meer. El sol de finales de julio hace que le brille el pelo. Tiene mojado el bajo de los pantalones cortos a causa de las olas que rompen alrededor de sus tobillos.

Él y yo no hemos reñido nunca. No nos hemos chinchado durante un viaje largo en coche ni hemos compartido un helado. Nunca nos hemos levantado de la cama sin hacer ruido los fines de semana por la mañana para echar una partida a la consola y comernos los cereales a puñados directamente de la caja, tampoco nos hemos acompañado a las citas con el dentista ni a los recitales del coro.

Yo no me he comido los espárragos de su plato para salvarle el culo porque a él no le gustan. Nunca nos hemos ido de acampada. Meer no rompió la batidora y luego me echó la culpa a mí. No tenemos historias en común, ninguna anécdota familiar graciosa. No hemos competido por el cariño y la atención de nuestro padre, porque Meer lo acaparó todo.

Él es el hijo al que Kingsley decidió criar.

Su madre es la mujer a la que Kingsley amó en lugar de Isadora. Mi padre tiene un hijo, pero nunca me quiso a mí, su hija.

No puedo estar resentida con él por esas cosas. Meer quiere tener una hermana. Se le nota en la cara, que es como un libro abierto, y en la sonrisa de cachorrito que me está lanzando. Y aunque no tenemos una historia en común, sí compartimos sangre. La de Kingsley corre por nuestras venas. Percibo el pulso de Meer en el lateral de su cuello, veo el contorno azulado de sus venas en las muñecas. Esa sangre me llama. Me atrae hacia un hermano que lleva aquí todo este tiempo, mientras yo pensaba que era hija única.

—¿Qué te contó Kingsley sobre mí? —le pregunto.

—Algo en plan: tienes una hermana que anda suelta por el mundo. Se llama Matilda Klein. Y me contó que tu madre sale en el cuadro de Perséfone. Eso es todo.

—No creo que pudiera saber mucho más. No ha vuelto a hablar con mi madre desde antes de que yo naciera.

—Él pensaba que sería bueno para mi imaginación saber que estabas ahí fuera.

Nos quedamos contemplando el océano durante un rato.

—¿Y fue así? —pregunto al fin—. ¿Fue bueno para tu imaginación?

—Hice varios dibujos sobre ti cuando era pequeño. No pienses mal. No estaba obsesionado, ni nada parecido. Era más bien la manera en que un niño dibuja a un abuelo que no ve a menudo, a un amigo imaginario, o algo así. Tengo un cuaderno donde apunto mis ideas y mis cosas. Siempre he tenido uno. Así que dibujaba a una hermana situada a mi lado, delante de un castillo. O en la playa. Sobre todo, antes de que Tatum se viniera a vivir con nosotros, porque desde entonces ya no he sido tan ermitaño. Te pido disculpas si eso también ha sonado un poco raro.

—No, tranquilo —le respondo. Y luego añado—: Yo también tengo un cuaderno de bocetos.

—¿En serio?

—Con mapas imaginarios, ideas para juegos y cosas que quiero hacer. Hay gente a la que le resulta extraño.

—En mi caso, sobre todo dibujo ideas para tatuajes. Y garabatos. No soy un artista como Kingsley —dice Meer—. Empecé un cuaderno porque él siempre tiene uno. Allá donde va, o cada vez que se sienta un rato, le gusta tener las manos en movimiento. Le ayuda a entender el mundo. Yo quería ser como mi padre cuando era pequeño, pero además..., bueno, siempre me he parecido a él de todos modos. Me gusta tener las manos ocupadas y proceso las cosas dibujándolas.

—Yo también.

—Estoy hablando mucho. Creo que estoy nervioso. Creo, no. Seguro. No recibimos muchas visitas.

—Yo estoy igual —admito—. No se conoce a un pariente nuevo todos los días.

Meer me dirige una sonrisa radiante. Escruto su rostro en busca de parecidos con el mío, rasgos que los dos hayamos heredado de Kingsley. La boca y la forma de la barbilla, diría yo. Pero lo importante no es nuestro aspecto. Meer y yo estamos conectados. Siempre ha existido esa conexión. Nuestras vidas están entrelazadas por nuestra biología y por las fantasías de Meer para que yo formase parte de su familia, sin que yo lo supiera.

Y ahora lo sé.

—¿Cuándo volverá nuestro padre? —le pregunto. Las palabras «nuestro padre» me dejan un regusto desconocido en la boca.

Meer no responde. Se adentra un poco más en el agua. Aquí las olas son bastante grandes e impactan sobre sus rodillas.

—Vengo desde muy lejos —añado, hablando hacia su espalda—. Desde California. Solo para conocerlo.

—Kingsley te está regalando esto —dice Meer, señalando al océano—. Al invitarte a venir aquí. Quiere que lo veas, supongo. Y que estés aquí, ahora que tu madre se ha ido. Quiere que te quedes en nuestra casa. Que llegues a conocernos.

—¿Cómo sabe que mi madre se ha ido?

Meer se encoge de hombros.

—Por Instagram, tal vez.

—¿Te lo ha dicho él?

—Puede que tenga contacto con ella. No lo sé.

—No lo tiene. —Contemplo la extensión infinita del mar—. ¿A qué hora sale su vuelo?

—Ni idea. Se fue a ver a un cliente para hablar sobre un cuadro. A los coleccionistas les gusta conocer al artista, pero Kingsley no quiere que nadie visite su estudio. Les enseña fotografías de sus trabajos y deja que lo inviten a comer en sitios caros mientras deciden lo que quieren. Me suena que está en Boston. O quizá en Nueva York.

—Pero ¿dijo que vendrá mañana? —insisto.

—A él no le gustan los horarios, las planificaciones, ni los compromisos. Es un espíritu libre.

Ahora lo entiendo.

—No sabes cuándo va a volver, ¿verdad?

—Dijo que mañana. Pero puede que no sea así.

—Él me invitó a venir aquí, me prometió un cuadro ¿y luego se va de viaje sin avisar?

—No es eso.

—Entonces, ¿cómo es?

—Kingsley no es una persona corriente. Es un artista.

—¿Y?

—Él crea sus propios horarios. Y es fundamental que siga siendo así, para poder canalizar su genialidad.

Meer comienza a caminar en paralelo a la playa, todavía por el agua. Yo me paro para remangarme los vaqueros hasta las rodillas, luego lo alcanzo.

—¿Crees que es un genio?

—Claro. Se mantiene apartado del mundo. Nosotros también, la mayor parte del tiempo, aquí en Hidden Beach. La idea es esta: si comes cuando tienes hambre, duermes cuando estás cansado y escuchas lo que tienes dentro, estarás propiciando que las musas se manifiesten. Kingsley vive así. Siempre está abierto a las musas.

Podría responderle diciendo que Kingsley es la clase de hombre que abandona a una mujer a la que ha dejado embarazada.

Podría decir: «Vendió *Perséfone* por varios millones y nunca le dio un duro a mi madre».

Podría decir: «Cuando era un cuarentón, se acostó con una chica de diecinueve años».

He pensado esas cosas sobre Kingsley Cello cuando leí todos esos artículos y mientras mi madre me contaba lo que pasó, pero la verdad es que a pesar de todos sus defectos e incluso inmoralidades, quiero que mi padre me vea tal y como soy.

Que me redima.

Que me ayude a encontrar mi lugar en el mundo, ya que nunca he dejado de moverme.

Que me ayude a entender mi propia mente,

por qué me sumerjo tanto en los videojuegos que el resto del mundo desaparece,

por qué estoy tan llena de rabia y anhelo,

de rectitud y pérdida,

asomada al borde de mi propio futuro.

Quiero que me dé

las armas que necesito

para superar los niveles que me aguardan.

Quiero que tenga

una explicación para Matilda Avalon Klein.

Pero no le digo nada a Meer, excepto esto:

—Me gustaría conocerlo.

—¡Y lo conocerás! —exclama con entusiasmo—. Y entonces lo entenderás todo.

Caminamos un rato en silencio. Meer se agacha para recoger una roca morada y peculiar.

—Tengo una colección de rocas.

—Te has criado aquí, ¿verdad? Supongo que tendrás un montón.

Se la guarda en el bolsillo.

—Me he educado en casa, por si no se me nota. Bueno, casi siempre. Probé a ir a los colegios de la isla, pero June tenía mucho que enseñarme. Y también el océano. Y Kingsley. Además, me levanto tarde por naturaleza. Soy una persona nocturna.

—Educarse en casa está guay —le digo—. Yo también lo he hecho a veces.

—Hay gente que me considera... un bicho raro. Los chicos del instituto.

—Que les den.

Meer sonríe.

—Las instituciones no casan conmigo.

—¿Cuántos años tienes? —le pregunto.

—Dieciocho.

—Yo también.

—Nací en septiembre.

—Yo en octubre.

Nos quedamos callados un momento.

Kingsley dejó a mi madre por la de Meer. Probablemente, se estuvo acostando con las dos al mismo tiempo. Los dos lo sabemos, pero puede que Meer lo haya sabido desde siempre.

—¡Soy mayor que tú! —exclama. Su rostro se ilumina—. Me alegro de que estés aquí, Matilda.

14

—¿Nos aclaramos los pies? —pregunto.

Llevo las zapatillas en la mano y nos dirigimos hacia la puerta trasera del castillo. Junto a ella hay un montón de tablas de *bodysurf*, unos cuantos zapatos llenos de arena y un par de cubos. Por un lateral diviso una ducha al aire libre.

—No hace falta —responde Meer.

Señalo hacia un letrero con un mensaje escrito en letras cursivas: «Lavaos los pies».

—Eso es de hace mil años —replica mientras me conduce hasta un inmenso porche acristalado que hace las veces de zaguán.

Está flanqueado por estantes que llegan hasta la cintura. Filas y filas de ganchos que sujetan toda clase de chismes propios del verano: toallas y bañadores, camisetas de licra y un mandil para hacer jardinería. Botas de agua, un surtido de linternas, chanclas, deportivas y velas de citronela. En la pared hay apoyado equipamiento deportivo y de playa.

Por todas partes, etiquetas: «Toallas», «Linternas», «Botas». Están desgastadas, manchadas en algunos sitios.

—Estas las escribió June —explica Meer—. Cuando yo tendría unos diez años, más o menos. Tatum estaba aquí en esa época, pero vivía con sus padres, no con nosotros. Se alojaban en la casita de la piscina. Tatum y yo escribimos las que eran de broma.

Algunas etiquetas están redactadas con caligrafía infantil. Meer voltea el cartel que dice «Comida de unicornio» para revelar una etiqueta donde pone «Sombreros de invierno». En otros cartelitos se lee: «Artilugios mágicos», «Residuos tóxicos», «Dientes de lagarto», «Botín de guerra».

Meer se pone unas chanclas que ha sacado del estante. En la zona del talón pone muy clarito el nombre de «Tatum Cooper-Lee».

—Éramos muchos en aquella época. Ahora solo somos cuatro, más Kingsley. ¿Y ahora tú? ¿Tal vez? Al menos, durante una temporada. Somos menos gente, pero hay más caos.

En la cocina hay una mujer subida en un taburete, metiendo un trozo de tela en una cuba grande de tinte azul. Aparenta unos cuarenta años, tiene rasgos asiáticos. Más tarde me entero de que es japonesa-estadounidense de tercera generación. Al igual que Meer, es de complexión esbelta. Aunque lleva una coleta alta, el pelo negro le llega casi hasta la cintura. Es guapa, con unas cejas estilizadas y un rubor en las mejillas, sumado a un cuello elegante. Viste con botas de trabajo y un vestido azul sin mangas, por debajo de un mandil inmenso del mismo color.

El suelo de la cocina está cubierto de trozos de lona. La mesa grande está pegada a la pared. Las encimeras de madera están desgastadas, como si acumulasen un montón de uso.

Hay varias cuerdas de tender extendidas por la estancia. De ellas cuelgan pantalones, camisetas, jerséis y cortinas teñidos de azul, goteando. Por debajo hay una serie de cubos y cuencos colocados para recoger las gotas.

—Ha llegado Matilda —le dice Meer a la mujer—. Matilda, esta es June. Mi madre.

—Muchas gracias por acogerme —le digo.

June sigue mirando la cuba, afanada con su tejido. Tiene las manos manchadas de tinte azul. Tiene callos en los dedos y las uñas muy cortas.

—Meer —replica—. ¿Qué dijimos acerca de invitar a gente este verano?

Me ruborizo. June no sabía que iba a venir.

Y es evidente que han creado una especie de norma familiar para no recibir visitas.

—La ha invitado Kingsley —explica Meer.

June interrumpe su labor y alza la mirada.

—Ah, ¿sí? ¿Hace tiempo? ¿O te refieres a que acaba de invitarla ahora?

—Hace un par de días —le aclaro.

—Va a quedarse en la Torre del Pergamino —dice Meer.

—¿Va a dormir ahí? —June no disimula su irritación, pero ha devuelto su atención a la cuba de la tela teñida con índigo y remueve el contenido mientras hablan—. Sé lógico, Meer.

—Kingsley me pidió que preparase el Cuarto de Hierro. Ya está listo.

—No. Eso no puede... No puedes pedirle a una nueva amiga que se quede aquí y echarle la culpa a tu padre.

—Ya te lo he dicho, la ha invitado Kingsley. Pero ahora no está en la isla —replica Meer.

—Es verdad —insisto—. Me escribió un correo.

—Ya sé que está fuera de la isla —contesta June.

—Por eso tenemos que ser hospitalarios y compensar su pereza, o su negligencia, o como quieras llamarlo.

Meer sonríe a su madre, como si estuvieran compartiendo una broma familiar.

—Meer... —replica June.

—¿Qué?

—A veces es muy difícil tratar contigo, mi vida.

—Cabréate con Kingsley, no conmigo —replica él, riendo—. Y sé buena con Matilda, igual que lo eres con Brock.

Eres una madre estupenda y simpática, con un gran corazón. Sé que lo eres, así que no te pongas en plan gruñona.

Por primera vez, June levanta la mirada de su labor para examinarme. Cuando nuestras miradas se cruzan, deja de remover la cuba.

—Ah. —Un gesto de comprensión se asoma a sus ojos—. Eres la hija de Kingsley.

15

No cruzan ni una palabra más sobre el tema entre ellos. Sin un solo atisbo de su irritación previa, June comienza a explicar que la inmensa cuba que está sobre el fogón, y que ocupa varios fuegos, contiene un tinte índigo. La semana que viene va a organizar una «colecta» en el mercado de artesanía de West Tisbury. Llevará el tinte en una cuba más pequeña sobre un plato caliente. Habrá cuerdas para tender las prendas, materiales para crear tintes naturales y cosas así. A cambio de una donación, la gente podrá teñir lo que le apetezca. Lo de hoy es una prueba.

Me da un mandil. Es de algodón blanco y deja en él una mancha azul cuando lo toca con las manos. Me quito la camiseta de manga larga de color crema y me pongo el delantal sobre la camiseta interior negra. Meer también se coloca un mandil. Le queda colgando por debajo de los pantalones cortos, así que parece un vestido. Se recoloca la goma elástica con la que se recoge la melena.

Sigo las instrucciones de June para escurrir el agua azulada de los tejidos que están encima del fregadero, estrujándolos y retorciéndolos. Después hay que sumergirlos otra vez para que se asiente el tinte. Por último, hay que volver a escurrirlos y ponerlos a secar.

—Podría utilizar la secadora, pero se mancharía de azul —explica June—. En cualquier caso, me gusta ver cómo cambia el color a medida que se seca la tela.

Tiene razón. Mientras trabajamos, los azules verdosos se apagan poco a poco, adoptando una tonalidad más oscura. Los tonos negros con destellos azules tiran hacia el gris.

Estoy cansada y aún sigo revuelta por los vómitos de hace un rato, pero hago todo lo que me pide June. No hay música, ni podcasts, ni noticias en la radio. No se oye nada excepto las voces de Meer y su madre, que comentan de vez en cuando si algo está bien escurrido o si sería conveniente volver a sumergir tal o cual camisa en el tinte.

En un momento dado, me excuso y reviso mi móvil para comprobar si Kingsley me ha enviado algo, pero no hay nada. Le escribo un mensaje:

> Estoy en Hidden Beach.
>
> Espero que no te preocupase que pudiera tomarme mal lo de Meer. No estoy enfadada. Me siento muy afortunada de tener una conexión familiar, incluso con alguien a quien apenas acabo de conocer.
>
> Una cosa: June no sabía que iba a venir. No sé muy bien qué ha pasado, pero creo que no le importa que me quede, al menos esta noche.
>
> Nos vemos mañana. Matilda

Meer dobla su delantal, se quita la camiseta y la introduce en el recipiente. Tiene los hombros muy bronceados y la figura espigada propia de alguien cuyo peso aún no se ha equilibrado con su estatura. Tiene el torso cubierto de palabras y dibujos. Al principio creo que son tatuajes, pero en realidad están pintados con rotulador, medio borroso. En el centro de su abdomen, con letras burbuja, pone: «Lee libros, tarugo». Más abajo, a la izquierda, donde a todas luces se lo ha pintado él, hay una imagen invertida de tres calaveras con el estilo clásico de un artista de tatuajes. En la parte superior de la espalda, alguien ha dibujado un velero caricaturesco con el nombre «CaraPedo» en el casco, junto con una serie de espirales que representan las olas.

Sumerjo la camiseta de Meer en el tinte, observando cómo el logo de «Almacenes Shirley» se hunde bajo la superficie. Cuando alzo la cabeza, compruebo que hay otra persona en la habitación.

Me resulta familiar, pero al principio no lo ubico. Tendrá unos dieciocho años, es blanco, va descamisado y está mazado, como un surfista que se pasa la vida haciendo pesas. Parece el típico guapete descerebrado que se pega la vida padre. Tiene unos ojos enormes y de color azul radiante. El pelo rubio y decolorado en las puntas. Hará por lo menos un año que no se renueva el tinte. Al igual que Meer, está cubierto de dibujos con rotulador. Tiene un burro muy bien dibujado en un hombro y una foca en el otro, además de una serie de anclas ornamentales y una chica pin-up en el brazo izquierdo. En el derecho tiene unas letras redondeadas que se extienden desde el codo hasta la muñeca. Dicen: «Meer siempre huele genial».

—¿Eres Brock o Tatum? —le pregunto.

El chico me sonríe y el gesto es tan deslumbrante que no puedo evitar sonreír también.

—Brock. —Se gira hacia Meer—. ¿Quién es esta?

Meer se lo explica y Brock se acerca a toda prisa hasta mi puesto junto al fogón. Extiende los brazos.

—¡Ven aquí, Matilda!

—¿Cómo dices?

—Eres pariente de Meer y Kingsley, y ellos son como una familia para mí, así que tú también.

Me da un abrazo de bienvenida como solo lo había experimentado antes en Hollywood, con algunos de los amigos actores de Saar. Demasiada piel desnuda y juvenil de una tacada.

—¡Madre mía! —exclamo cuando me suelta. Ya he deducido por qué me sonaba—. Tú eres Sammy.

—Me llamo Paul-David Brock.

—Pero también Sammy. Meer no me había dicho que eras Sammy.

—Brock no es Sammy —replica Meer.

—No, claro que no —admito, ruborizándome.

He visto a Brock interpretar a Sammy durante no sé cuántas horas de mi vida. Un montón. Su serie de la tele, *Hombres y otras criaturas*, dejó de tener episodios nuevos hace un par de años, pero publican fragmentos en TikTok a todas horas. Es imposible escapar de los vídeos donde sale Brock diciendo: «No me lo digas, ¡no quiero saberlo!» y «Las chicas son mucho más listas que yo».

Interpretaba al mayor de cinco niños criados por tres adultos que eran sus tíos. Los tíos en cuestión eran una panda de machirulos, y Brock y sus cuatro hermanas televisivas traían de cabeza a esos zoquetes por muchas razones.

—A veces la gente cree que me conoce. —Brock se impulsa para sentarse en la encimera—. Pero solo conocen a Sammy. Que no soy yo. De hecho, no se parece a mí en nada.

Siento el impulso de disculparme, pero mi madre siempre dice que muchas mujeres se disculpan cuando no han hecho nada malo, como si tuvieran que pedir perdón por el simple hecho de existir. No quería que yo fuera una de ellas. Así que me trago la disculpa y digo:

—Pues claro que no te conozco. Pero te he visto hacer cosas muy graciosas en la tele. Me alegro de conocerte, Paul-David Brock.

—Estamos con el índigo —dice June—. ¿Te apuntas?

—Me apunto —responde Brock.

June le da un delantal y un cubo con telas mojadas.

—Dejé a Sammy atrás hace mucho tiempo —me cuenta Brock mientras comienza a escurrir una tela sobre el fregadero—. Antes cargaba con él a todas partes, ¿sabes lo que quiero decir? Era una versión mejorada y más joven de mí que todo el mundo reconocía. Siempre decía cosas graciosas. Su foto salía en las marquesinas. Tenía la sensación de que mi verdadero yo solo era una versión más fea y cansada de Sammy. No sabía dónde terminaba él y empezaba yo. —Interrumpe su labor un segundo y me mira directamente—. La solución fue despedirme de Sammy para siempre. Y no volver a pensar en él.

—¿Y qué tal te funciona? —le pregunto.

—Bueno, en el fondo no es posible. Pero es mejor que nada. Kingsley y June me salvaron el culo. Siempre les estaré agradecido.

—Bah, venga ya —replica June—. Somos afortunados de tenerte aquí.

—Matilda, ¿quieres teñir tu camiseta? —me pregunta Meer.

He estado removiendo el recipiente, pero ahora recojo mi camiseta de manga larga del respaldo de una silla. Utilizando un cordel, trabajamos juntos para atar unas tiras que permanecerán blancas en los brazos, mientras que el cuerpo de la camiseta quedará teñido totalmente de azul. Meer es meticuloso al medir la distancia entre cada trozo de cordel.

—¿La simetría es importante para ti? —pregunta—. He dejado cinco centímetros entre cada una.

—Me da un poco igual.

—Para mi madre sí es importante —añade Meer.

—La simetría ayuda a centrarse y a serenarse —explica June—. Aporta una noción de equilibrio. Comprobarás que Hidden Beach es simétrica con sus cuatro torres. Y tiene muchas otras simetrías en su interior. Contienen y equilibran el caos en el que habita tu padre. Por eso la construimos.

Introduzco mi camiseta en la cuba del tinte. Meer se asoma por encima de mi hombro.

—Cuando se seque..., es decir, cuando te la pongas, parecerás uno de los nuestros —dice.

Es cierto. Ya me he adentrado mucho en Hidden Beach, casi sin darme cuenta.

No he comido ni deshecho el equipaje. No he realizado una visita guiada por el castillo ni he pasado una sola noche aquí. Pero tengo los brazos teñidos de índigo hasta los codos. Como Meer. Como June. Como Brock. Mi camiseta se secará hasta adoptar la misma tonalidad azulada que sus prendas, todas han surgido de la misma cuba.

Me empieza a dar vueltas la cabeza, las paredes se ciernen sobre mí y me desmayo.

16

Cuando abro los ojos, me encuentro tendida en un sofá mullido, cubierto de terciopelo raído. Estoy en una pequeña habitación adyacente a la cocina, una especie de rincón para desayunar. Hay una mesa circular rodeada de bancos empotrados. Hay algo que parece pan casero encima de una tabla, a medio cortar, cubierto por una capa grisácea de moho causada por la humedad estival.

June me toca la frente con una mano teñida de azul. Luego me acaricia detrás de las orejas, brevemente.

—¿Estás bien?

—Eso creo.

—Te prepararé un tónico.

Por encima del sofá veo uno de los cuadros de Kingsley. June se da cuenta de que lo estoy mirando.

—Se titula *Gótico junto al acantilado* —me cuenta—. No dejes que te deprima.

El cuadro se alza imponente sobre la habitación, enmarcado con madera negra.

Gótico junto al acantilado muestra a una familia de cinco miembros:

un hombre, una mujer y tres chicas adolescentes.

Se encuentran en el borde de un acantilado.

El viento sopla con fuerza, alborotando prendas y peinados.

Las chicas son blancas y rubias, con un aspecto que evoca

dinero viejo y lilas, con sus

mandíbulas robustas y sus

figuras espigadas.

Lucen miradas serias y van

vestidas con prendas de algodón blanco.

Están situadas delante de sus padres, con los pies en el borde del precipicio, tan cerca que si una de ellas da un paso, caerá al vacío.

Si te fijas un poco mejor, te das cuenta de que, mientras que dos de las chicas llevan puestas unas zapatillas de ballet,

la hermana mayor está

descalza.

Tiene los pies cubiertos de

ceniza.

También tiene las uñas renegridas.

Cenicienta.

Meer entra desde la cocina.

—El exceso de índigo puede resultar abrumador —dice con solemnidad.

Tardo un rato en comprender que está de broma.

—Eso y los vuelos nocturnos —respondo mientras me apoyo en el brazo del sofá para incorporarme—. ¿Me trajiste tú aquí?

—Estabas fuera de combate —me explica Meer—. Como una damisela desmayada en una película.

—¿Quieres dormir un rato? —me pregunta Brock, que se asoma al rincón del desayuno. Luego le dice a Meer—: Creo que le vendría bien descansar.

June regresa de la cocina cargada con una bandeja de madera sobre la que hay cinco frascos de color marrón oscuro con cuentagotas y un vaso de tubo con agua. Apoya la bandeja y se inclina por encima, vierte un par de gotas de un frasco, una sola gota de otro, y así sucesivamente hasta que el agua adopta un tono dorado.

—Esto te sentará bien.

—¿Qué son? —le pregunto.

—Concentrados de hierbas —responde—. Algunos los preparo yo, otros los compro.

—Pero ¿de qué hierbas?

—Pasionaria, *ashwagandha*, estrella de Belén, petasita y clemátide —me informa.

De hecho, los tarros están etiquetados con la misma letra cursiva y primorosa que los carteles del zaguán, aunque las etiquetas tienen manchas de humedad.

—No sé por qué lo he preguntado —confieso—. No tengo ni idea de plantas.

—Puedes confiar en mí. Pregunta a los chicos. Aún no los he envenenado.

—Eso es cierto —confirma Meer—. Yo bebo agua de pasionaria y estrella de Belén todos los días para desayunar y mira qué aspecto tengo.

Se apoya las manos bajo la barbilla y sonríe como un niño en una fotografía. June le da un golpecito en broma.

—No le hagas caso. No bebe nada de eso.

Cojo el vaso con el líquido dorado. Pruebo un sorbito. De pronto me entra una sed increíble, pero esto tiene un sabor... amargo y rancio, como un puñado de orégano que se ha quedado pastoso al fondo de la nevera. Como una herida del pasado.

June, Meer y Brock me miran.

—Te sentará bien. Tómatelo —dice June—. O no. Nadie te va a obligar.

—¡Qué rico! —exclama Meer, luego pone una mueca como si fuera a vomitar.

Inclino el vaso y me lo bebo.

17

Las cuatro torres de Hidden Beach reciben su nombre de otros tantos colores de pintura y tienen las puertas etiquetadas con la caligrafía de June: «Pergamino», «Hueso», «Tiza» y «Perla». Sigo a Meer por las escaleras de la Torre del Pergamino. Carga con mi bolsa de viaje en un derroche de galantería y me acompaña hasta el Cuarto de Hierro situado en la cuarta planta.

—Cuando era pequeño, siempre quise tener una habitación en lo alto de una de las torres —me cuenta mientras subimos—. No por las vistas, sino porque Kingsley tiene su estudio en lo alto de la Torre del Hueso. Pero siempre me despertaba en mitad de la noche, así que mis padres insistieron en instalar mi cuarto al lado de su dormitorio, en el segundo piso de la Torre de la Perla. Se está mejor en verano, porque en los pisos inferiores no hace tanto calor por la noche. Pero Tatum y yo ya somos unos jovencitos de pelo en pecho y pisos altos. Nos hemos adueñado de la Torre de la Tiza.

—¿Kingsley te volvía a meter en la cama cuando te despertabas por la noche?

—Ajá. Caminaba de puntillas de un modo exagerado, como lo haría un payaso, y después se sentaba en el suelo al lado de mi cama. Me decía que cerrase los ojos para que pudiera ver los dibujos que había dentro de mis párpados.

Me preguntaba qué veía y yo me quedaba dormido hablando. A mitad de frase, me quedaba frito porque tenía los ojos cerrados.

Hemos llegado al cuarto piso y Meer se detiene delante de una puerta.

—Por lo que cuentas, parece un buen padre —aventuro.

—Es un gran artista —dice Meer, como si eso fuera lo más importante del mundo.

Me conduce al interior del Cuarto de Hierro. Tiene un lado curvo, como la torre. Las ventanas son amplias, cubiertas con unas cortinas blancas y lisas. La cama, un armazón de hierro vetusto con cuatro postes, está cubierta con unas sábanas teñidas con índigo. Está situada en mitad de la habitación. No hay ninguna mesilla de noche. El armario huele a madera y está repleto de estantes vacíos. No hay barra para colgar perchas. Tampoco hay espejo ni cómoda.

—¿Kingsley te ha retratado alguna vez? —pregunto.

—Montones de veces. Aunque me gusta más cuando trabaja a partir de una foto. O de memoria. Posar es muy aburrido y te acaban doliendo los brazos o el culo. Y encima se cabrea si te mueves, porque quiere que la luz se proyecte sobre ti de una forma concreta, pero se le olvida que está tratando con una persona. Así que sudas como un pollo y te entra un hambre tremenda. Pero luego, cuando el cuadro está terminado, sientes como si hubiera ocurrido lo contrario. Como si Kingsley hubiera visto algo dentro de tu alma. Y luego lo plasma en un lienzo para que todo el mundo pueda verlo.

Cuando Meer se marcha, rebusco en mi mochila hasta que encuentro el móvil. Debería escribirle un mensaje a mi madre para decirle dónde estoy. Y otro a Saar para confirmarle que he llegado.

Pero mi móvil no está en la mochila.

Abro la funda donde llevo el portátil. Tampoco está ahí.

Meer mencionó que están desconectados: «Tenemos teléfonos móviles para emergencias y también hay ordenadores, pero dejamos todos los dispositivos electrónicos en una habitación cerrada y solo entramos ahí en los ratos estipulados para ponernos al día y resolver asuntos pendientes. Los lunes y los jueves».

¿De verdad ha sacado los dispositivos electrónicos de mi equipaje? ¿O lo hizo June mientras yo estaba inconsciente sobre el sofá del comedor?

Me pongo de mala leche. Por segunda vez me pregunto si habrá sido buena idea venir aquí.

Ya casi he terminado de deshacer el equipaje cuando oigo unas voces en el pasillo. Voces masculinas, jóvenes. Son Brock y alguien más. Deduzco que será Tatum.

—¿Quién está ahí?

—¿Dónde?

—En el Cuarto de Hierro. La puerta está cerrada.

—Ah, es Matilda —dice Brock.

—¿Te refieres a la hermana de Meer?

—Sí.

—¿Ha venido de visita?

—Sí. Creo que está indispuesta. Se desmayó en el suelo de la cocina.

Se produce una pausa. Tatum suspira.

—¿Sabíamos que iba a venir?

—Es obvio que tú no.

—Me refiero a si lo sabías tú.

—No.

—¿Y Meer?

—Eso parece, sí.

—¿Y cómo ha sido? ¿Se ha presentado sin más? ¿Kingsley lo sabe? —pregunta Tatum.

—No sé qué sabrá él.

—¿Cuánto tiempo se va a quedar?

—Ni idea. ¿Cuánto tiempo suele quedarse la gente que viene de visita?

—Tú llevas aquí un año.

—Ya, ¿y qué harías sin mí?

Se oye un golpe seco, como si alguien hubiera arrojado una almohada. Después otro golpe. Y unas risas.

—¡Contribuyo un montón! —exclama Brock—. Sin mí, tendrías carencia de hierro, subsistiendo a base de polvos, *pavlovas* y frambuesas. —Más risas—. Esta misma tarde he cargado el frigo, tarugo.

—¿Has traído el entrecot marinado?

—Y el pollo y las brochetas de pez espada que te gustan. No me he olvidado de nada —asegura Brock—. Lo he pagado con la inocencia perdida de mi desdichada juventud. ¿Vale? Hoy te he comprado un entrecot gracias al sacrificio de mi infancia.

Tatum se ríe.

—Vale, ya en serio, está genial. Gracias.

—De gracias, nada —replica Brock en broma—. Ya sabes que pienso comerme la mitad.

—Pero ¿has comprado mucho o no?

—Sí.

—De lujo. Te debo una.

—No hay de qué.

Hacen una pausa.

—Pero Matilda... —añade Tatum.

—Su cuarto está ahí al lado. Fijo que puede oírte.

Tatum baja la voz.

—No debería estar aquí.

—Ya lo sé —responde Brock—. Va a hacer que se le vaya la olla a Meer. Estará todo el tiempo con las emociones a flor de piel.

—No deberíamos añadir a nadie más —zanja Tatum—. Nos basta con los que somos. No debería meterse en nuestros asuntos.

18

No hay nadie en el piso de abajo.

Meer dijo que la cena era a las siete. Aún tengo el pelo mojado tras haberme duchado, pero me pongo un vestido negro de algodón que espero que sea apropiado.

El cavernoso salón es minimalista, pero acogedor. Los sofás son de color damasco oscuro y parece como si los hubieran construido con esferas de terciopelo unidas entre sí. Uno de los cojines está manchado con un líquido oscuro. La mesa de centro es el doble de ancha que una normal y tiene encima una pila de libros de arte y arquitectura. Del techo altísimo cuelga un móvil decorativo que medirá unos dos metros y medio y gira con la brisa que entra desde las puertas correderas.

No hay cuadros en las paredes, a excepción de un lienzo de Cello que reconozco por haberlo visto en internet.

Ulises huye muestra a un hombre

de pie al volante de una lancha motora.

Lleva puesto un jersey y unos vaqueros manchados de sangre.

Aparece muy muy pequeño. El cuadro está

acaparado por el océano. Con unas olas violentas, aterradoras.

Por detrás de Ulises, en tierra firme,
un Cíclope yace muerto,
con una lanza clavada en el ojo.
Está tan lejos que apenas se distingue.
Ulises surca esta vasta expansión de
un océano muy peligroso.
Escapando.

No he leído *La Odisea*, pero sé que es un poema griego muy antiguo. Además, Saar y yo jugamos juntos a *Killer Odyssey* y nos lo pasamos.

Ulises, el gran rey de no sé dónde, abandonó su reino para combatir en la guerra de Troya. Al final acabó viajando por todo el mundo. En el juego, te desplazas en barco de un nivel a otro sobre un mar del mismo color que un vino tinto. En cada fase tienes que combatir con una criatura legendaria: el Cíclope, Medusa o un puñado de sirenas salvajes.

Las sirenas son las más difíciles de matar. No puedes acabar con ellas con ningún método convencional. Tienes que ahogarlas en el aire, una detrás de otra, sacándolas a rastras del mar y dejándolas atrapadas para que no puedan regresar. Suplican clemencia y se revuelven para intentar respirar.

Es brutal y misógino, pero es lo que tienes que hacer para superar ese nivel. Y no puedes ser un jugón si te cabreas con la misoginia. Está latente en casi cualquier juego. En el *Mario Kart*, incluso. O en *Angry Birds*. Así que me reservo los cabreos para las situaciones de la vida real. Además, cuando me convierta en diseñadora, crearé juegos superviolentos que no transmitan odio hacia las mujeres. Y que no olviden que existimos.

Sea como sea, una vez que has ahogado a todas las sirenas salvajes en el aire, se resecan. Sus escamas conforman una espada-trofeo estupenda que puedes usar más adelante. Después de eso, puedes matar a los demás villanos de manera normal, por ejemplo con espadas, granadas, picas de hielo y cuchillos de trinchar.

El cuadro de Kingsley es desolador. El agua parece infinita, la lancha diminuta es muy vulnerable. Ulises no parece un héroe conquistador; tiene un aspecto demacrado y desesperado. Parece un hombre que ha hecho cosas horribles para sobrevivir, atroces.

Por debajo del cuadro, sobre la repisa de una enorme chimenea, hay cuatro vasos llenos hasta la mitad con un zumo rosa. Se diría que llevan ahí varios días. Hay dos cuencos con una costra de yogur y muesli.

Me dirijo al comedor, que alberga una mesa que parece creada a medida para casar con las paredes de madera y los estantes encastrados. La lámpara de araña es de vidrio verde soplado con forma de espirales oceánicas, como si fuera un calamar. Está iluminada desde dentro y proyecta unas extrañas sombras anaranjadas en la pared. Pero la mesa no está servida para una cena. Contiene varias tazas de café olvidadas y un plato pegajoso con migas y restos de sirope. El suelo está cubierto de restos de comida y otros desperdicios.

La cocina está ordenada. La cuba del índigo sigue apoyada al fondo del fogón, pero los demás materiales del proyecto están recogidos. Han retirado todas las telas para tenderlas en el exterior. Sábanas, camisetas, faldas y fundas de almohada, en diversos tonos de azul, ondean con la brisa estival al otro lado de la puerta corredera de cristal.

Como la habitación está vacía, siento el impulso de registrar las alacenas, de mirar en el frigo y en la despensa, de abrir cada cajón y cada puerta para descubrir el fragmento de mi historia que siempre me ha faltado. Este es el hogar de mi padre. Mi padre.

¿Qué comerá? ¿Qué taza utilizará para servirse el café por las mañanas? ¿Tendrá especias traídas de la India y de México? ¿Colecciones de pimientas y tarros llenos de *harissa* y *tahina* hasta la mitad? ¿O comerá cosas sencillas, reservando su extravagancia para sus cuadros?

Abro la nevera. Está llena de tarros de cristal con frutos secos y semillas, cuidadosamente etiquetados con la caligrafía de June. También hay líquidos almacenados en tarros: gaseosa de lima con miel, té de hibisco, té de menta, leche y nata. Salsas: pesto, tomate, perejil y menta. Y aliños para ensalada: sésamo, mostaza balsámica. Casi no hay ningún producto comercial, aparte de un bote de kétchup Heinz.

Puedo ver a June en cada rincón de esta nevera, a pesar de que acabo de conocerla. Pero no consigo ver a Kingsley ni discernir qué será suyo. Hay un cajón para hortalizas lleno de maíz y calabacines. El otro está repleto de paquetitos, que parecen sobres de papel manila en miniatura. Están etiquetados con letras mayúsculas: «BROCK». «JUNE». «MEER». «KINGSLEY». «TATUM». Y «MATILDA».

Hay cuatro paquetes que tienen mi nombre.

He llegado esta misma mañana. ¿Los habrá preparado hoy June? Dijo que no sabía que iba a venir.

Puede que esto signifique que tiene pensado que me quede una temporada.

Agarro uno. Me gustaría abrirlo, pero para eso tendría que romper el sello del sobre. No habrá vuelta atrás. Así que opto por coger uno etiquetado para Kingsley, porque de esos hay muchos. Seguro que no echarán uno en falta.

Abro el sello con cuidado..., pero el sobre se desparrama de todos modos, porque está lleno con un polvillo fino de aspecto herbáceo. El reguero se extiende sobre el cajón de los productos frescos, por la parte frontal de mi vestido negro y sobre el estante de la puerta del frigo. Mierda.

Me sacudo las manos en la ropa y oteo la cocina en busca del mejor modo de limpiar el estropicio.

—¿Qué estás haciendo?

Me quedo paralizada al oír esa voz.

Hay un chico en el umbral. Viste con vaqueros, pero va descalzo. Su gorra de béisbol mantiene su rostro entre sombras. La luz del pasillo traza su silueta, la pose resulta ligeramente amenazante.

Es Tatum. El que dijo que yo no debería estar en esta casa. El que quiere librarse de mí.

Da un paso al frente. Es el chico que me trajo en taxi.

El mismo que me cobró quince dólares de más por llevarme hasta la fresa. El mismo que se quedó sin propina. Una mezcla de gasolina, menta y resentimiento, enfurruñado junto a la puerta. Su enfado acentúa el contorno de sus pómulos.

—¿Qué estás haciendo? —repite.

Mi madre suele decir que algunas mujeres (muchas) actúan de un modo sumiso para apaciguar a los hombres de aspecto peligroso. Y que algunas mujeres (muchas) se hacen las ingenuas para evitar conflictos. Y que a las mujeres de nuestra sociedad se les enseña a agradar a los demás. A sonreír y a congraciarse con la gente a toda costa.

Mi madre tiene muchos defectos, pero no me crio para ser así.

—Hola, Tatum —lo saludo, como si nos hubieran presentado. Me quedo quieta bajo la luz de la nevera abierta, sin achantarme—. ¿Te acuerdas de mí? Nos vimos en el aeropuerto.

—Lo recuerdo.

—Yo también me acuerdo de ti. Fuiste muy borde.

Se encoge de hombros.

—¿Sabías adónde me dirigía esta mañana? —le pregunto—. ¿Kingsley te dijo que iba a venir y se te ocurrió jugarme una mala pasada y dejarme a casi un kilómetro de este lugar?

—No —responde—. No lo sabía. Y él no me dijo nada.

Le sostengo la mirada un instante.

—¿Meer tampoco te contó que iba a venir?

—No.

—Cuesta creerlo. Él sí me estaba esperando.

—Piensa lo que quieras. Meer no me dijo nada.

—En fin —replico—, tienes un bonito negocio montado, cobrando de más a la gente cuando no tiene claras las indicaciones.

—Eso no es... —Da un paso al frente—. ¿Por qué estás abriendo nuestros paquetes?

—Siento curiosidad por este polvillo blanco. ¿Es cocaína? ¿Anfetas?

—Muy graciosa. Esta nevera no es tuya, Matilda.

—Veo que sabes cómo me llamo.

—Meer me contó que estabas aquí. Después de que llegases.

—Maravilloso. Entonces seguro que vamos a ser grandes amigos —replico con sorna—. Y sí, ya sé que no es mi nevera, pero he venido para conocer a mi padre y resulta que está fuera de la isla, así que la segunda mejor opción es echar un vistazo por aquí. No es un delito.

—Espera —dice Tatum.

Agarra un estropajo del fregadero y se acerca hacia mí. Tiene las manos grandes y lleva algo escrito en ellas con rotulador. «Recuerda quién fui», se lee en una mano. Y en la otra: «Hicimos historia aquí».

Es un fragmento de una canción que me chifla, pero verlo escrito en las manos de alguien tan antipático y desconsiderado como Tatum me cabrea. No debería gustarle mi música. Qué fastidio.

Al principio, creo que va a agarrarme de la muñeca. Se cierne sobre mí. Pero se limita a usar el estropajo para limpiar los restos de polvo de las estanterías y del estante del frigorífico. Saca el cajón de los productos frescos.

Extrae cada paquete del recipiente con meticulosidad, manteniéndolos ordenados por nombre. Aclara el recipiente en el fregadero.

Lo observo en silencio. Finalmente, vuelve a colocar el cajón en el frigo. Todo está tal y como lo encontré antes de abrir el paquete.

—Podría haberte ayudado —le suelto con un tono beligerante cuando termina—. Ya que el estropicio lo he causado yo.

—Ya has hecho suficiente.

Está marcando su territorio. Me está diciendo: «Puede que seas la hija de Kingsley, pero no tienes cabida aquí».

Me da igual si tengo cabida o no. Necesito conocer a mi padre. Para algunas personas, la familia no tiene nada que ver con la biología, pero noto la atracción del parentesco. La he sentido desde el momento en que recibí ese primer email. La sangre de Kingsley corre por mis venas, y no pienso marcharme porque a un taxista huraño y antipático no le guste el pequeño estropicio que he causado en su cocina.

—¿Qué hay en los paquetes? —inquiero con tono acusador.

—Chía.

Las semillas de chía son esa cosa que la gente añade a los batidos de frutas en California.

—¿Qué más?

—Hierbas y colágeno. El polvo blanco es colágeno.

—¿Por qué los paquetes están etiquetados con nuestros nombres? ¿Quién los prepara?

—Yo.

—Tú. ¿Qué eres, una especie de experto en nutrición de diecisiete años?

—Tengo diecinueve —replica—. Los preparo siguiendo las indicaciones de June. Es una herborista con mucha experiencia y nos da a cada uno lo que necesitamos, sistemáticamente.

—Sistemáticamente —repito en tono burlón.

—Me pidió que te preparase cuatro paquetes con colágeno, corazones de cáñamo y semillas de chía para aportar fibra y proteínas, además de ginseng para dar energía. Es una manera de darte la bienvenida, Matilda.

—Pues eres el rey de la hospitalidad —le espeto—. Gracias por hacerme sentir como en casa. Estoy impresionada con tus habilidades sociales.

—Está bien. Husmea en el frigo lo que te dé la gana —dice Tatum—. ¿Has mirado ya en la despensa? ¿Has abierto los cajones? ¿Y el armarito de las medicinas? Hay varios, así que puede que tardes un rato en revisarlos todos, pero será un placer enseñártelos. No, espera, tengo una idea mejor. Ven arriba y mira debajo de mi cama. Echa un vistazo a lo que escondo. ¿Te gustaría registrar mi cartera? ¿Y leer todos los mensajes de mi móvil? Porque tengo muchas ganas de que te sientas bien recibida, y se supone que eso es lo que hay que hacer para darle la bienvenida a alguien, ¿no? Permitirle que invada tu privacidad.

—Solo era el cajón de los frescos —contraataco—. Por si no lo sabías, la gente acostumbra a fisgar en las neveras ajenas. A veces hay fruta ahí dentro. No tiene nada de malo echarle un vistazo al cajón de los frescos.

—Ya has admitido que estabas registrando la nevera de Kingsley. Y creías que estaba llena de drogas.

Vale, eso es cierto. Pero Tatum es insufrible.

Me doy la vuelta y salgo por la puerta corredera, airada.

19

Encuentro a Meer y a Brock en el exterior. Están jugando al frisbi y haciendo una barbacoa, todo al mismo tiempo. Han instalado la parrilla cerca de un árbol inmenso, junto al borde del acantilado. Asentada entre la hierba crecida hay una mesa de pícnic alargada y un surtido de sillas de madera desparejadas. Están cocinando el entrecot que trajo Brock. Hay un paquete de ensalada de patata preparada y otro de ensalada de col. Cuatro bolsas grandes de patatas fritas, algo de cerveza y agua con gas.

June está demasiado ocupada para bajar a cenar, me cuenta Meer. Tiene proyectos en marcha, en su atelier del piso de arriba. Relacionados con tejidos y hierbas. Y parece que Tatum tampoco anda por aquí.

—Sí que está. Me he cruzado con él en la cocina —les digo.

—¿En serio? —pregunta Brock—. ¿Y te ha gustado? Las chicas lo adoran. ¿O te gusto yo?

—No me gusta nadie —replico—. Uf, estás hecho un galán.

—Tatum es guapo, pero yo soy más divertido.

—Cierra el pico —le suelto—. ¿Nos conocemos lo suficiente como para poder decir eso? Yo creo que sí.

No pienso coquetear con Brock después de haber escuchado su conversación con Tatum. En cualquier caso, no pienso volver a acercarme a nadie desde que Luca lo supo todo sobre mí y luego decidió que era una rarita marginada que no merecía tener amigos.

—Está bien, ya me callo —dice Brock.

Se fija en el entrecot que está en la parrilla y se afana en voltearlo y macerarlo con un adobo. Ahora me siento mal. Parece un niño después de una regañina.

—Tenéis patatas fritas de todo tipo —le digo en tono conciliador—. Qué guay.

—Hay patatas barbacoa, con miel y mostaza, rancheras y un terrorífico sabor a encurtidos —dice Brock, sonriéndome—. Esas aún no las he probado. ¿Quieres hacer los honores?

Estoy disgustada con él por querer deshacerse de mí, pero resulta muy difícil odiarlo. Es un payasete. Me llena el plato hasta arriba con trozos de entrecot y patatas fritas con sabor a encurtidos. Le preocupa que Tatum se pierda la cena. Cuenta una anécdota graciosa que le pasó cuando conoció a Miley Cyrus y no se dio cuenta de que llevaba la cremallera abierta. Luego me habla de las repercusiones de aquel incendio en esa isla que está cerca de aquí.

—Ahora es imposible conseguir un experto en árboles, un arborista o como quiera que se llamen en Martha's Vineyard, porque todos se pasan el día en Beechwood, cubriendo las necesidades arbóreas de la familia Sinclair. Porque pagan más que la gente normal. Así que una mujer mayor a la que conocí en el súper, perteneciente a la comunidad wampanoag en Aquinnah, me dijo que alquiló una motosierra y cortó la rama de un árbol que le estaba arañando el tejado. Ella sola. Sus hijos se cabrearon porque decían que era peligroso, pero ella me contó que pensaba ocuparse de todas las labores con motosierra de ahora en adelante. Después dijo que la familia Sinclair actúa como si fueran una especie de terratenientes cuyas raíces se remiten hasta el siglo XVI. Pero no existe la realeza en Estados Unidos y esta tierra pertenece a los wampanoag, así que todos los demás estamos de okupas aquí.

—¿Y qué le respondiste a eso? —le pregunto.

—Le dije que no dudaba de que tenía razón y le pregunté si estaba dispuesta a darme clases de motosierra —responde Brock—. Luego me preguntó si trabajaba en algo de jardinería y le dije que no, que soy actor, y la señora hizo algunos cumplidos sobre mi físico. Debo decir que estaba un poco salida.

Brock había comprado una baraja de cartas durante su excursión al pueblo. Se las saca del bolsillo cuando terminamos de comer. Quiere echar una partida a un juego que se llama Mao, en el que no se explican las reglas a los nuevos jugadores. Meer y yo tendremos que deducirlas sobre la marcha, nos dice, basándonos en las penalizaciones que imparta como anfitrión.

—Lo voy a hacer fatal —dice Meer—. Sé jugar al Buitre y a la Guerra de Cartas. Y punto.

—Amplía tus horizontes —le dice Brock, que aparta las bolsas de patatas fritas y empieza a repartir.

Capto las reglas enseguida. Las jotas son comodines, no se puede hablar, los ochos cambian la dirección del juego y los ases le quitan un turno al siguiente jugador. Tienes que decir «Que pases un buen día» cuando juegas un siete.

—Esto se te da de miedo —me dice Brock—. ¿Habías jugado alguna vez?

—No. Pero a mi cerebro se le dan bien estas cosas.

—Pues yo no me entero de nada —se lamenta Meer.

—Penalización por hablar —dice Brock.

—Matilda ha hablado —protesta Meer.

—Pues penalización para ella también.

—Siento haberte dicho que cerrases el pico —me disculpo.

—Penalización por volver a hablar —dice Brock—. Pero gracias.

Más tarde, Meer me acompaña hasta el borde del acantilado, cerca del lugar donde la escalera conduce hasta la playa.

—Desde aquí se ve la isla Beechwood —dice, señalando—. Está lejos, pero se divisa. ¿La ves?

El sol está próximo a la línea del horizonte. Solo alcanzo a ver una silueta borrosa en la distancia.

—Según el *Gazette*, los Sinclair tienen un puñado de casas allí —prosigue—, pero la grande, la casa principal, es la que se quemó.

—Murió gente, ¿verdad?

—Eran un poco más jóvenes que nosotros.

—¿Los conocías?

—No. Dos de ellos formaban parte de la familia, eran primos. Y el otro era un amigo suyo. Saqué los nombres del artículo: Mirren Sheffield, Jonathan Dennis y Gatwick Patil. —Meer cambia su gesto sombrío por otro pícaro—. Brock y yo vamos a ir allí esta noche. Y Tatum también se viene.

—¿A la isla Beechwood?

—Ajá. Deberías venir. Tenemos un barco amarrado en Menemsha.

—¿Para qué?

—Para explorar. Quiero verlo. ¿Tú no? Nunca he visto un edificio quemado.

—Yo los he visto en la tele.

—No veo mucho la tele, la verdad. De todas formas, no es lo mismo que verlo en persona. —Se gira y me da la espalda—. Pero si te da miedo, no hace falta que vengas.

Lo dice como si fuera un niño en una serie de dibujos animados, una imitación infantil de la presión grupal.

La verdad es que sí estoy asustada. Hacer eso supondría colarse en una isla privada que pertenece a un hombre rico y poderoso, caminar entre las ruinas de un edificio donde ha muerto gente hace poco.

Pero Meer se muerde el labio cuando piensa. No encontró su sitio en el colegio. Tiene un cuaderno repleto de ideas. Posee una energía en su interior que la mayor parte del tiempo no sabe cómo canalizar.

Como yo. Somos igualitos.

—Contad conmigo —le digo.

—Genial —dice Meer—. Nos vemos en el garaje a las once.

En ese momento, Tatum comienza a subir por las escaleras que se alzan desde la playa. Está chorreando, con una tabla de *bodysurf* bajo el brazo, vestido tan solo con el bañador. Sus hombros relucen bajo la luz, como si estuvieran hechos de metal líquido. Meer baja corriendo a su encuentro.

—Mi hermana está aquí —dice en voz baja.

—Ya nos conocemos.

Tatum también habla bajo, pero aun así puedo oírlos.

—¿No te quedas un rato?

—Tengo que ducharme. Y aún no he cenado —replica Tatum, negando con la cabeza.

—Es maravillosa —le dice Meer—. Despide un aura de conquistadora. Como si su mente siempre estuviera activa. Pero también se desmayó. Es como un sueño hecho realidad, ¿sabes? Es la hermana que me imaginaba cuando no tenía a nadie con quien jugar, antes de que vinieras tú. Salvo que ella es real.

—¿Está haciendo muchas preguntas?

—¿Qué? No. Bueno, sí, la verdad. Pero no quiero ocultarle nada, así que da igual.

—Ya hemos hablado de esto. Ya sabes lo que pienso. No pienso repetirlo.

—Cambiarás de idea cuando llegues a conocerla, ya lo verás —insiste Meer—. Somos parientes de sangre. Esa no es la única clase de familia que existe, pero es importante. Yo diría que tiene la misma nariz que yo. Como la de Kingsley.

—Si acaso, luego.

—Pero Tatum —protesta Meer—, me gustaría que...

—Estoy muy cansado.

Tatum pasa de largo junto a Meer y sigue subiendo. Pero tendrá que pasar a mi lado, pues estoy cerca de lo alto de las escaleras, para poder llegar al castillo.

—A lo mejor deberías tomar un poco de ginseng —le suelto—. Para recargar energías.

Tatum no responde.

20

Si algo tienen los videojuegos, es que te ayudan a consumir tu rabia. Después de catapultar unos pájaros cabreados para acabar con todos esos cerdos malignos o de disponer a un millón de plantas asesinas para destruir a los zombis fiesteros que pululan por tu jardín, te sientes victoriosa y purificada de toda esa mierda rabiosa que te reconcome. El ex que fue contando mentiras sobre ti y los amigos que te dieron la espalda. El padre que nunca quiso conocerte. La madre que priorizó a un hombre y te abandonó. El taxista antipático de hombros bonitos que te detesta tanto que no es capaz de darte siquiera una oportunidad.

Canalizas tu furia masacrando sirenas, cerdos y zombis. No es hasta después, cuando apagas el juego, cuando puedes pararte a pensar por qué te ha gustado. Y qué ha significado para ti.

En *Algo podrido*, el juego al que estuve jugando con Saar antes de marcharme, controlas a Hamlet. Sí, el de la obra de Shakespeare. Tienes que abrirte paso a mamporros a través de un castillo lleno de embusteros y juerguistas para matar a tu despiadado padrastro —el rey Claudio— y vengar la muerte de tu padre.

El juego cuenta con armas muy innovadoras. No solo hay sables, sino también unas granadas que explotan como fuegos artificiales y una pequeña bandada de dragones voladores y voraces, además de unos cubitos que, cuando se los lanzas a tus enemigos, los convierten en erizos.

Lo tengo instalado en el portátil y estaba en proceso de intentar pasarme el nivel donde te enfrentas a Ofelia. Pero June ha guardado mis dispositivos bajo llave. Resulta extraño vivir sin redes sociales, sin videojuegos, sin mensajes. Mi mente bulle de actividad. Me paseo por el Cuarto de Hierro.

Abro mi cuaderno y tomo algunas notas sobre cómo derrotar a Ofelia cuando retome el juego. Después bosquejo una idea para un nivel que no existe, un gran salón. Cuando Hamlet entra está todo oscuro, así que tiene que encontrar un interruptor. Cuando lo consigue, la lámpara del techo se convierte en un monstruo con tentáculos que cobra vida y le corta el paso. Le dispara una sustancia tóxica, después lo agarra por los tobillos con sus tentáculos. Luego se lo come introduciéndolo con la cabeza por delante en su siniestra boca de pulpo.

A las once menos diez me pongo un chándal y unas deportivas y salgo al encuentro de Meer para nuestro trayecto en barco hasta la isla Beechwood.

Enfrente del garaje, Tatum está contemplando el sendero que conduce a la carretera. Lleva puesto un jersey de algodón de punto trenzado y unos pantalones de chándal. Ha encorvado sus hombros fornidos, con el pelo ya seco y alborotado, y unas cejas oscuras unidas en un gesto ceñudo.

No se gira ni me saluda.

No quiero estar a solas con él. Pero tampoco quiero perderme esta aventura con Meer.

Ninguno decimos nada. Nos limitamos a otear entre la oscuridad.

Charco sale corriendo de entre la niebla y deposita un palo a los pies de Tatum. Es una criatura gris, greñuda y gigantesca, pero ladra y menea la cola como cualquier otro perro juguetón mientras Tatum recoge el palo. Lo arroja con fuerza y traza un arco por el camino. *Charco* sale a buscarlo, disparada como una centella.

Al cabo de un rato, está de vuelta con el palo entre los dientes. Lo deposita en el suelo y Tatum vuelve a lanzarlo.

—¿Meer se está retrasando? —pregunto al fin.

Tatum se encoge de hombros. No me mira.

—¿Qué significa eso?

—Meer es como su padre. No se rige por el reloj.

—Me dijo que me reuniera con él a las once.

—Lo mismo me dijo a mí.

Charco se acerca de nuevo con un brillo amistoso en los ojos. Siempre me han chiflado los perros y un par de novios de mi madre tenían, pero yo nunca he tenido uno propio. Quiero preguntarle a Tatum cuántos años tiene, quién le puso ese nombre y si es un perro lobo irlandés u otra cosa. Pero se muestra tan frío que me conformo con extender una mano hacia la perra.

Charco me olisquea y luego se acerca, jadeando, para dejar que le acaricie las orejas.

—Hola, nueva amiga —le digo—. Eres monísima. Claro que sí.

Cuando rozo el pelaje greñudo de su frente, el cariño aumenta: es el mismo tipo de amor a primera vista que ya siento por Meer. Es más fácil sentir eso con los animales que con las personas. Tengo mucho amor en mi corazón y muy poca gente en la que volcarlo.

—*Charco* es una gamberra y un terremoto —dice Tatum, pero lo hace con cariño.

—No, es maravillosa. ¿Por qué dices eso?

—Se caga en la alfombra.

—¿Con todo este espacio al aire libre? ¿No puede ir a donde le dé la gana?

—Tiene demonios internos. Está expresando su ansiedad. O algo así.

—¿Por qué tiene ansiedad? —pregunto. Y luego hablo con *Charco*, que ha depositado el palo junto a mis pies—.

Me parece a mí que llevas una buena vida perruna. Una vida de primera. Huy, mira cómo meneas la cola. ¿De verdad te haces caca en la alfombra? Cuesta creerlo, mi peluda amiga.

—Te voy a contar algo chungo —dice Tatum.

—¿El qué?

—La última vez que se lo hizo en la alfombra, me dije: «Paso, no pienso limpiarlo». Lo vi, pero lo dejé donde estaba. Y era un chorizo gigantesco, no una cagarruta minúscula. Te juro que hasta humeaba.

Me río. Parece como si de pronto se hubiera desprendido de su coraza para permitirme echar un vistazo a lo que hay debajo. La oscuridad, pero también el sentido del humor.

—A ver, ¿por dónde iba? —continúa Tatum—. Las primeras veces que se lo hizo, me preocupé. Pensé que tal vez estaba enferma. Así que la llevé al veterinario, cosa que June no quería, porque a Kingsley no le gusta encontrarse pelos de perro en el coche, a pesar de que es un cacharro muy viejo y destartalado. Pero, además, June no quiere pagar los gastos del veterinario y no cree en esa clase de medicina. Pero yo insistí. Le dije que lo pagaría yo. Ella me dio un montón de mantas para ponerlas en el asiento trasero.

Tatum se gira hacia mí por primera vez en toda la conversación y sonríe. Unos hoyuelos enormes aparecen sin previo aviso a ambos lados de su cara cuando hace eso.

—Pero dejé que *Charco* fuera delante. Bajamos la capota.

La perra ya ha encontrado el palo y lo deposita junto a sus pies. Tatum se lo vuelve a lanzar.

—¿Le pusiste el cinturón?

Tatum asiente.

—Estaba supercontenta. Y cuando volvimos, limpié los pelos y no se enteró nadie. El caso es que el veterinario dijo que no había nada de qué preocuparse. Pero *Charco* siguió ensuciando la alfombra. Cada día en un sitio distinto, así que a veces no te dabas cuenta.

—Puaj.

—Y entonces llegó ese día que te he contado. Ya sé que es asqueroso, pero es que estaba harto. Me dije: ¿hay algo molesto y desagradable en mitad del salón y ninguno pensáis mover ni un solo dedo, porque sabéis que ya me ocuparé yo y lo haré desaparecer? ¿Qué pasará si lo dejo ahí? ¿Cuánto tiempo vais a fingir que todo está limpio, cuando hay una pila de mierda de perro endurecida apestando el salón? ¿Eh, cuánto?

—¿Y cuánto tiempo fue?

—Cinco días.

—No.

—Sí.

Me acuerdo de la mancha de zumo en la repisa, de los platos con costra en el comedor, de las migas y los desperdicios en el suelo.

—Créeme —continúa Tatum—, todos se limitaron a fingir que esa cosa fétida, podrida y tóxica no estaba ahí. En mitad de la casa.

Es una historia perturbadora, pero me repito que Tatum quiere que me marche. Tiene toda la lógica que quiera contarme una historia así.

—He vivido con un montón de gente distinta que estaba mal de la azotea —le digo—. Pero no hasta ese punto.

—¿Has vivido con un montón de gente distinta?

Tatum se gira de nuevo hacia mí, pero esta vez no muestra sus hoyuelos. Percibo una ligera arruga entre sus cejas.

—Sí.

—Ah. —Se queda pensativo, pero no hace más preguntas al respecto—. Meer presta mucha atención a ciertas cosas, pero otras ni siquiera es capaz de verlas. Creo que eso forma parte de su naturaleza, o de su cerebro, o algo así. En cuanto a Brock, se ha criado trabajando sin parar, se pasó toda la infancia currando, pero al mismo tiempo nunca tuvo que hacer la colada, por ejemplo. Ni fregar un solo plato. Así que, aunque está inmerso en un proceso de transformación, tiene una incapacidad congénita que le impide limpiar nada.

—Comparto cuarto de baño con él, así que ¿me lo dices o me lo cuentas?

Aparecen los hoyuelos.

—Brock se presentó aquí hará cosa de un año y básicamente vino a decir: enseñadme a ser persona. Y Kingsley dijo que podía quedarse.

—¿Enseñadme a ser persona?

—Bueno, al parecer no una persona capaz de recoger una pila supurante de caca de perro, sino una persona... en contacto con su humanidad. Supongo que a Brock le faltaba eso. Pero se enamoró del arte de Kingsley y vino aquí. —Tatum se encoge de hombros—. No es el único que ha hecho eso. Pero sí es el único que sigue aquí.

—¿Kingsley tampoco recogió la caca de *Charco*?

—No.

—Y June tampoco.

—June está concentrada en los tintes. En el índigo. En sus hierbas y sus tejidos.

Por eso Brock se ocupa de llenar la nevera. Porque June y Kingsley no lo hacen.

Tatum tiene una nariz ancha y robusta. Tiene un poco hinchada la zona situada bajo los ojos, como si estuviera cansado. La delicada grasa infantil de Meer y los músculos fibrosos de Brock no hacen acto de presencia en Tatum, dejando en su lugar un cúmulo de hostilidades y opiniones complejas, cosidas entre sí con alambres de cobre para dar forma a este chico.

—¡Hola! —exclama una voz a nuestra espalda. Y ahí está Meer, ataviado con una sudadera que le queda enorme—. Me quedé dormido —añade, rascándose la cabeza—. Pero luego me desperté.

Brock aparece por detrás de él.

—Yo me quedé dormido y luego Meer me despertó —añade—. ¿Por qué no viniste a buscarnos? —le pregunta a Tatum.

—No sabía si de verdad íbamos a ir.

—Pues claro que sigue en pie —replica Meer—. Cuanto más esperemos, más probabilidades habrá de que la familia Sinclair regrese a la isla. Tenemos que ir esta noche.

—¿Y por qué tenemos que ir allí? —pregunta Tatum.

—Ni idea —responde Brock—. Pero hace mucho tiempo que no hacemos ninguna trastada.

—¿Y queréis llevar a Matilda? —inquiere Tatum—. ¿Para colarnos en una propiedad privada? Acaba de llegar y ni siquiera la conocemos.

Y así, de repente, vuelve a caerme mal.

—No voy a causar problemas —protesto.

—Pues claro que quiero llevar a Matilda —dice Meer—. Estaba esperando a que viniera para que pudiera acompañarnos.

—¿La estabas esperando? —replica Tatum con desdén.

—Nos colamos en sitios a todas horas —me explica Brock—. Somos allanadores de morada profesionales.

—Beechwood es una isla —dice Tatum—. No es un terruño junto a la carretera. Y es propiedad de una familia muy poderosa.

Brock le mira con sorna.

—Nos hemos colado en la finca de los Kennedy —replica—. Y en la de Ted Danson. Y en esa casa que alquilaban los Obama. La gente poderosa y su concepto de la propiedad no te importan lo más mínimo.

—¿Y por qué os gusta tanto colaros en casas ajenas? —pregunto.

—Por las piscinas —responde Tatum.

—Porque somos unos delincuentes anárquicos —dice Brock al mismo tiempo.

—Por las piscinas y las pistas de tenis —explica Meer—. Muchos de los alquileres de verano en la isla cambian cada una o dos semanas. La gente se marcha sobre el mediodía, llega el personal de limpieza, y durante esa noche las casas se quedan vacías hasta que lleguen los nuevos inquilinos.

—La mayoría no tienen sistemas de seguridad —añade Tatum.

—¿No podríais arreglar vuestra piscina y ya está? —inquiero.

—Nah —responde Meer—. Sería demasiado engorro.

—¿Cómo sabéis a qué casas podéis ir?

Tatum sonríe.

—Conozco a una chica que trabaja para una empresa de limpieza que presta servicio a muchas de esas viviendas de lujo. Me pasó las contraseñas para acceder a un par de cuentas de sus servicios para casas de alquiler.

—Era su novia —explica Meer—. El verano pasado se enrollaban en las piscinas, en plan porno total.

—Cállate —murmura Tatum, con las orejas coloradas—. El caso es que este año todavía puedo registrarme en un par de esas cuentas, así que reviso sus calendarios.

—Entonces, ¿te vienes esta noche o qué? —le pregunta Meer a Tatum.

—Creo que deberíamos ir a otra parte. —Tatum se mira las puntas de las zapatillas—. Adonde sea. En Martha's Vineyard.

—Esto solo es una aventura nocturna —dice Meer—. Si no quieres venir, no vengas. Pero no es tan distinto de las demás veces.

—Sí que lo es. Lo sabes de sobra.

—¿Por qué? —pregunta Meer. Su rostro es inocente e infantil.

—Porque allí murió gente la semana pasada —sentencia Tatum.

21

Tatum decide venir, a pesar de todo. Los chicos sacan tres Vespas de un rincón del garaje. Me ofrecen un casco de sobra. No quieren que June escuche los motores, así que remolcamos las motos por el largo camino que conduce a la carretera, entre la oscuridad.

No llevamos móvil, pero yo tengo una linterna, así que alumbro el camino.

Caminamos la mayor parte del tiempo en silencio, hasta que nos alejamos del castillo. *Charco* nos sigue hasta más o menos la mitad del sendero, luego se da la vuelta.

Brock comienza a cantar un popurrí sin sentido de canciones pop que están de moda actualmente: *Call Me Maybe* mezclada con *Payphone*.

—Brock... —le suelta Tatum.

—Cállate, sé que me adoras —replica el otro.

—Te adoro, pero no puedo decir lo mismo de tu gusto musical.

—Bah. Oye, Matilda, ¿sabías que Tatum toca el banjo en una banda de trovadores ambulantes?

Tatum se gira hacia mí, ruborizado.

—En el programa musical del instituto había bandas escolares. Me apunté a una donde tocábamos canciones tradicionales y folk rock de los setenta.

—¡Había un banjo! —exclama Brock.

—No lo tocaba yo —replica Tatum—. Pero si lo hiciera, habría sido la hostia, capullo prejuicioso.

Meer me rodea con un brazo.

—Yo toco el ukelele, pero creo que podría torturar más a Brock con un banjo. ¿Tú tocas algo?

—Yo no sé tocar nada, pero canto como un dios del rock —interviene Brock—. Lo que pasa es que nadie me valora.

—Creía que ya no necesitabas que te halagasen —dice Meer.

—Lo intento —replica Brock—. Pero me sigue gustando mucho que me doren la píldora. ¿Tú tocas algún instrumento, Matilda?

—No, pero estuve en el coro de varios colegios distintos.

—¿Cantabais canciones de gesta con el banjo? —pregunta Brock, esquivando el puñetazo que Tatum le lanza en broma.

—No. Eran más bien cosas de Alicia Keys y de ABBA.

Hemos llegado al final del sendero que conduce a Hidden Beach. Sin previo aviso, en mitad de la conversación, Meer y Brock se ponen sus cascos, encienden los faros y arrancan los motores. Se ponen en marcha hacia la izquierda, a través de South Road.

Han desaparecido antes de que pueda asimilar del todo lo que está pasando. Las luces traseras de sus motos desaparecen a toda velocidad por la colina.

Tatum se monta en su scooter. Es de color verde menta.

—Ponte el casco. En marcha.

Lo dice como si le supusiera una carga.

No quiero montarme en su moto. Tatum no me cae bien. Pero no pienso romper la promesa que le hice a Meer.

—Ya voy.

Me abrocho el casco y me monto detrás de él. Le rodeo la cintura con los brazos mientras Tatum enciende el faro delantero y sale a la carretera.

La situación resulta extraña e íntima. Noto el roce del trenzado de su jersey en los brazos y la caricia fría del viento sobre la piel.

22

Menemsha es un pueblecito de pescadores. Lo único que alcanzo a ver es una gasolinera, dos mercados de pescado y un puerto deportivo con un aparcamiento cerca de los muelles. Hay varias casas encaramadas a la colina y puede que algunas tiendas más siguiendo por la carretera.

Un poco más adelante, en otro muelle, encontramos la lancha motora que pertenece a Kingsley y a June. Es grande, blanca y reluciente, con el casco de color negro y asientos acolchados. Tiene un nombre grabado: *Meneo de la marisma.*

Meer zarpa del puerto y nos conduce a mar abierto. Al mirar hacia tierra firme, solo diviso las luces de las casas cuyos habitantes aún no se han acostado. El agua que nos rodea está iluminada por los faros de la lancha.

Más allá, el océano se despliega a nuestro alrededor, infinito.

Brock y Meer están charlando junto al timón. No puedo oír lo que dicen a causa del rugido del motor. Dejamos atrás el malecón y salimos a mar abierto.

Me siento diminuta en este mundo inmenso. El agua podría tragarme sin esfuerzo. Es imposible saber cuánta profundidad tendrá.

He dejado atrás mi antigua vida, que ya era
una existencia
a la deriva.

Estoy en mitad de la nada. Me adentro girando sobre mí misma en el espacio que se extiende alrededor de mí, incapaz de aferrarme a nada, abrumada por la inmensidad del cielo y el mar.

—¿Te mareas?

Tatum está en la parte trasera, cerca de mí, con sus largas piernas pegadas al pecho para mantenerse caliente.

—Para nada —miento.

—Tienes mala cara.

No me había dado cuenta de que me estaba mirando.

—Estoy bien.

—Brock dijo que te desmayaste. ¿Y también vomitaste en el aeropuerto?

Me molesta un montón que eso sea cierto, así que decido cambiar de tema:

—Es extraño estar aquí fuera por la noche.

—A mí me encanta —responde.

—¿El vacío imposible que se cierne sobre nosotros?

—El infinito. O las profundidades, o lo que sea. Aquí los problemas del día a día no importan.

Me concentro en el perfil de Tatum para serenar mi mente. Le asoma el labio inferior mientras achica los ojos para protegerlos del viento. Los hoyuelos están ocultos, pero sus pecas resultan visibles en las zonas donde la luna le ilumina el rostro.

Es probable que se deba al cansancio, pero no puedo evitar pensar en el roce de su cintura mientras íbamos montados en la Vespa, en cómo se desplazaba su cuerpo cuando nos inclinábamos para tomar las curvas.

La isla Beechwood aparece poco a poco ante nuestros ojos, una silueta oscura que parece una variación de la negrura del cielo. Al principio, creo que solo es fruto de mi imaginación.

Meer la rodea. Los acantilados rocosos dejan paso a un terreno más accesible, y alcanzo a distinguir unas formas que podrían ser casas.

Llegamos hasta un embarcadero de madera alargado, situado en un extremo de una cala, donde hay una playa de arena. Hay un velero de un tamaño considerable amarrado allí.

Meer apaga las luces de la lancha.

CUARTA PARTE

Beechwood

23

Una chimenea de ladrillo se extiende hasta alcanzar una altura equivalente a más de tres pisos, pero las paredes de la casa grande ya no están en pie. Las tablillas de la base están chamuscadas. Las vigas siguen intactas en algunas zonas. Por aquí y por allá se divisa el marco vacío de una ventana. Algunos sectores no son más que pilas de escombros en el suelo.

En el jardín calcinado ha ardido un árbol. Sus ramas melancólicas trazan un arco sobre el césped. A sus pies yace un columpio hecho con un neumático, derretido y machacado.

Todo huele a leña y a carbón. Por debajo se perciben otros olores agrios y químicos.

—Voy a buscar la piscina —dice Brock—. Esto está oscuro de pelotas.

Lo he notado nervioso mientras yo me quedaba quieta, pensativa. Meer y Tatum están caminando lentamente alrededor de los escombros.

—Pues vale —digo y Brock se dirige hacia la parte baja del jardín, donde hay una pasarela de madera que se extiende hacia los árboles que aún siguen en pie.

Contemplamos las ruinas. Noto un cosquilleo en la nuca.

—Este sitio da mal rollo —dice Tatum mientras contempla el terreno chamuscado que se extiende bajo sus pies—. No tendríamos que haber venido.

Meer pone cara de circunstancias.

—Lo siento. Es peor de lo que pensaba.

—Pues es justo lo que yo pensaba —replica Tatum.

—La idea fue mía... No me imaginé que daría tanta pena —dice Meer. Luego se gira hacia mí—. ¿Quieres saber algo de la gente que vive aquí? La familia Sinclair.

—Vivían —le corrige Tatum—. En pasado.

—Aún viven en la isla —replica Meer. Se acerca al árbol para tocarlo. Su mano se queda manchada de hollín—. La mayoría de ellos sobrevivieron. Y las demás casas están en buen estado. El fuego no se acercó a ellas. Lo ponía en la *Gazette*.

—¿Quiénes son? —pregunto.

—Una familia superantigua. El abuelo, Harris Sinclair, tiene un grupo editorial en Boston. Es propietario de periódicos y revistas. Creo que tiene un par de hermanos y tres hijas mayores. Cada una de ellas posee una casa en la isla. Esta... —Meer señala hacia las ruinas—, esta era la casa de Harris.

—Yo me piro —anuncia Tatum—. Voy a buscar a Brock. Y la piscina, si es que la hay.

—Espera.

Tatum se detiene.

—Lo siento —dice Meer, que parece compungido—. No pensé que... No pensé en tu... ¿Estás disgustado por...?

—¿Mis padres? —dice Tatum.

Meer asiente.

—Mis padres murieron en un accidente de tráfico —me explica Tatum sin rodeos—. En Martha's Vineyard, volviendo a casa durante una nevada. La gente cree que pegaron un volantazo para esquivar a un ciervo. Pero además iban puestos de todo. Mi padre conducía colocado. Se metían a menudo. Sea como sea, su coche se prendió fuego tras el impacto.

Mi pecho se llena con una simpatía inesperada hacia él. Tatum es huérfano.

Debería haberlo supuesto, teniendo en cuenta que vive con June y con Kingsley, pero he estado demasiado absorta en mi propia situación como para preguntarme por el pasado de Tatum.

—Es terrible —le digo, aunque creo que es imposible expresar algo así con palabras.

—Ya, bueno. Tú no los conociste. Solo te lo cuento para que sepas de qué estamos hablando.

La simpatía se desvanece. ¿Por qué tiene que ser tan borde?

—Pues vale.

—No había pensado en ello —se lamenta Meer—. Pero debería haberlo hecho.

—No pasa nada. No tenía por qué venir —dice Tatum para suavizar la tensión—. La responsabilidad es mía.

—Lo siento.

Tatum le da un golpecito en el brazo.

—No le des más vueltas. Pero... dejadme un rato a solas, ¿vale?

—Vale.

Y entonces se marcha. Meer y yo contemplamos las ruinas en silencio.

—Me imaginaba que las ascuas relucirían —dice al fin—. O que la casa principal revelaría sus secretos o algo así. Supongo que pensé que sería como adentrarnos en uno de los cuadros de nuestro padre. Que podría ver lo que él visualiza en su imaginación a todas horas y entenderlo. Todos esos edificios en llamas, los castillos, el inframundo, la chica con los pies cubiertos de cenizas. ¿Por qué tiene que haber siempre cosas ardiendo?

—¿Kingsley presenció algún incendio cuando era joven? —pregunto—. ¿Se dedica a pintar algo que conoce?

—Si vio alguno, nunca lo ha mencionado.

—¿Os cuenta cosas de cuando era pequeño?

—Nunca —responde Meer—. Bueno, cuenta cosas como que de pequeño solo le gustaba el helado de chocolate.

O que tenía un avión de juguete. O que veía fantasmas, incluso. Pero nunca habla de su familia ni de las cosas que hacían juntos. Todas las historias que cuenta son de cuando ya era adulto. —Se encoge de hombros—. Siempre ha sido así. Pensaba que venir aquí sería como viajar al interior de la cabeza de Kingsley. Y supuse que tú también querrías verlo. Pero no ha salido como yo quería.

Seguimos la pasarela de madera que tomaron Tatum y Brock, alejándonos del jardín.

—Tengo que confesarte una cosa —dice Meer.

—¿Cuál?

—Sí conocía a uno de los adolescentes que murieron. De los que vivían aquí. Bueno, la conocí en redes sociales.

—Creía que no usabas esas cosas.

—Dos mañanas a la semana —me explica—. Cuando sacamos los ordenadores. Así fue como conocí a Mirren. También conocí a su abuela, Tipper, cuando estaba viva. Tipper pasaba a menudo por Martha's Vineyard. Conocía a nuestro padre. El caso es que Mirren y yo nos escribíamos. Quedamos en vernos cuando estuviera aquí este verano, pero nunca llegamos a concretarlo. Primero yo no leía sus mensajes, y luego, cuando le respondía, ella no tenía cobertura en Beechwood, y así todo el rato... Así que no llegamos a quedar.

—¿Te gustaba? ¿En plan novia?

—No, no —dice Meer—. Tuve un novio el año pasado. Un rollete de verano.

—Ah.

—Tengo algunos amigos virtuales, pero ninguno que viva aquí. Por lo de estar escolarizado en casa y todo eso. Bueno, ahora tengo a Brock —añade—. Pero él pasa de conocer gente, porque está en rehabilitación y vive como un monje.

—¿Y Tatum?

—Tatum tiene amigos —dice Meer—. Del instituto, de su trabajo y demás. Pero ya no... En fin. Todos se marchan en otoño y ni siquiera me caen bien. Pero Mirren estaba a un trayecto corto en barco, así que podríamos haber quedado.

Le gustaba publicar unos *collages* con fotos de viajes, aunque no de lugares donde hubiera estado, porque creo que casi siempre pasaba los veranos aquí, en la isla. Pero sí sobre sitios a los que quería ir. Cuando estuviera en la universidad, o hubiera terminado los estudios, o algún día. Quería ver fauna salvaje. En plan animales grandes, simios y aves. Selvas en el Congo y cosas así.

Las palabras salen en tromba por su boca. Estoy empezando a entender que Meer es una mezcla curiosa de cualidades. Parece muy relajado y generoso con su tiempo y energías, a la vez que muestra cierta carencia de habilidades sociales. Tiene esa carita dulce e infantil y parece sentirse a gusto con su cuerpo, pero es evidente que no tuvo el arrojo suficiente para quedar con Mirren Sheffield, ni siquiera como amigos, a pesar de que tenía acceso a una lancha motora y de que ella se pasaba todo el verano en esta isla. Ha venido aquí ahora que está muerta, lo cual resulta un poco macabro, aunque no parece consciente de la impresión que puede causar al actuar así.

—Yo tampoco tengo muchos amigos —admito—. Mejor dicho, ninguno.

—¿En serio? —Meer se detiene y se gira hacia mí—. A mí me pareces alguien que todo el mundo querría tener cerca. Tienes pinta de ser popular.

—Bueno, lo que se ve en mis redes sociales no representa la mayor parte de mi vida real.

—Pero cuando tu madre se mudó, se lo contaste a tus seguidores.

—Ya, pero no conté que almorzaba sola en la cafetería. Y que todos mis compañeros de clase me consideraban un bicho raro.

Meer me rodea con un brazo y nos ponemos en marcha otra vez.

—A mí me gustan los bichos raros —dice—. Si es eso lo que eres. Y estaría encantado de comer contigo en la cafetería.

—Genial. Yo también me apuntaría a comer contigo.

Llegamos a un lugar donde la pasarela se extiende alrededor del perímetro de la isla y sigo a Meer mientras caminamos por el borde de un acantilado.

—¿Vas a ir a la universidad? —le pregunto—. Ya sé que no te gustan las instituciones. Pero ¿tienes pensado hacer algo en esa línea?

—La universidad no es para mí.

—Me refería a algo parecido.

—¿Como qué?

—Por ejemplo, ser aprendiz de un tatuador, o de un fabricante de quesos, o algo así. O alguna formación al aire libre donde te dediques a recorrer montañas.

Kingsley tiene mucho dinero, así que Meer podría ir donde quisiera a aprender cualquier cosa. ¿O es que solo quiere limitarse a estar ocioso?

—No sé —replica—. No me apetece preparar quesos.

—¿Y viajar a Japón? ¿Convertirte en un maestro del ukelele? No sé. ¿Qué cosas te gustan?

Meer tarda un rato en responder.

—¿Qué vas a hacer tú? —me pregunta al fin.

—Estudiar diseño de juegos en la UC Irvine.

—¿Te refieres a juegos de mesa o cosas así?

—A videojuegos. Inventarlos, programarlos, diseñar la estética, esa clase de cosas.

—No estoy muy puesto en esos temas —dice Meer—. Creo que me gustarían, pero no sé ni por dónde empezar. Probé con el *Temple Run,* pero me producía taquicardia.

Me río.

—¿Cuál es el mejor juego que has probado? Cuéntame.

No sé cuál le podría gustar, pero le describo el *Killer Odyssey.* Y después el *Arkham City.* Meer no deja de preguntar: «¿Y qué pasa después?», así que le cuento los giros en la trama como si fueran relatos mientras seguimos caminando entre la oscuridad.

24

Brock y Tatum están peloteando en la pista de tenis. Unas tenues luces nocturnas iluminan la tierra batida verde. Brock juega sin camiseta, con pantalones cortos y zapatillas Crocs. Tatum se ha remangado el jersey.

—¿De dónde habéis sacado esas raquetas? —pregunta Meer.

—Hay un cobertizo —responde Tatum, jadeando—. No está cerrado con llave.

Hace un saque y se le sube el jersey hasta mostrar una franja de piel por encima de sus pantalones.

—Hay un minibar con agua y refrescos, por si tenéis sed. Y también había una cesta con pelotas.

—Y un limón raro —dice Brock, que ha fallado el servicio y ahora está corriendo detrás de una pelota.

—Era un limón corriente en un lugar raro —le corrige Tatum—. Estaba con las pelotas, como si alguien lo hubiera dejado ahí en broma.

—¿Habéis dado clases? —les pregunto. Yo no tengo ni idea de jugar al tenis.

—Yo les enseñé todo lo que sé —dice Brock, que vuelve a ser incapaz de devolver el saque de Tatum.

Tatum se gira hacia nosotros.

—Era una optativa de gimnasia en el instituto —explica—. ¿Jugamos a la bola de nieve?

La bola de nieve resulta ser un juego ridículo en el que colocamos diez pelotas de tenis en un lado de la pista y otras nueve, más el limón, en el otro. Brock y yo tenemos que lanzar nuestras pelotas (y el limón) hacia el lado de la pista que ocupan Meer y Tatum, mientras ellos hacen lo propio hacia nuestro lado.

El equipo que tenga más pelotas en su lado de la pista pierde.

Es un juego frenético y feroz. El limón se espachurra tras recibir varios golpes seguidos. Yo me llevo un montón de pelotazos, pero a la vez consigo acertarle a Tatum muchas veces. Jugamos durante una media hora, más o menos. ¿O cuarenta minutos? He perdido la noción del tiempo, pero estoy resollando y casi no me tengo en pie.

De pronto, tropiezo y me deslizo sobre la pista, arañándome las muñecas y las palmas de las manos. Noto una punzada de dolor y, cuando levanto las manos, veo que las tengo ensangrentadas.

Los chicos dejan de lanzar bolas. Las pelotas rebotan y ruedan hasta quedarse quietas. El limón no hace nada especial.

La pista de tenis se materializa a mi alrededor.

Y los árboles que la rodean.

Y la tragedia que tuvo lugar al otro lado de esa arboleda.

Me doy cuenta de que me había olvidado de todo, excepto del juego.

—No hemos puesto un temporizador —se lamenta Brock—. Se supone que hay que jugar en tandas de cinco minutos. Podríamos haber seguido así hasta el infinito.

—O hasta caer rendidos —dice Tatum.

—O hasta acabar muriendo de hambre y sed. Y entonces nos convertiríamos en esqueletos y seguiríamos jugando —añade Meer.

—La pista de tenis embrujada de la isla Beechwood —bromea Brock—. Tiene gancho.

Parece que comparten la idea de que no podrían haber parado por sí mismos, que habría sido imposible abandonar el juego una vez iniciado.

—¿Matilda? ¿Estás bien? —me pregunta Brock.

—No se levanta —dice Meer.

Tengo ganas de llorar. Tengo las rodillas magulladas, las muñecas doloridas. Mis manos están en carne viva por culpa de la superficie de la pista.

Estoy hecha polvo. Esta isla resulta muy extraña y triste. Pero no quiero parecer débil.

Soy una invitada y ellos están en su hogar.

Ellos viven en un castillo y yo no vivo en ninguna parte.

Ellos se conocen y yo soy una forastera.

Y Tatum no quiere que esté aquí.

—Estoy bien —digo mientras me levanto—. No es más que un arañazo.

Esa frase es una referencia a los Monty Python. Brock se ríe, pero los otros dos me miran sin entender nada.

Me meto las manos ensangrentadas en los bolsillos del pantalón.

Los chicos se ponen a discutir sobre si pueden volver a jugar a la bola de nieve sin temporizador. Deciden optar por una partida de bolos, usando un cargamento de botellas de agua vacías que han descubierto en un cubo de reciclaje.

Tatum opina que deberían buscar un poco de agua para llenarlas hasta la mitad y que así no se vuelquen tan fácilmente. Meer alega que, si las llenan de agua, les costará mucho derribarlas. Brock rebusca en el cubo de reciclaje y se pregunta qué miembro de la familia Sinclair será aficionado a beber vodka mientras juega al tenis y cuál beberá vino de Chablis.

Unas lágrimas se agolpan en mis ojos. No quiero llorar delante de ellos y que piensen que lo hago por haberme caído. O que me pregunten por qué lloro. O que no me pregunten nada.

Ni siquiera yo sé muy bien por qué lloro, si será por la ausencia de mi padre o la de mi madre, o por el milagro inesperado de haber conocido a Meer, o por lo antipático que es Tatum. O quizá llore por haber visto los restos de la casa de los Sinclair y saber que ha muerto gente en ella hace poco, gente más joven que yo.

Me separo de los chicos y recorro una pasarela de madera iluminada con unas tenues luces nocturnas. Se oye el canto de los grillos entre los arbustos. El bramido del océano no está lejos. Puedo oler la madera quemada de la casona, la sal del mar, la dulzura de las rosas silvestres.

Llego hasta una casa pintoresca rodeada por una cerca. Las ventanas están a oscuras en este lado, pero distingo unas luces en el reverso de la planta baja y también en el piso de arriba, como si sus habitantes se hubieran marchado a toda prisa.

Una mesa de ping-pong ocupa un rincón del patio. Hay varios juguetes de Lego diseminados por el porche. Cerca de aquí, una escalera de madera desciende hacia una diminuta playa de arena. Desciendo por ella, me quito los zapatos y me remango los pantalones. Después me lavo las manos en el agua. Escuece, pero también me refresca las palmas doloridas y se lleva la tierra y la gravilla. Las presiono sobre mi camiseta para secarlas. Me giro cuando escucho una voz.

—Matilda. Te estaba buscando.

Tatum aparece en la playa, por detrás de mí.

—Hola.

—No sabíamos dónde te habías metido.

—Eso te habrá resultado agradable.

—¿Qué? No. Estábamos preocupados. —Vuelve a estirarse las mangas del jersey hasta las muñecas y cruza los brazos como si tuviera frío—. Los chicos te están buscando.

—Ah. —Me siento avergonzada—. He venido a limpiarme los rasguños.

—Teníamos agua embotellada —me recuerda Tatum—. Del minibar. Podrías haberla usado.

—Ya. Pero el agua salada va mejor para las heridas.

—¿Puedo verte las manos?

Se acerca y me sujeta las yemas de los dedos, me gira las manos para poder examinarme las palmas. Procede con suavidad.

—Son unos arañazos profundos.

—Ya.

—Estás tiritando.

—Estoy bien.

No dice nada, pero se quita el jersey de punto trenzado y me lo da. Los músculos de sus antebrazos se flexionan por debajo de su piel pecosa mientras me ofrece la prenda.

—Toma —insiste al verme dudar.

La camiseta que lleva puesta se ha quedado tan fina como un papel de tanto usarla. Tiene un estampado que dice «La Biennale di Venezia 2008» y una mancha de pintura azul en el hombro.

—¿Es una camiseta vieja de mi padre? —le pregunto.

Tatum se mira el pecho.

—Sí.

—No me parece la clase de persona que se lleva suvenires a casa.

—Tiene una tonelada de ropa porque siempre se mancha de pintura. —Se encoge de hombros—. Vamos a la lancha.

Mientras caminamos, detesto sentirme tan vulnerable. Detesto tener el rostro hinchado por culpa de las lágrimas. Seguro que Tatum se está jactando de que mi primera noche en Hidden Beach haya sido un desastre sin que él haya tenido que hacer nada. Ya solo necesita que se tuerzan un par de cosas más para que me largue corriendo. Se librará de mí y podrá disfrutar de su club masculino en exclusiva.

Detesto incluso que me haya ofrecido su jersey, porque me hace sentir pequeña justo cuando necesito ser una guerrera. Pero tengo frío y estoy agotada, así que me lo pongo. Huele a protector solar de mandarina y a detergente de lavadora. Está calentito a causa del calor que irradia su cuerpo y su mala leche.

Lo sigo hasta el muelle.

QUINTA PARTE

Cuento de hadas

25

Al día siguiente, voy al piso de abajo un poco después del mediodía, ataviada con la sudadera de UC Irvine que me compró Saar y unos pantalones cortos. Soñolienta.

June está sola en el salón, planchando bajo las suaves oscilaciones del inmenso móvil decorativo. Ha formado una pila enorme en el sofá con ropa y sábanas teñidas con índigo. Hay varias prendas dobladas sobre la mesita auxiliar.

—Cuando iba al instituto, trabajaba en una tienda de ropa —me cuenta—. Allí me enseñaron a doblarla como es debido.

—¿Necesitas ayuda?

—No hace falta. Eres la invitada.

—¿Hay café?

—No. —June sonríe—. Kingsley y yo rehuimos los estimulantes porque desregulan el sistema nervioso. Cafeína, nicotina, conservantes, descongestionantes nasales.

—Tenéis un montón de normas.

—¿Qué quieres decir?

—Nada de aparatos electrónicos. Nada de estimulantes.

—No son normas —replica June—. Son sugerencias. La idea es alentar la responsabilidad social, pero no imponerla. No quiero que nadie se sienta obligado. La gente debería estar en contacto con su organismo, con sus necesidades.

No termino de ver la diferencia entre normas y sugerencias.

—Sé que Tatum se toma cafés con hielo en el pueblo —prosigue June—. A los chicos les encantan las patatas fritas y la ensalada de col del supermercado. No los juzgo y tampoco se lo prohíbo. Pero todos nos sentimos mejor, y potenciamos nuestra creatividad, cuando nuestros cuerpos y mentes no están atiborrados de alimentos artificiales y estimulantes externos. Además, Hidden Beach es el lugar donde Brock ha podido completar su rehabilitación. Hay algo revitalizante en nuestra forma de vivir, aunque no sea a la que estás acostumbrada.

Me quedo callada un rato, intentando formarme una opinión. June asegura que no es una persona inflexible, pero a mí me parece que sí lo es. Dice que no prohíbe nada, pero el caso es que sí lo hace.

—Deberías haberme preguntado antes de abrir mi equipaje y sacar mis dispositivos —le digo—. En vista de que solo es una sugerencia y no una norma.

—Tienes razón —admite June—. Estoy acostumbrada a ser el referente materno, a determinar qué es lo mejor para los chicos y luego guiarlos para que tomen las mejores decisiones posibles. Pero tú eres diferente, claro.

—A mí no me guiaste. Te limitaste a llevarte mis cosas.

—Meer dijo que te contó cómo hacemos las cosas aquí. —Recoge una pila de sábanas y las mete en una caja grande de cartón—. Pero tienes razón. Tendría que haberte consultado. ¿Por qué no compruebas cómo te sientes reduciendo al máximo el uso de los dispositivos?

—La verdad es que me gustaría recuperar mi móvil, por favor.

June se queda mirándome un rato, después me dice que, como es lunes, mis dispositivos están disponibles en el despacho hasta las dos.

—¿A qué hora llegará hoy Kingsley a casa? —le pregunto.

—No lo sé.

—¿Me avisarás cuando sepas en qué avión llega?

—No voy a revisar mis mensajes.

—Entonces, ¿aparecerá sin previo aviso, en algún momento de la tarde?

—O puede que no.

—¿Y cómo lo vas a saber? Por ejemplo, cuánto tienes que cocinar, o si tienes que esperarlo despierta.

—Nunca sé qué planes tiene Kingsley. Nuestra relación no funciona así. Tendrás que ser paciente y esperar a ver qué ocurre. ¿Por qué no desayunas algo?

—¿Esa es otra sugerencia?

—Es un ofrecimiento —responde—. Eres una invitada en mi casa, así que quiero que te sientas bienvenida y bien alimentada.

Después de desayunar, June me acompaña al despacho de la Perla, fiel a su palabra de darme acceso a mis aparatos electrónicos. La habitación se encuentra en la base de la Torre de la Perla. Tiene una pared curvada, parecida a la de mi dormitorio. Hay una silla y un escritorio de madera, iluminados por una única lámpara, además de los haces de luz que entran por la ventana. Sobre la mesa hay seis ordenadores portátiles, incluido el mío. Hay un cuenco con cinco móviles cargando, también incluido el mío. June me da un trozo de papel con la contraseña del Wi-Fi y me deja sola.

En mi móvil, hay cuatro mensajes de Saar.

Un selfi en el espejo con un traje azul y ceñido, de camino a un evento de la productora.

La estilista dice que los pantalones anchos ya no se llevan, pero yo NO ESTOY TAN SEGURO. Puede que mañana me arrepienta.

¿Estás bien? No te has burlado de mi traje, lo cual me hace sospechar que tal vez estés muerta.

Te escribo desde Los Ángeles. ¿Qué tal el encuentro con tu padre? He buscado a Kingsley Cello en Google y ¡$%&*.

Y por último: ¡Matilda! ¿Estás bien? Porfa, confirma que sigues viva. Ya sabes que tengo ansiedad.

Tendría que haber dado señales de vida. No se me había ocurrido pensar que Saar pudiera preocuparse por mí.

Le envío un gif del videojuego *Algo podrido*: sale Hamlet matando a un dragón. Tu traje = estrella del rock.

Pienso en contarle algo más —explicarle que Kingsley no está; el encuentro con Meer, que es mi hermano; el índigo, la excursión a la isla Beechwood—, pero una parte de mí no quiere ofrecerle un repaso detallado de este viaje a mi compañero de piso adulto, el estresado y obseso del ejercicio, por muy majo que sea. Quiero quedármelo para mí. Además, tampoco sabría cómo expresarlo con palabras. Así que escribo: Hemos hecho un proyecto de teñir ropa.

Saar me responde enseguida. Es tempranísimo en California, así que me lo puedo imaginar cumpliendo con su rutina diaria a estas horas: levantar mancuernas en su gimnasio del garaje, vestido con sus pantalones de chándal raídos de Juilliard.

¿¿¿Teñir ropa???

Apple Cash manda una notificación de 400 dólares enviados por Saar Adler. Para que te tomes algo y para lo que necesites.

Todo irá bien, Matilda. Avísame cuando necesites un vuelo de vuelta. Yo me ocuparé de reservarlo.

Respondo al mensaje con un corazón, cierro la app de mensajes y busco en Google: «Kingsley Cello Cenicienta».

26

He escuchado la voz de mi padre en varios fragmentos de vídeo, pero nunca en un podcast. Este trata sobre arte contemporáneo y parece ser el único programa de ese tipo en el que ha participado.

Con los auriculares puestos, parece como si lo tuviera al lado. Tiene la voz grave y un acento americano estándar, como el de la gente adinerada que sale en la tele, pero con un ceceo muy ligero que suaviza su autoridad.

El podcast está vinculado a una especie de revista de arte. La idea es entrevistar en profundidad a los creadores acerca de una obra de arte concreta. Este episodio trata sobre *Gótico junto al acantilado*, que por lo visto fue expuesto en una retrospectiva sobre Cello que se celebró en el Tate Modern.

El locutor comienza con un par de cumplidos, que hacen reír a Kingsley, y una pregunta biográfica que decide eludir. Después toca una pregunta sobre el cuadro.

«Me crie escuchando un cuento de los hermanos Grimm», explica Kingsley, que habla lentamente. «En él, un padre pone a competir a tres hermanos entre sí. Quiere comprobar cuál se merece la casa familiar, la herencia. Uno de ellos se convierte en barbero. El segundo, en herrero. El tercero se convierte en... ¿Qué era? Un espadachín. Un experto en esgrima o algo así. Todos acaban siendo maestros en sus respectivos campos, y al final, el espadachín se queda con la casa, pero nunca le gustó que lo enfrentasen contra sus hermanos. De hecho, los tres se quieren tanto que deciden vivir juntos en la casa durante el resto de sus vidas. Y al final, esto nunca lo olvidaré, todos acaban enterrados en la misma tumba».

«Guau», exclama el presentador.

«¡En la misma tumba! Sin esposas, sin parejas, sin hijos. Nada ni nadie es más importante que su relación fraternal». Kingsley hace una pausa, después pregunta: «¿Tú eres así con tus hermanos?».

«¿Yo?». El presentador parece desconcertado.

«Sí. ¿Tienes hermanos?».

«Claro. Pero no somos así. Los dos son contables».

Kingsley se ríe.

«La clave es que el padre enfrenta a los hermanos entre sí y ellos hacen todo lo que él quiere. Se pasan años perfeccionando sus habilidades para exponerse a su juicio. Pero al final, su vínculo es más fuerte e importante que toda esa crueldad parental».

«¿Y de eso trata *Gótico junto al acantilado*?».

«Efraim».

Kingsley hace una pausa. Y espera.

«¿Disculpe?», pregunta el presentador al fin.

«Imagino que habrás mirado el cuadro, supongo que durante un rato, antes de entrevistarme».

«Sí. Sí, claro».

«Entonces sabrás que no es un cuadro sobre unos hermanos que se quieren».

«Es un retrato de la familia que sale en el cuento de Cenicienta», dice el presentador. «Cenicienta sale con los pies cubiertos de ceniza. Se le mete por debajo de las uñas. Dígame, ¿qué importancia tiene esa historia para usted? ¿Es su cuento favorito de la infancia?».

«Acabo de describirte mi cuento favorito de la infancia. Es una historia agradable, ¿no crees?».

«Tiene un final muy feliz. ¿Ha pintado esa historia? ¿La de los hermanos que pasan sus vidas juntos?».

«No».

El locutor tose. Parece aturullado.

«Pero ¿por qué Cenicienta? ¿Y por qué el acantilado? Este cuadro le ha reportado mucha atención. A nuestros oyentes les gustaría saber qué historia tiene detrás».

«Las familias que enfrentan a sus hijos entre sí casi nunca acaban teniendo unos retoños que quieran que los entierren juntos en la misma tumba», dice Kingsley. «La historia de los tres hermanos es una fantasía encantadora, pero la de Cenicienta es auténtica».

El presentador suelta una risita.

«Mucha gente estaría en desacuerdo con usted. ¿Acaso el cuento de Cenicienta no habla de ser rescatada por un hada madrina y de encontrar al Príncipe Azul?».

«Es una historia sobre la competencia fraternal, el odio y el no estar nunca a la altura de las expectativas. Es algo inherente a cualquier familia. Ricas, pobres, instruidas, trabajadoras. Del tipo que sean. Por eso es una historia auténtica», dice Kingsley. «Oye, Efraim. Gracias por invitarme a tu programa. Pero ya hemos terminado. Si quisiera explicar un cuadro, no sería un artista. Me habría hecho crítico».

27

June me pega un susto cuando termina el podcast. Está de pie en el umbral del despacho de la Perla. No sé cuánto tiempo llevará ahí.

Me quito los auriculares.

—Son las dos —anuncia. Esa es la hora en la que se clausura el acceso a los aparatos electrónicos.

Podría insistir para quedarme el móvil. Y el ordenador.

Pero ella tiene razón al decir que soy una invitada en su hogar. Y no quiero que Kingsley se enfade al ver que ignoro sus normas cuando ni siquiera nos hemos visto aún. Así que vuelvo a conectar el móvil al cargador y me quedo quieta, cohibida, mientras June apaga la luz y después cierra la puerta con llave.

—¿Qué te ha pasado en las manos? —me pregunta mientras volvemos a entrar en el salón.

Me las miro. Tienen un aspecto horrible.

—Me caí.

—¿Adónde fuiste? —pregunta—. ¿Qué te hizo caer?

Me encojo de hombros. No quiero meter a los chicos en un lío por nuestra aventura de anoche en la isla Beechwood.

—Me preocupa que Meer salga por ahí hasta tan tarde —me cuenta—. Pero no quiero restringir sus ritmos ni sus impulsos. Quiero que esté en contacto con los dictados de su cuerpo. Por eso no le limito la movilidad.

—No le dejas usar el coche —recalco—. ¿Eso no es una limitación?

—El coche es de Kingsley. —June me agarra las manos y las examina—. He sido enfermera. ¿Me dejas que te ayude?

—Claro. Gracias.

June me acompaña de regreso a la cocina. Prepara más té. Me frota las manos con una especie de astringente.

—¿Dónde trabajaste como enfermera? —le pregunto.

—En cuidados intensivos.

—¿No tuviste a Meer cuando eras...?

—¿Muy joven? —replica, sonriendo—. Sí. Pero soy mayor de lo que aparento.

No le digo: «Estabas enrollada con Kingsley cuando él salía con mi madre, ¿verdad?». Y tampoco digo: «¿Lo animaste a abandonarnos a mi madre y a mí?». Aunque no puedo negar que esas preguntas pululan por mi mente. Lo que le pregunto es esto:

—¿Por qué dejaste la enfermería?

—Quería llevar una vida creativa —responde—. Un hospital es una institución. Fichas a la entrada y a la salida. Existen protocolos. Jerarquías. No quiero vivir con esas limitaciones. Mis padres creían en esas cosas. Era lo que querían para mí. Pero Kingsley me rescató de esa clase de vida. Percibió el espíritu creativo que había en mí: la tejedora, la artista textil, la herborista. Puede que sus demás mujeres fueran musas —añade—. Es posible que sacaran a relucir su inventiva con su belleza, pero en mí, Kingsley detectó una creatividad equiparable a la suya. Incluso cuando yo no podía verla. Comprendió que anhelaba llevar una vida libre y que juntos podríamos escapar de los confines de las instituciones que nos habían moldeado.

—¿Este castillo no es una institución?

Pienso en todas esas etiquetas. En las «sugerencias».

—No —replica—. Es todo lo contrario.

—He leído un montón de cosas diferentes sobre la infancia de mi padre —le digo—. Italia, el Medio Oeste, el sanatorio para tuberculosos. Pero es evidente que él no dice siempre la verdad.

June sonríe mientras vuelve a guardar sus bolitas de algodón y el astringente en una caja de madera.

—¿Cuál es? —insisto.

—¿La verdad?

—Sí.

—Hm. Creo que esa no es la forma adecuada de abordarla.

—¿Por?

—La verdadera historia de Kingsley es cualquiera que esté describiendo en un momento dado, porque esa es la historia que su alma quiere contar. No me ciño a ninguna idea concreta de su pasado, como tampoco me limito a ninguna definición sobre su presente. Lo acepto tal y como se muestra ante mí.

—Es que... estoy intentando formarme una imagen de él. Eso es todo. En mi cabeza. Algo más aparte de lo que sale en internet.

—¿Qué quieres saber?

—Por ejemplo, ¿por qué no te contó que iba a venir yo? Pero sí se lo dijo a Meer. Y si quiere conocerme, ¿por qué se marchó sin avisarme?

—Lo siento. No sé la respuesta a ninguna de esas preguntas.

—Entonces, dime cómo es él. ¿Qué música le gusta? O ¿cuáles son sus comidas favoritas? O ¿podría...? ¿Podría ver su cuaderno de bocetos? —Las palabras salen en tromba por mi boca—. Meer me ha dicho que siempre tiene las manos en movimiento. A mí también me gusta eso. No dibujo, pero diseño mapas para videojuegos, anoto ideas para armas y cosas así. Me gustaría ver lo que hace Kingsley. Puede que haya alguna coincidencia entre los dos. Algo relacionado con el funcionamiento de nuestras mentes que haya heredado de él.

—No puedo enseñarte sus cuadernos privados, Matilda.

Noto cómo me ruborizo.

—¿Podría ver su estudio, al menos?

—Tengo varios proyectos en mi atelier que requieren mi atención, así que me voy a ir a trabajar en ellos. Pero lo pensaré.

Se mete en la despensa y vuelve a salir con una jeringuilla. Me levanta el borde de la manga de la camiseta.

—Esto es un antibiótico. Tienes las manos muy inflamadas, así que te ayudará a que se curen.

June introduce la aguja en mi brazo antes de que termine de asimilar plenamente lo que me está haciendo.

28

En mi sueño, estoy dormida en el Cuarto de Hierro. Sé que estoy dormida porque una décima parte de mí está consciente. El mundo que se divisa por la ventana es negro. Resulta confuso, porque sé que salí del despacho de la Perla a las dos de la tarde.

No consigo espabilarme más. Me encuentro debajo de un manto de hielo en un mar congelado.

Aún llevo puesta mi sudadera de UC Irvine. El cuello alto me ocluye la garganta.

Kingsley se cierne sobre mí. Ha vuelto a casa de su viaje. Mi padre perdido.

Tiene el pelo salpicado de canas. La barba, también. Parece mucho mayor que en las pocas fotografías que he visto de él. Es alto: mucho más de metro ochenta, unos genes que no he heredado. Viste con una camiseta negra y vieja, con el cuello dado de sí, cubierta de manchas de pintura.

—Conocí a una muchacha que era como tú —susurra—. Isadora. Perséfone.

Quiero decirle que soy su hija, pero en mi sueño no logro espabilarme lo suficiente como para poder hablar.

—Llevó a mi bebé en la barriga —prosigue—. Pero la dejé antes incluso de que naciera. Tomé un rumbo distinto. Fue hace mucho tiempo.

Quiero decirle que yo soy ese bebé. Intento estirar una mano hacia él.

No puedo.
—Melínoe —dice.
«Me-lí-no-e».
No sé qué significa eso.
—Melínoe —repite.
Intento alcanzarlo, pero mis brazos se niegan a moverse.

29

Kingsley ya debería estar en casa.

Pero no es así.

Llevo aquí cuatro días y aún no ha regresado.

Me he asomado a la nevera, el congelador y la despensa. He examinado los lomos de todos los libros del salón.

Me he adentrado en la parte inferior de la Torre del Pergamino, donde encontré habitaciones de invitados vacías y una sala de música enmoquetada, surtida con diversos instrumentos de cuerda y percusión.

He examinado cada cuadro que hay en las paredes, incluidos dos de Kingsley: *Gótico junto al acantilado* y *Ulises huye*. Me he quedado mirando el móvil decorativo del salón y los tentáculos de la lámpara de araña.

Y aunque me he hecho una idea sobre los gustos de mi padre —formas orgánicas en contraste con espacios vacíos, materiales naturales y estallidos de color sorprendentes, una preferencia por pintores antiguos como Vermeer y Caravaggio frente a los artistas modernos—, no sé quién es Kingsley en realidad. Lo único que he encontrado y ha podido cambiar la imagen que tenía de él es una nota. La descubrí en la cocina, arremetida en un cajón lleno de trastos, olvidada entre gomas elásticas y libritos de cerillas, aunque no parece antigua. Contiene un mensaje escrito con una caligrafía que no pertenece a June ni a Meer:

Oh, Peter Pevensie de Narnia:
Me han llegado tus noticias. Pienso en ti a todas horas.
Eustace Scrubb

Conozco la saga de Narnia a la que hace referencia. La leí cuando tenía ocho años. Peter y Eustace son personajes de los libros.

Pero ¿a quién va dirigida esta nota?

Meer me cuenta que Kingsley le leía esos libros en voz alta, pero la nota no es para él.

—¿No te llamaba Peter y él era Eustace? —le pregunto.

—No. ¿Y por qué elegiría a Eustace? Es el personaje más muermo.

Estamos juntos en el océano. Hace una mañana soleada. Tatum está trabajando con la furgoneta, pero Brock está tirado en la arena, con el rostro cubierto por un libro. June desapareció después del desayuno, como he comprobado que acostumbra a hacer, llevándose una bandeja con sándwiches y paquetes con polvos a su atelier en la Torre del Hueso.

—¿Qué crees que le impide volver a casa? —pregunto.

—Nada —responde Meer—. Cualquier cosa. Algo inesperado que haya llamado su atención. Por favor, Matilda, no te lo tomes a pecho. Lo que pasa es que es muy laxo con los planes y el tiempo.

—¿Crees que por eso no se ofreció a comprarme un billete de avión?

Meer se zambulle debajo de una gran ola, después emerge para responder.

—¿Esperabas que te lo comprase?

—Es que... él es un artista famoso que vive en un castillo y yo soy una renacuaja que trabaja en una cafetería. Los vuelos cuestan mil dólares.

—No tenía ni idea. —Meer deja que sus pies floten hasta la superficie—. Eso es mucho dinero.

—Me ayudó el exnovio de mi madre. Al final se arregló. Pero... me pregunto por qué Kingsley no me lo ofreció.

—Seguro que, si se le hubiera ocurrido, estaría encantado de pagarte los vuelos —dice Meer—. Pero es que él no piensa en esas cosas. Mi madre se ocupa de todo lo relativo a la casa. Su representante y la galería organizan todos sus viajes de trabajo.

Lo que de verdad quiero saber es esto: ¿Kingsley quiere conocerme o no?

Y si no es así, ¿por qué me invitó? ¿Esos correos solo fueron fruto del capricho de un narcisista privilegiado? ¿O fueron propuestas sinceras de un gran hombre, pero poco convencional?

¿Cómo me sentiré cuando lo tenga delante, al verme como su hija? ¿O cuando hable con él de cosas cotidianas, como qué ponerles a las tostadas que estamos preparando o en qué clases debería matricularme el año que viene?

—Me ofreció un cuadro —digo al rato.

—Ah, seguro que puedes quedártelo —dice Meer.

—¿Para eso no tendría que... verme y confirmar que me lo puedo quedar? ¿No habría que firmar unos papeles, teniendo en cuenta que podría ser valioso?

—No lo creo —dice Meer—. Nadie cuestionaría que es tuyo.

—¿Por qué no?

—Porque es un retrato tuyo —añade—. Kingsley me dijo que te lo diera si se retrasaba o algo así. ¿Te apetece verlo?

30

Resulta que el cuadro está en el cuarto de Meer. Subimos por las escaleras de la Torre de la Tiza hasta la cuarta planta, donde mi hermano y Tatum tienen sus habitaciones.

—¿Tu cuarto tiene nombre? —le pregunto a Meer mientras subimos.

—¿Como el Cuarto de Hierro? No. Solo es la habitación de Meer. Pero a nuestro piso lo llamamos la Cima de la Tiza.

Las paredes de su cuarto son de madera, igual que el resto del castillo. Su cama es un simple colchón en el suelo. En los estantes hay varios tarros llenos con sus colecciones: rocas moradas, conchas, cristales marinos. La moqueta está cubierta de ropa sucia y vasos de agua. Hay varios montones de ropa limpia apilados junto a una pared, en lugar de estar guardados en el armario. Las paredes están plagadas de dibujos que forman varias capas superpuestas. Hay un par de tapices decorativos, con texturas complejas y motivos folclóricos, una serie de fotografías de tatuajes artísticos y varias fotos de aves de corral recortadas de un catálogo.

Hay un retrato mío apoyado en una pared.

—Perdona por el caos —dice Meer. Señala al cuadro—. Me suena que Kingsley sacó una foto tuya de Instagram. Pero luego obró su magia, como puedes ver.

Se me aflojan las piernas y me siento de golpe sobre el colchón de Meer. Efectivamente, el retrato está basado en una foto mía que publiqué hace un par de meses. Pero, al mismo tiempo, no tiene nada que ver con esa imagen.

Mi cabello ondea al viento,
se eleva desde mi cabeza como si estuviera inmersa en un ciclón.
Tengo una expresión solemne. Estoy de rodillas
en el centro exacto de una
balsa de madera rudimentaria.
Y como Ulises en el cuadro del piso de abajo,
estoy en mitad de un mar embravecido.
Hinco los dedos entre los tablones de la balsa,
agarrotados por el esfuerzo, con los músculos de los brazos en tensión.
Parezco una niña pequeña y asustada, huérfana.
Parezco una guerrera desprovista de armas.

—¿Cómo se titula? —pregunto.

—*Perdida.*

Me cubro la boca con una mano, tengo un nudo en la garganta.

Mi padre me ha pintado perdida. Porque él me perdió, antes incluso de que naciera.

Cuando pintó el cuadro, aún no había contactado conmigo.

Y ahora quiere que yo tenga este pedazo de su corazón.

Me está regalando la prueba de que me ve. De que me entiende.

—Lo traje aquí porque es como un retrato en condiciones de la hermana que yo dibujaba cuando era pequeño —explica Meer—. Como si Kingsley lo hubiera extraído de mi imaginación. Pero me apetece mucho más que lo tengas tú.

—Se parece tanto a mí que da miedo.

—Es verdad. —Meer se sienta a mi lado, con las piernas estiradas sobre el suelo, los pies descalzos y arenosos.

—Pero ¿me imaginabas con este aspecto? —le pregunto—. Estoy a bordo de una balsa en mitad del mar.

—Bueno, en realidad te imaginaba feliz. Pero sí, a veces ibas montada en un barco. O en un avión, o en un tren. O en un coche.

—¿En tránsito? ¿Y eso por qué?

—Me imaginaba que venías de visita. —Meer me mira con avidez—. ¿Te gusta? ¿Te gusta el cuadro? Quiero que te guste.

—Me encanta —respondo—. Pero me pone triste.

—¿Por qué?

—Porque Kingsley tiene razón.

—¿Qué quieres decir?

—Acerca de dónde estoy. Y lo que se siente al estar en mi cabeza.

Meer asiente.

—Cuando pinta, casi siempre tiene razón en esas cosas.

La siguiente vez que tenemos acceso a los dispositivos, le escribo un email a Kingsley. No le cuento que he visto el retrato, porque Meer dijo que quiere dármelo en persona, pero intento expresar con palabras las enormes ganas que tengo de verlo.

> Vuelve pronto, si puedes.
>
> Hay muchas cosas que quiero saber y entender sobre ti: quiero que nos conozcamos y nos entendamos. Estoy aquí en tu precioso hogar, esperando.
>
> Si no vas a volver hoy, ¿podríamos hablar por teléfono? Dispongo del mío hasta las dos.

Añado mi número, pero Kingsley me responde quince minutos después con un email.

Matilda:

Me temo que estoy tomando un avión a Italia en estos momentos. Mi labor allí me llevará un tiempo y tendré mala cobertura. De todas formas, detesto el móvil, así que prefiero comunicarme por escrito.

Me alegro mucho de que estés en Hidden Beach. ¡Mucho! De veras. Por favor, quédate todo el tiempo que quieras. Meer está encantado contigo. K

En fin, supongo que es un hombre ocupado. Los artistas tienen que viajar; lo sé porque he vivido con muchos de ellos. Pero ¿no podría reservar un día, al menos, para regresar y conocer a su hija antes de marcharse a Italia?

Quiero rogarle que vuelva, pero ya lo he hecho. Suplicar más no cambiará nada. Kingsley sabe de sobra lo que quiero y ha decidido no concedérmelo.

Pero también sé que le importo, o de lo contrario no me habría dedicado un retrato. Tampoco me habría ofrecido ese cuadro.

¿Cómo lo definió mi madre? «Extraño». «Obsesivo». «Atormentado».

Lo único que se me ocurre hacer es intentar que tenga más ganas de volver aquí que de irse a Italia. Kingsley se expresa con imágenes, no con emails ni conversaciones telefónicas, así que le hago una foto a una página de mi cuaderno de bocetos.

Es mi diseño de la lámpara de araña que cobra vida para luchar con Hamlet, basada en la lámpara que hay en el comedor de Hidden Beach. En el dibujo, el monstruo arroja una silla por la habitación con un brazo, mientras que con el otro agarra la pata de una mesa, y, con un tercero, amenaza a una pequeña guerrera con una melena de rizos oscuros.

¿Kingsley pensará que soy una artista pésima?

Seguro. Puede pensar un millar de cosas feas, pero no se convirtió en un artista famoso teniendo miedo de enseñarle a la gente su cuaderno. Y a mí tampoco debería amilanarme enseñar el mío. Al fin y al cabo, puede que al ver lo que he dibujado visualice a su hija, en el comedor de su casa, dando rienda suelta a su imaginación en el mundo que él ha construido. Una persona con una mente llena de vida.

Puede que eso baste para traerlo de vuelta a Hidden Beach.

Le envío la foto a mi padre.

31

—Me divorcié de mis padres —dice Brock—. Cuando tenía catorce años. Fue muy desagradable.

Meer nos ha levantado a una hora intempestiva para ir a buscar almejas. Tiene un juego de llaves del coche escondidas en el garaje, más otro juego de llaves de casa en la caja etiquetada como «Botín de guerra» en el zaguán.

—Así puedo abrir el despacho. Suelo respetar las sugerencias de mi madre, pero nos gusta ver pelis o cosas así cuando ella no está delante. Aunque, desde hace un tiempo, siempre está presente.

En resumidas cuentas, Meer se ha llevado hoy el Mercedes antes de que June pudiera despertarse y decir que no.

Ahora, Brock y yo estamos acuclillados en la orilla del lago Tashmoo, que en realidad es una cala. La marea está baja. Meer y Tatum están de pie dentro del agua, con un par de rastrillos largos. Tienen un flotador inflable para niños, dentro del cual hay una bolsa de malla donde guardan lo que pescan.

Brock y yo tenemos unos rastrillos más pequeños y un cubo. Me ha enseñado a buscar depresiones en la arena que indican que puede haber una almeja debajo, después hay que rastrillar para extraerla.

—Mis padres tuvieron un divorcio atroz —me cuenta—. Se les fue la cabeza y se gastaron casi todo el dinero de

Hombres y otras criaturas. En drogas, en el caso de mi padre. Y en abogados. Y eso me dejó muy tocado, porque me di cuenta de que no había nadie capaz de cuidar de mí. De hecho, yo había estado cuidando de ellos durante años. Yo ganaba todo el dinero y ellos no hacían más que fundírselo.

—¿Por qué decidiste venir aquí? —le pregunto.

—Me emancipé legalmente y me fui a vivir con una cuidadora que contrató el estudio, porque todavía estaba trabajando. No volví a ver a mis padres. Me negaba incluso a hablar con ellos por teléfono. Estaba furioso, lleno de rabia. Sentía que sería capaz de hacer algo terrible si volvía a verlos, así que me alejé. Y sigo sin verlos. Me limité a tragarme toda esa rabia y a cumplir con mi trabajo todo el día, sonriendo y contando chistes.

Me explica que aquello funcionó durante dos años más. Durante ese tiempo, se puede decir que lo criaron los cómicos cocainómanos cuyo carisma conseguía que *Hombres y otras criaturas* se renovase una temporada tras otra. Esos tipos le enseñaron a Brock muchas cosas desagradables e ilegales, pero al menos le hacían caso.

Cuando se canceló la serie, alquiló una casa en un pueblecito en Cape Cod y se propuso terminar los estudios allí. Tenía dieciséis años. Le gustaba la idea de estar alejado de Hollywood y ser un chico normal. Pero la fama no le ayudó a ser popular.

—Los demás chavales podían oler el tufo a Hollywood que emanaba de mí —dice mientras hinca la pala en busca de almejas—. Aborrecían aquello que me había ayudado a ganar tanto dinero: mi aspecto, mi pelo, mi manera de reírme. Todo.

Al principio le pegaban palizas. Luego le hicieron el vacío. A veces se cansaba de que lo ignorasen y se iba de la lengua. Entonces le volvían a dar una paliza.

—Me salió un brote de acné. Pegué un estirón. No conseguía encontrar trabajo en la tele. Cuando me gradué en el instituto, estaba acabado y no tenía motivos para estar en ninguna parte del planeta. Al cabo de unos meses de locura absoluta en Nueva York, me pasaba todo el día colocado y tuve que meterme en una clínica de desintoxicación.

—¿Qué tomabas? —le pregunto.

—Ritalin, sobre todo. Y cocaína. Me ayudaba a seguir. Me hacía sentir importante. Pero entonces uno de mis compañeros de la serie dejó las drogas. Cuando me vio en Nueva York en ese estado, me dijo que tenía que dejar esa mierda. Cuanto antes. Y tenía razón.

Observo a Brock. Su cabello rubio iluminado por el sol. Lleva puesto un forro polar de color verde chillón y un bañador de Bob Esponja. Meer le ha pintado con rotulador un delfín en un lateral del cuello. Tiene el aspecto de alguien que no ha trabajado en su vida, que nunca ha tenido un solo problema.

—Cuando mejoré lo suficiente para trasladarme a un piso de acogida para pacientes externos menores de veintiún años —continúa—, vi un cuadro de Kingsley en internet. Ese en el que sale tu madre. Perséfone estaba escapando del inframundo y parecía... Bueno, se la veía feliz y aliviada, ¿sabes? Justo lo que yo quería sentir. —Brock examina la almeja que acabo de desenterrar—. Esa es muy pequeña, tienes que devolverla a su sitio. Solo podemos recolectar las almejas adultas. Tenemos que dejar a las crías para que crezcan y podamos volver a por ellas más adelante.

Me fijo en Meer y en Tatum. Van sin camiseta: Meer es terso y grácil, Tatum está compuesto de madera bruñida y alambre de cobre. Meer lleva el pelo recogido en un moño y unas gafas de sol reflectantes. Está chapoteando, sin prestarles demasiada atención a las almejas. Tatum excava de un modo metódico.

—Acababa de desintoxicarme cuando me obsesioné con tu padre —explica Brock—. Viajé para ver algunos de sus cuadros, que estaban en el LACMA, el MASS MoCA y sitios así, pero no bastó para calmar mi ansia. Así que contraté a un detective privado para encontrarlo. Porque, claro, en su galería no te van a decir dónde vive. El detective se puso a indagar y me envió aquí, a Hidden Beach. Me presenté sin más.

Brock hace una pausa, porque ha topado con una zona en la arena que tiene un montón de almejas. Es un pequeño botín y las desenterramos juntos.

—¿Cómo acabaste mudándote aquí? —le pregunto.

—Creo que Meer se sentía solo. Y puede que Tatum también. Antes había una comunidad entera. Por ejemplo, cuando Meer era pequeño y Tatum vivía con sus padres en la casita de la piscina, había más gente, otros niños. Personas creativas que tocaban música, sacaban fotos, tejían tapices y cosas así. Pero cuando llegué yo, todos se habían ido ya. Meer y yo congeniamos desde el principio, aunque yo no era una persona muy funcional que digamos. Y Kingsley me vio como alguien que había escapado de algo terrible. Y aquello fue muy importante, porque supuso para mí una manera novedosa de verme. Yo pensaba que era una vergüenza que me hubieran expulsado de Hollywood, que hubiera perdido a mi familia y que me hubiera convertido en un adicto. Pero él lo veía como una fuga. ¿Sabes que sus cuadros están repletos de huidas? Perséfone escapa del inframundo, Ulises huye de la isla del Cíclope...

—Sí, lo sé.

—Y yo había escapado del infierno de mi adicción y del infierno de Hollywood. Así que a Kingsley le gustó eso de mí, como si fuera la encarnación de una de sus obras. Quiso retratarme en un cuadro, que le llevó semanas y semanas pintarlo. Y llegados a ese punto, quedó claro que Meer estaba más feliz conmigo aquí. Y como ya he dicho, puede que Tatum también. Así que June dijo que podía quedarme todo el tiempo que necesitara para mi rehabilitación.

—¿Cómo es el cuadro donde te retrató?

—Existen unos cuentos de hadas donde la gente está atrapada en el cuerpo de un animal. Un montón de relatos diferentes. En esas historias, retiran la piel y la queman. Y después de eso, pueden ser humanos todo el tiempo. Es algo muy raro.

—¿Tú tenías una piel en el cuadro?

—Sí, Kingsley me pintó al lado de una hoguera donde se está quemando una vieja piel de asno. Como si estuviera quemando la versión antigua de mí mismo. El lienzo ya no está aquí. Kingsley lo vendió poco después de terminarlo. A un coleccionista privado. Pero se parecía mucho a mí. Era flipante verlo.

—¿Cómo se titula? —pregunto.

—Se titula *Sammy* —responde.

32

Por la noche, June prepara una sopa de almejas y hornea una gruesa hogaza de pan de trigo para acompañarla. Adorna la mesa del comedor con velas y se muestra dulce y maternal con los tres chicos. También es amable conmigo, formulando preguntas corteses sobre mi cuaderno de bocetos, que ella define como un «ensayo artístico».

Cuando se lo pido, me cuenta historias de cuando Meer era pequeño.

—Le encantaba preparar tónicos de mentira. Yo le daba lentejas, agua, colorante alimentario orgánico y un montón de tarritos. Le preparé una mesa de trabajo junto al jardín y Meer se dedicaba a mezclar y remezclar mientras yo podaba las plantas.

También me cuenta historias de Tatum. Al principio de su estancia en el castillo, sus padres y él pasaban los veranos en la Torre del Pergamino. Sus padres eran profesores y tenían muchas vacaciones, pero querían «liberarse de las instituciones, los horarios inflexibles, los planes de pensiones y las leyes educativas», así que aceptaron la propuesta de Kingsley para quedarse a vivir en la casita de la piscina durante todo el año cuando Tatum tenía diez.

—Siempre hemos dicho que Tatum es un *selkie* —dice June—. Ya sabes, una foca que se ha convertido en chico, pero que en el fondo sigue siendo una foca. Nunca salía de la piscina, nunca salía del mar. —Sonríe a Tatum, que mantiene la mirada fija en su plato—. Los *selkies* son los habitantes del océano, según las leyendas escocesas. Leales al mundo que se extiende bajo las aguas. Kingsley retrató a Tatum así.

Señala hacia un lienzo que tendrá unos dos metros y medio de ancho, pero poco más de medio de alto, y está colgado en un lateral del comedor. Ya lo he visto antes, pero no me había fijado demasiado en él, porque prácticamente solo refleja el océano, que se extiende desde un extremo del cuadro hasta el otro. Me levanto para examinarlo.

—No, por favor —dice Tatum.

—Bah, no te cortes —me dice June. Y luego le dice a Tatum—: Has inspirado a Kingsley, esa conexión entre pintor y modelo es algo muy especial. No debe darte vergüenza que lo vean los demás.

Pequeño selkie plasma un mar hospitalario,
de aguas turquesas iluminadas por rayos de sol.
El borde del agua está cerca de la parte superior del cuadro y, en su mayor parte,
el mar está vacío.
Pero si te fijas un poco mejor,
en el extremo izquierdo de este cuadro tan tan ancho, hay
una foca.
Es casi del mismo color que el mar bañado por el sol, se camufla entre sus profundidades.
Si sigues mirando verás a
la misma foca, varias veces más,
de modo que el cuadro traza la senda que recorre por el agua.
En el lado derecho del cuadro,
un niño se desprende de la piel de foca, todavía sumergido.
Está claro que es Tatum.

Tiene los mismos rizos de color café, las mismas pecas, pero parece unos diez años más joven.

Al fondo se divisa la piel de foca arrastrada hasta la base del marco, mientras

la cabeza del niño humano asoma por encima del borde del agua.

Varias horas después de cenar, los chicos y yo volvemos a escabullirnos. Vamos en moto hasta Aquinnah, donde la finca Plum Road está sin inquilinos en este momento. Nadamos en la enorme piscina climatizada mientras contemplamos las estrellas. El agua despide vapor cuando entra en contacto con el frío aire nocturno. Mi pelo flota a mi alrededor.

A la mañana siguiente, June me lleva a recolectar frambuesas en las profundidades de la finca, junto a la casa del guardés. Llevamos los frutos a casa y preparamos mermelada con la ayuda de Meer. Por la noche, Brock regresa de una excursión al pueblo con una nevera portátil llena de ostras. June se salta la cena, pero los cuatro nos situamos alrededor de la isla de cocina y nos las comemos con salsa caliente y limón, abriéndolas con un cuchillo especial.

En la playa, mientras los demás nos tumbamos en unas enormes mantas de algodón, nos terminamos el contenido de un cesto de mimbre lleno de fresas y patatas fritas, nos embadurnamos de crema solar y nos peleamos con las sillas de playa azules y oxidadas, Tatum se quita la sudadera y se va directo al agua.

Lleva gafas de bucear. Nada en dirección al horizonte, como si el océano no le pareciera peligroso. Como si fuera su hogar.

Lo perdemos de vista enseguida. Se desplaza hacia la izquierda o hacia la derecha, y se adentra mucho más de lo que yo me atrevería a llegar.

Me pregunto de qué estará huyendo.

También considero que es un poco borde por pasar olímpicamente de lo que hacemos los demás, actuando como si su sesión de natación fuera lo más importante, una prioridad que nadie más puede llegar a entender.

Echo de menos mi móvil, pero a medida que pasan los días empiezo a encariñarme con el trajín del océano y las voces de los chicos. He encontrado un libro para leer, una fantasía de Narnia que según Meer es el favorito de Kingsley de toda la serie. No recuerdo casi nada de cuando lo leí de pequeña, pero está bien. En el libro, un chico se transforma en un dragón y se siente muy triste. Atrapado. Solo puede recuperar su apariencia normal cuando deja que un león le arranque la piel de dragón con gran dolor.

Ese chico es Eustace Scrubb. El nombre que aparecía en la nota que encontré en el cajón de la cocina.

La historia también me recuerda al cuento de la piel de asno quemada para liberar al humano que estaba atrapado dentro. Y a la fuga de Brock, que cautivó la imaginación de Kingsley.

Cuando me canso de leer, anoto ideas para juegos en mi cuaderno o les cuento a los chicos el argumento de los videojuegos a los que he jugado. Me escuchan como si estuviéramos sentados alrededor de una hoguera y yo fuera una monitora de campamento que cuenta historias de fantasmas. Mientras hablo, Meer se dibuja filigranas sobre la piel o le pide a alguien que se las pinte. Está cubierto de frases escritas con letras burbuja, delfines, calaveras y figuras pin-up, tanto masculinas como femeninas. Los trazos más recientes son negros y sólidos, mientras que los más antiguos que están por debajo han adoptado una delicada tonalidad azul.

Un día, mientras Tatum está en el océano, Brock interrumpe mi explicación de la trama de *Luigi's Mansion* para decir que ha leído en internet que los rotuladores contienen neurotoxinas.

—Calla —replica Meer—. Cuéntame solo buenas noticias.

—Va en serio —insiste Brock—. No sé qué provocan las neurotoxinas, pero ¿y si te dejan impotente o algo así?

—Sería un fastidio —dice Meer—. Pero seguro que las fresas también tienen neurotoxinas.

—Las fresas son buenas y puras —replica Brock mientras se mete una en la boca.

—Eso no lo sabes con certeza. Podrían ser un asesino silencioso.

—Las fresas aumentan la virilidad.

—Mentira.

—Vale, eso me lo he inventado. Pero no contienen neurotoxinas. No intentes estropearme el momento.

—Deja que te pinte algo —le pide Meer—. Para ponerte guapo.

—Ya soy muy guapo —replica Brock—. Me pintaste ayer.

—Estarás aún más guapo.

—Está bien. Lléname de neurotoxinas. Cuando me muera, hablarán de mí en internet. El chico que dejó el Ritalin, pero sucumbió por una sobredosis de rotulador permanente.

Se pone boca abajo y Meer le escribe algo en la espalda con letras burbuja: «MEMO».

—Está quedando precioso —le digo a Brock.

—Puedo leer con la piel de la espalda —dice él—. Sé lo que ha escrito. Meer, ¿por qué eres tan graciosillo?

—Es mi naturaleza —responde el otro.

Mientras el sol desciende por el cielo, Tatum sale por fin del mar. Se sienta a mi lado, mojado.

Llevo puesto un bikini verde con una gorra de béisbol para cubrirme los ojos. Tengo la cabeza apoyada sobre una toalla enrollada y he estado explicando cómo en *Luigi's Mansion* hay un nivel en un edificio siniestro que es un jardín con nenúfares y hierba que brota del suelo, flores y enredaderas por todas partes.

—¿Queda comida? —pregunta Tatum. El agua forma unos goterones sobre sus hombros, donde aún quedan algunos restos de protector solar. Está jadeando.

—Nos lo hemos comido todo menos la manzana en rodajas —responde Meer.

—Me vale —dice Tatum.

Brock rebusca en la nevera portátil y le arroja un tarro lleno de trozos de fruta.

—Sigue con la historia, Matilda —me pide Meer.

—El jardinero fantasma furioso es el jefe final de esta fase. Así que, cuando te ve, riega una planta piraña maligna que se hace tan alta como una torre.

—¿Qué historia es esa? —pregunta Tatum con la boca llena.

Se lo explico y continúo.

—Entonces ataca la planta piraña.

Meer me agarra el brazo y escribe a lo largo: «Soy la hermana de Meer Sugawara». Mientras sigo contando la historia, le quito el rotulador y le escribo «Soy el hermano de Matilda Klein» en la clavícula.

Brock extiende la mano para pedir el rotulador y se sienta junto a mis pies. Me dibuja algo en el tobillo.

—¿La planta piraña tiene este aspecto? —me pregunta.

—Más o menos —respondo—. En el juego tiene dientes afilados.

Escribe «Planta piraña» al lado, con una flecha enorme.

—Ah, bien —le digo—. Así nadie se confundirá y pensará que es una polla.

—No parece una polla —protesta, fingiéndose ofendido.

—Bueno, un poco sí.

—Te digo que no. ¿Tú qué opinas, Tatum?

—Quiero saber más cosas sobre esa planta piraña —dice Tatum, que se incorpora para mirarme el tobillo—. Jopé, sí que parece una polla.

—Buf —se lamenta Brock—. Solo sé dibujar espirales. Arréglalo, ¿vale? No creo que Matilda quiera tener una polla pintada en el tobillo.

—No pasa nada —le digo—. Ya se borrará.

No quiero que Tatum me pinte encima. Pero ya está empuñando el rotulador y ajustando su posición para tener un buen ángulo.

—¿Qué pasa con las pirañas? —pregunta.

—Las tienes que esquivar —respondo—. No es tan difícil. Y poco después consigues una de mis armas favoritas de todo el juego, que es como una...

Me interrumpo porque Tatum está apoyando su mano izquierda, todavía fría por el agua del océano, sobre mi pantorrilla para estabilizarla.

Se ha metido el capuchón del rotulador en la boca y está convirtiendo la planta piraña con forma de polla de Brock en un monstruo vegetal con unas ramas amenazantes, mucho más parecido a lo que he descrito yo. El rotulador se desliza por la curvatura de mi pantorrilla, deja atrás el tobillo y desciende hasta la parte frontal de mi pie.

Tatum hace una pausa y me sacude la arena de la piel.

—Continúa —dice Meer—. El arma.

—Ah, es una sierra circular con una rueda giratoria.

—Me encanta —dice Brock.

Me las apaño para explicarles todo el nivel y responder a las preguntas de Meer sobre las armas, pero en el fondo no tengo ni idea de lo que está saliendo por mi boca. Lo único que percibo es el roce de la mano de Tatum en la pierna y la suave presión del rotulador en el cuerpo.

33

Según ellos, Kingsley no le debe nada a nadie.

Ni su tiempo, ni su atención, ni su dinero.

Y, desde luego, tampoco les debe información sobre sus planes. Vive en Hidden Beach porque adora a la gente, y el terreno y el castillo, pero no está obligado a estar aquí. Lleva una vida libre de restricciones, algo que solo está al alcance de unos pocos.

June me lo explica durante el que calculo que será el décimo día de mi estancia:

—Solo porque Kingsley quisiera estar aquí la semana pasada, no significa que quiera estar aquí esta semana. No tiene nada que ver conmigo. Ni con Meer. Ni Tatum, ni Brock, ni Hidden Beach, ni Martha's Vineyard. Todos tenemos un valor, con independencia del interés que muestre hacia nosotros en este momento.

Estamos sentadas en la cocina antes de que June se suba a su atelier con su bandeja de comida. Tiene las manos ocupadas con un pequeño telar que ha instalado encima de la mesa. Hay una cesta llena con madejas de diferentes lanas que enhebra a través del telar.

Tatum está junto a la encimera, vertiendo el polvo de uno de los paquetitos en una batidora llena de frambuesas recién cogidas de los arbustos que hay al lado de la casa del guardés. Esta mañana ha madrugado para ir a trabajar.

—Kingsley vendrá cuando tenga hambre de nosotros y de lo que ofrecemos —continúa June—. Y nosotros somos libres para irnos en cualquier momento. —Ata un trozo de hilo—. Tatum y Meer siempre han tenido libertad para marcharse, incluso cuando eran muy jóvenes. ¿A que sí, Tatum?

—Es cierto —responde en voz baja.

—Y tienen libertad para marcharse ahora, si así lo deciden. Lo que pasa es que tienen motivos, por ahora, para preferir quedarse.

Tatum nos trae unos vasos de tubo llenos con batido de plátano y frambuesa.

—Si se fueran de casa, ¿no saldrías a buscarlos? —le pregunto—. Cuando eran más pequeños, quiero decir.

—Nunca se fueron, pero no.

—¿Dejarías que se marcharan? ¿Siendo niños pequeños? ¿Cuando tu responsabilidad es mantenerlos a salvo?

—Estás buscando problemas donde no los hay, Matilda —protesta Tatum.

Me giro hacia él. Me saca de mis casillas.

—Solo es una conversación.

—No pasa nada —ataja June—. Sí que saldría a buscarlos —admite ante mí—. Pero no creo que los obligase a volver a casa. He aprendido que obligar a la gente a hacer cosas es una decisión muy dolorosa, incluso cuando parece necesario. Aunque sea por su propio bien. Porque una vez que los fuerzas, comienzan a temerte. Y ese temor puede convertirse en odio. El odio es algo muy difícil de revertir.

—No creo que un niño te odiase por llevarlo de vuelta a casa —replico.

Tatum se cierne sobre mí.

—June acogió a un niño que estaba lleno de rabia y dolor —me dice—. Un niño malo que le decía cosas muy feas a todas horas. Me ayudó a seguir estudiando, me enseñó prácticas curativas y tuvo una paciencia infinita conmigo cuando nadie más la tenía. Y más tarde acogió a Brock. Era un completo desconocido, estaba perdido en la vida y apenas acababa de dejar las drogas. Solo era un cúmulo de poses y clichés de la televisión. Ni siquiera tenía la certeza de que hubiera una persona debajo de todo eso. Y June también fue paciente con él. Dejó que se quedara. Así que no voy a permitir que confundas su manera de pensar con indiferencia hacia los demás.

June le apoya una mano en el brazo con suavidad.

—He dicho que no pasa nada —insiste—. Haces que parezca una santa. —Se gira hacia mí—. Las situaciones domésticas no tienen por qué ser permanentes. Siempre puedes desprenderte de la idea de que el mundo te debe estabilidad. Cuando haces eso, dejas de estar enfadada, porque no tienes expectativas.

Es cierto. Estoy enfadada.

Con Luca, por dejarme tirada y hacer que me odie todo el mundo. Con mi madre, por marcharse. Con mi padre, por no estar aquí. Conmigo misma, por necesitar un padre cuando se supone que soy una mujer adulta.

—Si no te gusta esperar a que llegue Kingsley, eres libre de marcharte —dice June.

Tiene razón. Debería madurar y desprenderme de las expectativas sobre los demás.

—Agradezco tu hospitalidad —le digo—. Es hora de dejar de esperar a que ocurra algo.

Esto no es una cruzada para entender mi origen. Solo es una visita que se ha alargado demasiado.

A mi padre no le importo lo suficiente como para regresar y conocerme.

Este lugar es una trampa hermosa y deprimente. Debería estar pasando un verano normal después del instituto, jugando a videojuegos, ganando dinero, escuchando música y entablando amistad con gente que vaya a estudiar el año que viene en UC Irvine. Debería salir a comprar cosas que voy a necesitar para la universidad, no quedarme sentada en un estado de animación suspendida, esperando a un hombre que no va a venir.

—Si puedo usar mi ordenador, reservaré un vuelo de vuelta a Los Ángeles para esta noche —le digo a June.

—No lo hagas. —Meer aparece en el umbral, con los pelos revueltos de recién levantado—. Por favor. No te vayas.

Se acerca y se sienta sobre mi regazo, está a punto de volcar mi batido.

—Eres muy grande para sentarte encima de mí —protesto.

—De eso nada. —Meer se acurruca y encoge las piernas hasta quedar hecho una bolita—. Quédate aquí y sé mi hermana. Hablo en serio, Matilda. Necesito que te quedes. Por favor. Tengo planes en común que aún no se han hecho realidad.

—¿Qué planes?

Meer se ríe y se baja de mi regazo para servirse un batido.

—Unos planes que tengo, ¿vale? Se cumplirán, pero hace falta logística y eso se me da fatal. Además, quiero que conozcas a Kingsley. Quiero que conozcas a tu padre. Y que lo entiendas. Porque él es lo que nos conecta. Por favor. ¿Te quedarás?

Le digo que sí.

34

Media hora después, Meer me lleva en moto a Meadowlark Barn, que es una vaquería que cuenta con una tiendecita en la finca. Venden queso artesanal y huevos recién puestos.

Es probable que ya sea tarde para conseguir sus pasteles, me cuenta. Los venden como rosquillas. Pero cuando llegamos allí, aún quedan dos hojaldres rellenos de frambuesa en la tienda. También compramos un cartón de huevos y dos cuñas de queso, pero más que nada hemos venido para que Meer pueda saludar a las gallinas. Sí, hay aves de corral correteando por el césped, delante de un enorme gallinero triangular. Debe de haber unas cuarenta.

Mientras comemos, Meer se agacha y les da unas miguitas de hojaldre a las gallinas. Les dice cosas bonitas.

—Qué regordeta eres y qué pico tan afilado tienes —le dice a una—. Sí, me he fijado en tu pico. Me gusta la forma que tiene. ¿Hoy has puesto algún huevo? ¿Has hecho un buen trabajo? —Se gira hacia mí—. He leído que cuando las gallinas empiezan a poner, durante las primeras dos semanas ponen unos huevos diminutos. ¿A que mola? Tienen que perfeccionar su técnica hasta conseguir poner uno grande.

Suspira y se sienta sobre la hierba.

—Me hiciste pensar en el futuro —añade—. Sobre si quiero aprender a tatuar, viajar a Japón o qué sé yo...

—¿Y? —le pregunto mientras me siento a su lado.

—Y puede que la pregunta sea esta: ¿quiero tener gallinas? ¿Y también cabras, un caballo, otro caballo para que le haga compañía al primero y tal vez unos cuantos patos?

—¿Por qué en el futuro? —replico—. ¿Por qué no ahora?

—El futuro es mejor —responde Meer—. Ahora mismo soy un chico casero. Pero quería que supieras que me has hecho pensar. Con una vida más allá de Hidden Beach. Y eso explica en parte por qué no quiero que te marches aún.

Recojo una flor de trébol rosa y espinosa y la froto entre los dedos.

—¿Y qué más lo explica?

—Creo que quizá, si te quedas, me ayudarás a seguir pensando por mí mismo. Es muy egoísta por mi parte.

Una gallina oronda y marrón se acerca dando tumbos para picotear un trozo de hojaldre cerca de los pies de Meer.

—Podrías tener gallinas ahora —le digo—. Y seguir siendo un chico casero.

Esa noche, June se salta la cena otra vez. Comemos en la mesa de pícnic: pescado a la parrilla con la piel churruscada, arremetido en unos panes de perrito caliente y la ensalada de col favorita de los chicos como guarnición. También comemos unos totopos con salsa de tomates verdes que preparó June cuando los productos de su huerto aún no estaban maduros del todo. Una nevera apoyada junto a nuestros pies arenosos mantiene fríos los refrescos y las cervezas.

Mientras Brock y yo recogemos los platos para llevarlos a la cocina, Tatum saca su guitarra. Se sienta en la mesa con los pies apoyados en una silla y la afina. Le he oído trastear con ella por las tardes, pero nunca ha tocado en condiciones delante de nadie desde que estoy aquí. Meer lo ve y se va corriendo a buscar su ukelele.

Tocan canciones de folk rock que en general no conozco, supongo que serán del tipo de las que interpretaba Tatum con su grupo del instituto. *Ain't No Ash Will Burn*, *Seven*

Bridges Road, *Man of Constant Sorrow*. Brock se arranca a cantar algunas con ellos.

Yo me tumbo sobre la hierba crecida y escucho, dejando que la música llene mi cabeza. Veo cómo se desplazan las manos de Tatum sobre las cuerdas. Parece inmerso por completo en estas canciones humildes. No muestra la arrogancia rockera de los guitarristas que he conocido en California. No actúa. Solo toca y escucha, con naturalidad.

Me doy cuenta de que así es como lo hace casi todo. Desde nadar en el mar hasta preparar batidos, pasando por tocar la guitarra o dibujarme algo en la pierna. Haga lo que haga, Tatum le dedica toda su atención.

Ya ha oscurecido del todo cuando toca los primeros acordes de una canción que me encanta. Es de un grupo que solo tiene dos discos hasta la fecha. Se llaman Wooden Cage y me sé todas sus canciones. Su primer gran éxito fue una canción del segundo álbum. La han puesto en todas partes esta primavera. El cantante tiene una voz áspera y con muchos registros. Meer mira a Tatum con extrañeza.

—¿Qué es eso?

—*Sin rumbo*, de Wooden Cage.

—Esa no la conozco.

—Es una buena canción. Tócala —le pide Brock.

Tatum canta la primera estrofa en voz baja.

—«Nos arrojaron al mundo, perdidos sin rumbo».

Entonces se interrumpe. Me mira.

La timidez hace acto de presencia en su rostro. Una emoción que creía que no casaba con él. Se ruboriza un poco y le tiembla el labio superior.

—Olvídalo.

—Sigue —le pido, incorporándome.

Pero él no se decide a continuar.

Si la canto yo, puede que Tatum vuelva a ser ese chico que no actúa, que no duda de sí mismo.

—«Nos lanzaron al mundo —canto—, perdidos sin rumbo».

Tatum recoge la guitarra a mitad de verso.

Decían que lo nuestro no valía,
así que formamos una familia.

Cuando llegamos al estribillo, Brock se suma a nuestro canto y Meer interpreta un solo sencillo con el ukelele.

Nuestra juventud se fue,
pero no la perderé.
Recuerda quién fui:
hicimos historia aquí.
Na na na na, na na na

Nuestras voces se fusionan y se elevan hacia el cielo negro y épico.

Tatum está sonriente, con el rostro iluminado por unas velas que se derriten a pasos agigantados. El latir de mi corazón es lento y constante. Estoy llena de amor hacia este sitio del que quería marcharme esta mañana.

35

Al día siguiente, por la mañana, estoy sola en el salón cuando alguien llama a la puerta.

Esto no había pasado nunca. No recibimos visitas.

No hay empleados. No vienen técnicos de reparaciones. Todos los paquetes llegan a un apartado de correos.

La llamada se repite. June está en el piso de arriba, como siempre. Tatum está trabajando, y Meer y Brock se han ido al pueblo a hacer la compra.

Cuando acudo a abrir, Holland Terhune aparece al otro lado. La chica del aeropuerto. Viste con vaqueros anchos, una camiseta sin mangas y una gorra de béisbol.

—Esperaba no haberme equivocado de casa. Podría haber salido un tipo con una escopeta a ordenar que me largase de su propiedad, ¿verdad? Pero has aparecido tú. Hurra.

Le encanta coquetear.

—No has respondido a mis mensajes —continúa—, así que he venido a ver si te apetecía salir un rato. No estamos solas Winnie y yo. Ya han llegado las chicas. La semana pasada tuve un montón de movidas familiares. Me consumieron todas las fuerzas y no podía hacer nada más. Pero ya se ha acabado y ahora mi vida se ha convertido en un fiestón sin fin.

—¿Cómo me has encontrado? —le pregunto.

—Nos dijiste dónde te ibas a alojar.

No recuerdo habérselo contado, pero estaba hecha un trapo cuando la conocí.

—Siento no haber respondido. Nos pasamos la mayor parte del tiempo desconectados.

—Da igual. No tienes grandes dotes comunicativas. Pero hay cosas peores en el mundo. ¿Vas a invitarme a pasar para ver el castillo? Supongo que eso es lo que hace la gente. El hogar del gran Kingsley Cello. Me muero de curiosidad.

Entonces lo entiendo todo. Holland no ha venido aquí a hacer amigos.

Ella sabe quién es mi padre. Ha venido aquí para buscarlo y él es la razón de que tenga tantos mensajes suyos en el móvil.

—Quieres saber más sobre mi padre —le suelto en tono acusador.

—Lo siento. Sí.

—Ahora lo recuerdo. En el aeropuerto dijiste que te sonaba mi cara. Y mencionaste algo que acababas de enseñarle a Winnie en tu móvil, ¿verdad?

—Estuvimos viendo uno de sus cuadros. En internet. —Holland agacha la cabeza en señal de disculpa—. Eres igualita a Perséfone. La Perséfone de Kingsley Cello.

—Entonces, ¿dedujiste que estaba emparentada con él? Eso es absurdo. Kingsley ha retratado a montones de modelos. Y no ha tenido hijos con todas ellas.

—La gente de la isla sabe que vive aquí. Y hablan. Buena parte de ellos me habrían traído aquí en coche por un par de cientos de dólares.

Sonríe como si fuera adorable haber sobornado a alguien para comprobar si de verdad soy la persona que ella pensaba y para conseguir que le dijeran dónde está la finca de mi padre.

—Te habrías presentado aquí tanto si me hubieras conocido en el aeropuerto como si no —replico—. ¿A que sí? Habrías encontrado un modo de llegar hasta Kingsley, contra viento y marea, porque la gente se embarca en una especie de peregrinaje para conocerlo.

—Más o menos —admite.

—Kingsley es mi padre, Holland. He venido aquí con invitación. Kingsley quiere que esté aquí. No puedes presentarte sin más y pretender verlo. Es una persona reservada, esto es una propiedad privada y tú te estás inmiscuyendo en la vida de alguien a quien ni siquiera conoces, fingiendo que quieres hacerte amiga de su hija. ¿No ves que resulta ofensivo?

Holland retrocede, sobresaltada ante mi estallido de rabia.

—Vale, he actuado mal —admite—. Lo siento. En serio. Tendría que haberte preguntado por Kingsley. Tendría que haber preguntado si podía venir.

—¿Tú crees?

Estoy a punto de cerrarle la puerta en las narices, pero ella apoya una mano encima y me mira a los ojos.

—Matilda. En serio. Escucha.

—¿Qué?

—Lo siento. Soy una niñata tonta y no quiero aburrirte con la historia de por qué he actuado como una idiota en esta situación, pero ¿podemos hablar como personas civilizadas un momento?

Decido no cerrarle la puerta en la cara.

—Está bien. Di lo que tengas que decir.

—Ese hombre significa algo para mí. Kingsley Cello. No es lo mismo que significa para ti. Por supuesto que no. Pero esos cuadros... me cuentan cosas. Sobre mí misma. Sobre unos sentimientos que no puedo expresar. Sobre mis problemas familiares. Cuando pinta, parece como si se adentrase en mi interior. Esa es la pura verdad. Hace mucho tiempo que quiero venir aquí. Y nunca había sido posible. Pero ahora estoy aquí y te prometo que no voy a robar ningún cuadro, ni voy a sacar fotos de ninguna obra secreta para colgarlas en internet. Sé que está fuera del pueblo y no creo que me lo vayas a presentar nunca. Jamás. Pero... significaría mucho para mí si me permitieras entrar para ver la casa. Y cualquier cuadro que puedas enseñarme. Luego me iré. ¿Existe alguna posibilidad, o quieres que me vaya y no volver a verme jamás?

—Está bien.

—¿En serio?

Una sonrisa se despliega por su rostro.

—Está bien —repito—. Pasa.

Le digo que sí porque lo que ha dicho sobre los cuadros de Kingsley es lo mismo que siento yo. Noto como si me contaran cosas, aunque parezca imposible, pero al mismo tiempo inevitable. Como si hubieran plasmado con imágenes lo que experimento al ser humana. Como si me mostrasen fragmentos de mí misma.

Sé que June querría que la echase de aquí, pero ya me da igual lo ella opine. Me alentó a marcharme y no ha vuelto a dar señales de vida en toda la semana. Solo respondo ante Meer, y no creo que a él le importase.

Acompaño a Holland a través del comedor, el salón y, por último, la cocina y el rincón del desayuno. Está muy nerviosa, irradia una energía amigable, no para de acribillarme a preguntas.

¿Quién diseñó el móvil decorativo?

¿Por qué mi padre no ha vuelto a casa?

¿Quién vive aquí? ¿Tengo algún primo?

¿Mi hermano está en casa? ¿Cuándo calculo que volverá?

Recuerda que le dije que no salgo con chicas, pero aquí todo el mundo es un poquito bisexual, ¿no?

Me pide que le hable del cuadro del *selkie*.

Me pide que le hable del cuadro de Ulises.

¿Qué hay en las torres? ¿He estado en el estudio de Kingsley?

¿De verdad no utilizamos el coche con frecuencia? ¿Qué es eso de estar desconectados?

En el rincón del desayuno, Holland se fija en *Gótico junto al acantilado*. El cuadro de Cenicienta. De golpe, deja de hablar.

Luego se deja caer sobre un banco. Me doy cuenta de que está al borde de las lágrimas.

—¿Qué ocurre? —le pregunto.

Ella niega con la cabeza.

—¿Estás bien?

Inspira hondo.

—Madre mía.

—¿Qué pasa?

Hunde el rostro entre sus manos un momento. Inspira hondo. Luego me vuelve a mirar.

—Debería explicarte una cosa.

—Adelante.

—Mi familia... Ese asunto familiar en Edgartown del que te hablé. El que me ha mantenido ocupada toda la semana. En realidad, fue el homenaje en memoria de los Sinclair.

—¿Eres pariente de los Sinclair?

—Sí. Harris, el hermano de mi abuelo, es el dueño de la isla Beechwood —me explica Holland.

—Harris es el que estaba casado con Tipper —digo al recordar que Meer conoció a su difunta esposa.

—Ajá. Mi madre iba de visita a Beechwood en verano.

—Entonces, los chicos que murieron...

—Técnicamente, eran mis primos segundos. Además del chico que era su amigo. Los conocía a todos de las vacaciones de verano. A veces nos invitaban a pasar un fin de semana en Beechwood. Mi madre sigue manteniendo una relación estrecha con sus primas. —Se seca unas lágrimas—. El caso es que el acto en memoria de Johnny y Mirren se celebró el día después de mi llegada. Y fui muy estúpida, Matilda.

—¿Qué quieres decir?

—Pensé que me pondría un vestido negro, que participaría en ese ritual de duelo con mi madre y los demás, y que ya estaría. Creía que, después de la ceremonia, me sentiría mejor. Y que sería muy fácil pasar la última parte del verano en la casa alquilada con mis amigas, vagueando y estando de fiesta todo el rato, antes de que empiece la universidad. Pero resulta que no ha sido nada fácil. No dejo de llorar. Cuando menos me lo espero. Y mis parientes lejanos llevan semanas alojados en Edgartown y no dejan de organizar cenas. Quieren que acuda, así que voy. Quiero asistir, porque están hechos polvo. Y yo también lo estoy. Pero mis amigas no lo entienden. Se cabrean cuando me voy. Y cuando me llevo el coche, porque se quedan sin transporte para ir a la playa.

»Y luego hay un primo mío con el que se supone que iba a quedar, pero me dio plantón varias veces. No sé por qué no apareció, ni qué le habré hecho para que me haga el vacío precisamente ahora. No pensaba que algo así pudiera importarme, pero la verdad es que me ha afectado mucho. Porque he perdido a Johnny y a Mirren, así que parece que los hilos de mi generación que me conectan al resto de la familia se han desintegrado. Estoy muy...

Holland se queda callada. Se levanta y recorre la habitación un par de veces.

Espero.

—Ya sé que soy una privilegiada —dice al fin—. No tendría que haberte soltado este rollo. No estoy intentando que te compadezcas de la pobre niña rica. Pero es que me siento muy triste y lo estoy pasando mal.

—No pasa nada.

—Estas son mis tías —dice mientras señala hacia *Gótico junto al acantilado*—. Cuando eran muy jóvenes. La Cenicienta es mi tía Carrie. Y esas son mi tía Bess y mi tía Penny.

—¿Esa es tu familia?

—Sí, sin duda.

—Kingsley conocía a Tipper Sinclair. ¿Es ella? ¿La madre del cuadro?

—Sí.

—¿Por qué tu tía Carrie es Cenicienta?

—No tengo ni idea.

—¿Y por qué están en el borde de un acantilado?

—Tampoco lo sé. Pero parecen los acantilados de Beechwood.

36

Después de ausentarse de las comidas durante más de una semana, esta noche June está preparando un merengue enorme. Una «*pavlova*», según sus palabras. Tiene el tamaño de una lasaña y está cubierta de nata montada y un millar de frambuesas, arándanos y moras, todo ello espolvoreado con azúcar glas.

—¡Hoy cenamos postre! —exclama al terminar.

Entro desde el salón, donde he estado dibujando en mi cuaderno, y la sigo hacia la mesa de pícnic cargada con cubiertos y servilletas.

No le he contado a nadie que Holland pasó por aquí esta mañana, porque nunca reciben visitas, así que me sorprende comprobar que esta noche hay un invitado en la cena. Se encuentra junto a la mesa con una copa de vino en la mano, hablando con Meer y Brock.

Gabe es altísimo y muy delgado, de unos cincuenta años. Es afrodescendiente, tiene el pelo muy corto y canoso, y va vestido con un traje de lino de color crema que le queda holgado, como si antaño lo hubiera rellenado con más músculo. Me cuenta que reside en Nueva York, pero que lleva viniendo a la isla desde que era pequeño, como parte de una longeva comunidad vacacional afroamericana a las afueras de Oak Bluffs. Conoció a Kingsley y a June aquí hace quince años, cuando se coló con un amigo cineasta en una fiesta en Hidden Beach.

Ahora es el abogado de Kingsley, especializado en bienes culturales. Se encarga de las «relaciones con galerías, las compras a cargo de coleccionistas y la planificación del patrimonio». June lo ha invitado a raíz de una oferta que han recibido por uno de los cuadros más famosos, *Príncipe de Dinamarca.* Pero, según cuenta, no consigue que Kingsley firme el contrato. Sigue en Italia y no responde a los correos ni a las llamadas de teléfono. Ahora quiere que Gabe le explique cuáles son sus opciones, puesto que el comprador está ansioso por cerrar el trato.

—¿Qué cuadro es? —pregunto.

—Está inspirado en *Hamlet* —me explica June—. Causó mucho revuelo cuando Whitney lo expuso.

—¿Y eso?

—Los críticos lo consideran ultraviolento, indigno de Shakespeare, cosas así. Decían que era una propuesta mediocre, concebida para provocar un escándalo. Aunque a Kingsley le da igual. No le importa lo que digan los críticos.

—Y la oferta es de ocho millones —añade Gabe—, en parte gracias a la controversia.

—¿Ocho millones por un cuadro?

—Tiene un marco bonito —bromea Gabe, guiñando un ojo.

Mientras comemos, el abogado me hace varias preguntas que al principio parecen amistosas e intrascendentes. ¿De dónde vengo? ¿Voy a ir a la universidad? ¿Qué quiero estudiar? Pero cuando se ha tomado un par de copas de vino y la comida se está acabando, se queda mirándome con fijeza.

—Has venido por dinero, ¿verdad? —inquiere con la voz ligeramente pastosa—. Por el dinero de tu padre.

—No.

Suelto el tenedor. El resto de la mesa se queda en silencio.

—Venga ya. Tienes que pagar la universidad —dice Gabe—. Y aunque no hay muchos cuadros que valgan ocho millones de dólares, sí que hay un montón que valen dos.

—No busco su dinero —replico, sintiéndome incómoda—. Kingsley ya va a regalarme un cuadro. Eso es más que suficiente. Yo no he pedido nada.

—Yo no tengo tan claro que vaya a regalarte un cuadro —replica June, tajante.

—El retrato que pintó de ella —explica Meer—. *Perdida*. Es para Matilda. Ahora lo tiene en su habitación.

—Los cuadros de Kingsley no son regalos de cumpleaños para sus modelos —replica June—. Solo porque Matilda aparezca en *Perdida* no significa que sea suyo.

—No pretendo ser grosero —me dice Gabe—. Pero mi trabajo es velar por Kingsley. No por June, ni por Meer, ni mucho menos por cualquier otro hijo que Kingsley pueda tener. Solo me debo a él. Y debo decirte que no se puede regalar ningún cuadro así a la ligera, cuando él no está en casa.

—Lo pone en un email —explico—. Y Meer está al corriente.

—Es cierto —confirma—. Él me pidió que me asegurase de que lo recibiera. No sabía que hiciera falta un contrato ni nada de eso. —Se gira hacia su madre—. Ya sabes que él nunca piensa en cosas prácticas de ese tipo.

El abogado frunce el ceño.

—Deja que hable con Kingsley antes de que te lo quedes. ¿Sabe que estás aquí?

—Me invitó él.

—Eso no parece propio de Kingsley. Me pregunto de dónde habrá surgido este interés paternal tan repentino.

Me arde la cara. No sé por qué este abogado está tan empeñado en hacerme pasar un mal rato.

—Me gradué en el instituto —replico con tono mordaz—. Y mi madre se mudó a México sin mí seis meses antes. No sé por qué Kingsley ha estado siguiendo mis pasos. Es posible que, cuando tu madre te abandona, a tu padre se le despierte el instinto paternal. No lo sé, solo es una teoría.

Gabe me dirige una sonrisa afable.

—Lamento lo de tu madre —me dice—. Dame un poco de margen para resolver lo del regalo. No es bueno intentar vender un cuadro si no puedes rastrear su procedencia. Tienes que poder demostrar que eres la propietaria legítima y seguir el rastro hasta su origen.

—No pensaba venderlo —replico—. Nunca. Es lo único que tengo de mi padre.

—Aún no lo tienes —insiste Gabe—. Eso es lo que intento decirte.

37

El resto de la velada resulta incómodo. No pruebo ni un bocado más. Tengo la garganta cerrada a causa del bochorno y la confusión.

Cuando Gabe se marcha en un coche compartido, June se va directa a la Torre del Hueso sin cruzar otra palabra con ninguno de nosotros. Meer desaparece en alguna parte y Brock atraviesa la cocina ataviado tan solo con una toalla de baño, en dirección a la ducha al aire libre.

Yo me sitúo junto a la ventana del salón y observo cómo Tatum recoge el estropicio de la mesa de pícnic. Mete los platos sucios en un cubo y cruza la hierba crecida en dirección al castillo.

No es justo que tenga que hacerlo todo él. Me voy a la cocina y comienzo a recoger las cosas que June ha dejado fuera. Estoy llenando el lavaplatos cuando regresa Tatum, cargado con una pila de recipientes con sobras.

—Ah, hola. Gracias por eso.

—No hay de qué.

La última vez que mantuvimos una conversación fue cuando me dijo que dejase de buscar bronca con June, defendiéndola como si fuera inmune a cualquier crítica por haber sido buena con él. No hemos vuelto a quedarnos a solas desde entonces.

—Gabe se ha pasado de la raya —me dice—. Deberías quedarte ese cuadro.

—No tiene pinta de que vaya a ser mío, a no ser que Kingsley regrese y me lo dé.

—El cuadro donde aparezco yo tampoco me pertenece.

—Kingsley no le pagó un duro a mi madre por posar para *Perséfone*. ¿Lo sabías? Luego vendió el cuadro por varios millones. Eso no está bien.

—Pero es su arte, no el de ella.

—Ya, pero sale su cara.

Tatum alza la mirada desde el lugar donde está limpiando los últimos restos de los platos.

—¿Puedo preguntar qué pasó con tu madre? Antes has dicho que se mudó a México.

Cierro el grifo y pienso cómo responder. Me sorprende un poco que me pregunte por mi vida fuera de Hidden Beach. Meer, a pesar de su curiosidad por el contenido de mi cuaderno y por las historias sobre videojuegos que le cuento, a pesar de su entusiasmo por dibujarme en la piel y nadar juntos, visitar a las gallinas, preparar mermelada y compartir su vida conmigo, no me ha preguntado nunca por mi madre. Sabe que se marchó, por lo que puse en mis redes sociales, pero él es una persona que habita en el aquí y el ahora, no en el pasado ni en el futuro. Y Brock está inmerso en su propia recuperación. Está deseoso de intentar explicar su tortuosa trayectoria y muestra una curiosidad infinita hacia todo tipo de frivolidades: ¿Qué opino de Lady Gaga? ¿Qué canciones cantaba en el coro del colegio? ¿Por qué todo el mundo está obsesionado con la fruta de la pasión, si está asquerosa? Pero no tiene la capacidad suficiente para indagar en las historias dolorosas de los demás.

—Supongo que mi madre se parece un poco a mi padre —digo al fin—. En el sentido de que no siente ninguna obligación hacia mí.

—Continúa.

—Ya sabes que algunos padres, cuando su hijo se enrabieta o se entretiene antes de salir, suelen decir: «Está bien, ¡pues me marcho sin ti! ¡Adiós!». Y entonces salen del parque infantil o de dondequiera que estén. Puede que incluso avancen un poco por la calle hasta que el niño sale corriendo detrás de ellos, llorando, suplicando que no lo abandonen, prometiendo que se portará bien. Mi madre era así. Siempre estaba fingiendo marcharse sin mí. Así era como conseguía que obedeciese. Pero hay otros padres que nunca le harían eso a un niño. Puede que le regañen, quizá, o que intenten convencerlo, o que lo cojan en brazos. Puede que incluso se cabreen, pero nunca amenazarían con abandonar a esa personita de la que son responsables. ¿Sabes lo que quiero decir? Ella... siempre dejaba abierta la posibilidad de marcharse sin mí.

Tatum parece tan afectado que se me ocluye la garganta.

—Estoy bien —añado—. Ya puedo considerarme una mujer adulta. Se supone que ya no necesito a mi mamá. Vale, sí, esa amenaza era horrible cuando era pequeña, pero nunca me abandonaba. Siempre me alimentaba, me compraba ropa y muchas veces era dulce y cariñosa. Lo que pasa es que estaba más interesada en el amor y la aventura que en esa niña que tenía adosada a su vida. Era una actitud feminista, en cierto modo. Y ahora está en todo su derecho de irse a vivir adonde le dé la gana.

—¿Eso fue lo que hizo?

Vuelvo a abrir el grifo y me concentro en los platos mientras hablo.

—Tiene una pareja nueva. El tipo vive en Ciudad de México. Yo no quería ir por cuestiones escolares.

—Es horrible —dice Tatum, que se seca la frente con el reverso del brazo—. ¿Te dejó tirada sin más?

—Por un tipo al que conoció hacía una semana.

De repente, siento que he dicho demasiado. No quiero concederle a Tatum ninguna información que pueda usar contra mí. Cojo la bandeja pegajosa de la *pavlova* y la froto debajo del agua caliente.

—Yo sentí que mis padres me abandonaron cuando murieron —dice Tatum en voz baja—. Porque no estaban sobrios e iban conduciendo. ¿Cómo puedes hacer eso cuando tienes un hijo, acostado en su cama, esperando que sus padres vuelvan a casa sanos y salvos? ¿Cómo puedes tomar la decisión de ponerte al volante cuando sabes que no deberías hacerlo? Cuando lo eres todo para alguien. ¿Por qué tu hijo no vale la molestia de pedir un taxi? Cuesta dinero, pero no tanto. Un poquito de tiempo invertido para esperar a que llegue el coche. Si quisieras a tu hijo, ¿no te molestarías en gastar veinte dólares y esperar diez minutos? Pero con el paso de los años, he llegado a verlo de otro modo. Conducir ese coche no fue más que un error absurdo. Iban ciegos perdidos. No pensaban con claridad. Eran personas con defectos. Dejé de pensar que me habían abandonado a propósito.

Miro a Tatum a los ojos, esos ojos grandes y castaños que a menudo se fruncen y se ponen a la defensiva. Su rostro es como un libro abierto. Ha sufrido mucho. Se me saltan las lágrimas al pensar en ese niño pequeño, en el *selkie* del cuadro de Kingsley, el que nada con alegría y se siente como en casa en el océano, ese niño abandonado por sus padres a raíz de su muerte. No soy capaz de decir nada. Un millón de frases hechas se arremolinan en mi cabeza, pero ninguna me parece adecuada. Así que me limito a asentir con la cabeza, asimilando su pérdida y el largo tiempo que tardó en recuperarse.

—¿Qué pasó con tu madre? —me pregunta—. ¿Cómo descubriste que se iba a marchar?

—Le rogué que se quedase. Estábamos viviendo con un tío, Saar. Ella quería romper con él. Y yo le dije que, en lugar de irse a México con el novio nuevo, las dos podríamos buscarnos algo, un pequeño apartamento. Yo buscaría trabajo y aportaría dinero para los gastos. Y dormiría en un sofá cama. Incluso un estudio me bastaría, con tal de que fuera barato. Intenté que pareciera apetecible, ¿sabes? Intenté vendérselo. Le dije que podríamos decorarlo con gangas de las tiendas de segunda mano y dejarlo bonito. No hemos vuelto a vivir las dos solas desde... —Echo las cuentas—. Desde que tenía siete años. En Roma.

—¿Qué te dijo cuando le pediste que se quedara?

—Que podía acompañarla a México, pero que ella tenía que seguir los dictados de su corazón. —Apago el grifo, cierro el lavaplatos y me seco las manos—. Siempre actúa así.

Esta es la primera vez que le cuento a alguien lo mucho que le supliqué.

—Le dije: ¿una parte de tu corazón no está conmigo? Soy yo la que siempre ha estado a tu lado. Por favor, ¿no podemos buscarnos un apartamento? Deja que termine el instituto. Vámonos a vivir juntas. Pero resulta que no soy la clase de persona que inspira sentimientos de devoción.

Tatum ha dejado de moverse. Me está mirando, prestando atención a cada palabra.

—Dijo que podría sacarme el título desde México —continúo—. Y que estaba enamorada. Si la quería, no me interpondría en su camino. —No puedo mirar a Tatum a los ojos—. Cuando me desperté a la mañana siguiente, se había ido. Me dejó escrito en un mensaje que sabía que yo quería que fuera feliz y que estaba decidida a aprovechar esta maravillosa oportunidad para alcanzar la felicidad.

—¿Se marchó sin decir adiós?

—Bueno, me escribió.

Tatum hace un ruido en el fondo de su garganta.

—Así es como nos marchamos la mayoría de las veces —le explico—. Después de que Kingsley la dejase tirada y de que ese tío nos abandonase en Roma cuando yo era pequeña, Isadora nunca volvió a ser rechazada. Siempre deja a sus parejas primero y las avisa después. Pero... nunca pensé que me lo haría a mí.

Por un segundo, creo que va a abrazarme.

Retrocedo por impulso. No quiero que me abrace, pero es obvio que Tatum no es la persona ideal para haberle contado todas estas cosas tan personales. Solo porque hayamos experimentado una especie de conexión, hablando de nuestros padres desaparecidos y de nuestros sentimientos de abandono y...

solo porque toque la guitarra como un chico angelical y natural y

tenga unos músculos insólitos en los hombros y

solo porque recoge cuando nadie más lo hace

y lleva a la perra al veterinario y

solo porque formula unas preguntas que los demás no,

eso no significa que quiera que me estreche entre sus largos brazos y sentir la presión de su cuerpo cerca del mío para poder oler el aroma a jabón de sus manos y el merengue en su aliento.

Porque Tatum es un taxista muy borde.

Y es duro de mollera. Y criticón. Y guarda secretos. Y no es de fiar.

Y resulta muy irritante la mayor parte del tiempo.

Además, no quiere tenerme en su territorio. Ni en su club de chicos.

Así que no tiene permiso para abrazarme, por más que pudiera resultarme superagradable que lo hiciera en este momento.

38

Sea como sea, no intenta abrazarme. Le echa jabón al lavaplatos y lo enciende.

Para evitar el momento incómodo, me voy al comedor, donde encuentro los platos del desayuno de ayer y los de esta mañana apilados en un lado de la mesa, para hacer sitio a una pila de lo que parece la ropa limpia de Kingsley. Hay pantalones vaqueros, manchados de pintura a pesar de su paso por la lavadora, y un puñado de camisas de lino, también con manchas de pintura. Están arrugadas y deberían haberlas tendido para que se secaran.

Kingsley lleva ya tres semanas fuera y June no ha hecho su colada hasta ahora. ¿Qué significa eso? ¿Será que va a volver pronto a casa?

Hay varias moscas zumbando por la habitación. Los platos del desayuno están pegajosos y la leche que queda en los cuencos de cereales se ha cortado a causa del calor.

—Puaj —dice Tatum por detrás de mí. Está mirando los platos—. Pensaba que ya lo habíamos recogido todo.

Empiezo a apilar los platos. A juzgar por su personalidad, June no parece la clase de persona que deja a su paso un estropicio como este. En un momento dado, cubrió el castillo con etiquetas y sugerencias, redactadas con meticulosidad. Además, es muy afanosa. Teje tapices decorativos, tiñe con índigo, hornea pan y prepara mermelada. Se pasa la mayor parte del día en su atelier. Pero, al mismo tiempo, el césped está sin cortar, los baños están sucios, las pilas de platos no paran de crecer, dejaron una mierda de perro en la alfombra del salón y la preciosa piscina redonda está atiborrada de hojas podridas.

—Este lugar da asco —murmura Tatum—. Me pregunto si habrá alguna trampa para moscas en la despensa.

Regresamos a la cocina con las manos llenas de platos.

—June era enfermera —digo mientras enjuago los cuencos con agua caliente—. Tengo la impresión de que las enfermeras son gente ordenada. Y hay ciertas cosas en ella que encajan con esa descripción. Pero...

Tatum responde desde la despensa, donde está buscando trampas para moscas:

—June no era enfermera. ¿Te ha dicho eso ella?

—Me dijo que lo fue hace mucho tiempo. Tal vez antes de que la conocieras.

—Tiene cuarenta años —replica—. La conozco desde hace dieciocho. Era la mejor amiga de mi madre en el instituto.

Sale de la despensa con una caja de cartón que contiene papel matamoscas.

—¿Era algo parecido a una enfermera? —le pregunto—. No sé, ¿técnico de urgencias o algo así?

—No. Cuando June empezó a salir con Kingsley, acababa de dejar la universidad. Trabajaba de camarera en Brooklyn.

Trago saliva.

—Pero ella me inyectó algo porque tenía unos cortes en las manos.

—¿Qué? ¿Cuándo?

—El día después de la excursión a la isla Beechwood.

—¿Qué te dio?

—No lo sé. Un antibiótico.

Tatum se muerde el labio y cierra los ojos un momento. Después separa sus pestañas oscuras.

—¿Qué efecto te causó?

—Me volví a desmayar, creo. Supongo que estaba muy cansada.

—Me parece que te dio un sedante —dice en voz baja.

—¿En serio?

Tatum agacha la mirada.

—Está bien, sé que te dio un sedante.

—¿Qué quieres decir?

—Lo siento. Ya no tenía remedio cuando me lo contó. Me pidió que te llevara al piso de arriba.

—¿Por qué haría eso? —pregunto, sorprendida—. No había razones para sedarme. ¿Te contó que estaba gritando o algo así? ¿O que me había puesto violenta?

—No, nada de eso.

—No le caigo bien. Y está cabreada porque Kingsley me invitó sin decirle nada. Pero eso no te da derecho a sedar a tu hijastra.

—Matilda —replica Tatum—. No hagas una montaña de...

—Me llevaste en brazos durante cuatro tramos de escaleras —lo interrumpo—. Cuando me desmayé. ¿Se puede saber qué motivos te dio June?

Tatum alza la mirada.

—Dijo que consideró que hacía falta —repite—. Y me fío de su criterio.

—¿Te fías?

Tatum me sostiene la mirada.

—Sí —responde—. Me fío de su criterio.

39

Por la noche, me siento en el Cuarto de Hierro con el cuaderno de apuntes sobre las rodillas, anotando teorías a medida que se me ocurren. Dibujo unas flechas enormes entre las ideas cuando se conectan.

¿Por qué querría sedarme June? ¿Había algo que no quería que viera y de lo que se deshizo mientras yo dormía? Por ejemplo, ¿pudo mover un cuadro para que no lo viera, o deshacerse de alguna clase de evidencia?

He investigado su casa muy a fondo. He rebuscado en la nevera y le pregunté a Tatum si los paquetes contenían droga. Más tarde registré las estanterías y me asomé a las habitaciones vacías. Dudé del contenido del tónico que me preparó June.

Es posible que me sedase para amenazar a alguno de los chicos. Es decir, que al drogarme estuviera enviando un mensaje: «Mirad lo que puedo hacer, sin vuestro consentimiento, si os atrevéis a infringir mis normas». Y se lo contó a Tatum, eso seguro. ¿Le estaba lanzando algún tipo de aviso?

También tengo preguntas relacionadas con Kingsley.

¿June y él habrán tenido una discusión? ¿Por eso no quiere volver?

¿Por qué se enemistó con su difunta mecenas, Tipper Sinclair, y la pintó como la madrastra malvada de *Cenicienta*?

¿Por qué no autoriza de una vez la venta de *Príncipe de Dinamarca*, cuando en su casa se alimentan sobre todo de la comida que compran Brock con el dinero de sus regalías y Tatum con su sueldo?

¿Cómo es posible que alguien esté pasando apuros económicos aquí?

Necesito más piezas del puzle y decido empezar por el *Príncipe de Dinamarca.* Tal vez pueda averiguar por qué Kingsley no quiere venderlo.

Cuando confirmo que todos duermen en el castillo, cojo una linterna y bajo de puntillas por las escaleras hasta el zaguán. Una vez allí, busco la caja etiquetada como «Botín de guerra» hasta que la encuentro. Es una vieja caja de madera para aparejos de pesca, etiquetada por los chicos cuando eran pequeños. Dentro hay una pila de bandejas compartimentadas repletas de piedrecitas, conchas, cristales marinos, pinzas de cangrejo, un par de estrellas de mar secas, varios dados de múltiples caras... Seguramente, tesoros rescatados por Meer.

En la bandeja del fondo hay un juego de llaves.

Con todo el sigilo posible, vuelvo a dejar la caja en su sitio. Después abro el despacho de la Perla y saco mi ordenador.

Empiezo buscando «Kingsley Cello Príncipe de Dinamarca». Lo primero que aparece son algunas de las críticas negativas que mencionó June, de cuando el cuadro fue expuesto en el museo Whitney. «El innecesario grado de violencia del cuadro no queda justificado por la alusión directa de Cello a la obra más famosa de Shakespeare». «Más propio de una película *gore*». «Cello se imagina a sí mismo como el villano de *Hamlet* y como víctima a manos de un príncipe asiático, dando como resultado una composición extraña con un desagradable trasfondo racial».

Cambio al buscador de imágenes.

La galería de Kingsley incluye el cuadro. Y aunque he jugado a un trillón de videojuegos de disparos en primera persona y he visto un montón de películas de terror, hay algo en la violencia que irradia que me corta el aliento.

• • •

Príncipe de Dinamarca muestra una escena que Shakespeare nunca escribió.

Está ambientada en el presente.

Un joven con el

pelo largo y negro y un rostro redondeado

está arrodillado sobre una cama cubierta con sábanas de lino teñidas con índigo.

Va descamisado y tiene los brazos cubiertos con algo que parecen ser tatuajes.

Tendido en la cama hay un hombre barbudo, presumiblemente Claudio, el rey.

Se parece a Kingsley.

Hamlet tiene el puñal en alto...,

pero su víctima

ya está muerta.

La sangre empapa las sábanas.

El pecho del rey está cubierto de puñaladas.

Hamlet es Meer.

Y ha matado a nuestro padre.

El cuadro es reciente. Meer tiene el mismo aspecto que ahora.

Y Kingsley se ha retratado como una víctima.

¿Hay algo siniestro aquí, en Hidden Beach? ¿Algo que va más allá de la pereza, la decadencia y el abandono? ¿Algo que pudiera instar a Kingsley a pintar a su hijo como un asesino?

Tomo notas en mi cuaderno, buscando una conexión entre la violencia atribuida a Meer en el cuadro y los ocho millones de dólares que Kingsley parece rechazar. Intento trazar conexiones entre el sedante que me inyectó June y el hecho de que Tipper (la tía abuela de Holland) conociera a Kingsley; entre la reticencia de Meer y Tatum a salir de Hidden Beach tras acabar el instituto y el impulso de Kingsley por verme y su repentina marcha posterior.

Pero no se me ocurre nada.

Comienzo a abrir los armarios del despacho. He estado en esta sala muchas veces y he observado los libros y los objetos de los estantes en busca de pistas para descifrar la personalidad de mi padre, pero nunca he buscado detrás de las puertas cerradas. June siempre estaba en el piso de abajo cuando he accedido a la habitación o los chicos estaban sentados a mi lado, mirando sus dispositivos.

No sé qué estoy buscando. Cualquier cosa que me ayude a entender la situación. Tal vez una carta del bufete de abogados de Gabe sobre una separación pendiente entre Kingsley o June, o un recibo de algún gasto enorme que explique por qué parece que no hay dinero. Algo.

Ya he revisado los armarios y ahora estoy alumbrando con la linterna los cajones llenos de clips y notas adhesivas.

Nada relevante.

Me he puesto de rodillas para mirar en el cajón de abajo, que contiene sellos y sobres de papel manila, cuando veo el borde de un grueso cuaderno de espiral que está arremetido bajo el escritorio. Lo saco.

No es el cuaderno de apuntes de Meer, que está encuadernado en tapa dura y es de color negro, cubierto con pegatinas de tiburones. Y tampoco es uno de los míos, que tienen el papel cuadriculado porque me gusta dibujar mapas. Este libro tiene una cubierta marrón de imitación de tela. Al pie, grabado con xilografía, pone lo siguiente: «Cello, verano 2012».

Es el cuaderno de bocetos de Kingsley. Pero ¿por qué está arremetido debajo de la mesa? ¿Alguien lo ha escondido aquí, o lo dejó él antes de salir de la isla?

Nunca he visto ninguno de los bocetos de mi padre. Siempre se presenta como un artesano hábil y meticuloso, que trabaja con pinturas al óleo. Nunca ha ofrecido acceso a los medios a ninguno de sus materiales preliminares, ni a ninguna obra que no esté terminada del todo.

Los dibujos de la primera mitad del cuaderno son bastante mundanos: retratos a lápiz de *Charco*, dormida, con unos monstruos imaginarios cerniéndose sobre ella. Bosquejos de árboles que seguramente estarán en algún rincón de la finca. Algunos retratos de Brock, de perfil, riendo... Puede que sean estudios para un segundo cuadro dedicado a él.

También hay unos dibujos de los adolescentes que murieron en el incendio. Retratos de Mirren, su primo Johnny y Gat, el amigo que tenían en común. Los primeros bocetos están basados en una foto que vi cuando busqué artículos en internet sobre la tragedia. Kingsley ha plasmado el gesto de Mirren al arremeterse el pelo por detrás de las orejas, la manera que tiene Johnny de achicar los ojos al mirar hacia el sol, la forma de sonreír de Gat, como si tuviera un secreto jugoso. Los dibujos posteriores con los mismos modelos se desvían de la fotografía. Kingsley los retrata tumbados en la playa, con las manos cruzadas sobre el pecho, como si estuvieran metidos en un ataúd. Después los sitúa en el mirador de un viejo caserón de Nueva Inglaterra, de espaldas a un dragón enorme que se enrosca alrededor del edificio, con las fauces abiertas por encima de ellos.

Entonces, para mi sorpresa, me encuentro una serie de dibujos con rotulador. La gruesa punta del rotulador permanente dota a estos bosquejos de una apariencia mucho más vistosa y caricaturesca, aunque el trazo sigue siendo muy propio de Kingsley. Ha dibujado varios monstruos, varios castillos, elementos de los cuentos de hadas y los textos clásicos que utiliza a menudo en sus cuadros.

Y una planta piraña. Con dientes afilados.

Difiere un poco de la que Tatum me dibujó en la pierna. Pero es el mismo tipo de planta. La de la fase del jardín en *Luigi's Mansion*.

Los retratos de Mirren, Johnny y Gat pudieron realizarse en cualquier momento tras el incendio en la isla Beechwood. Aquello ocurrió una semana antes de que yo llegara a Martha's Vineyard.

Sin embargo, lo de la planta piraña es imposible. Este dibujo ha tenido que hacerlo después de que yo llegase a Hidden Beach.

Pero eso es imposible.

Kingsley no ha estado aquí para dibujarlo.

Uno de los chicos ha tenido que dibujar en el cuaderno de Kingsley. Pero ¿por qué? ¿Y quién habrá sido?

He visto a Tatum pintarle cosas a Meer y lo hace con mano firme. Y aunque Brock asegura que solo sabe dibujar espirales, y si bien su planta piraña era un espanto, podría estar ocultando sus habilidades. ¿Es posible que durante su estancia en Hidden Beach haya estado aprendiendo de Kingsley?

Lo más probable es que los dibujos sean de Meer. Mi hermano tiene un cuaderno lleno de garabatos e ideas para tatuajes. Se cubre a sí mismo y a todo el mundo con el rotulador. Me dijo que él no es «un artista», pero lo cierto es que se ha educado en casa con sus padres. «June me enseñó muchas cosas», dijo. «Y también el océano. Y Kingsley».

Es posible que Kingsley lo haya instruido para que pinte como él.

¿Es factible lo que estoy pensando?

Que Meer dibuje en este cuaderno porque es él quien pinta los cuadros de Kingsley.

Que Meer no salga de Hidden Beach para ir a la universidad, ni para hacer cualquier otra cosa, porque ya tiene un oficio que le hace ganar millones.

Que fue Meer, no Kingsley, el que pintó *Príncipe de Dinamarca*, y que por eso el cuadro muestra al hijo conquistando la figura del padre.

Y que fue Meer, no Kingsley, el que me pintó a bordo de una balsa en mitad del mar. Porque fue él quien vio esa foto en mis redes sociales. Y porque tenía guardado el cuadro en su habitación, en vez de en el estudio de Kingsley.

Pero ¿por qué tendría que pintar en lugar de nuestro padre?

¿Acaso Kingsley abandonó a su familia hace una eternidad para aventurarse por el mar, como Ulises, después de instruir a mi hermano para que continuara su legado?

Reviso el resto del cuaderno con la esperanza de encontrar más información, pero solo está relleno hasta la mitad.

Las demás imágenes no revelan nada a lo que pueda dotar de sentido. El artista retoma el lápiz. Hay muchos, muchos dibujos de duendes y gárgolas, apretujados entre sí, riendo y acechando en algo que parece una cueva, o quizá se encuentren debajo de una cama.

La verdad es que da la impresión de que los ha dibujado Kingsley. Reconozco la sensación de amenaza latente en cada imagen, la fealdad que oculta la belleza, cierta soltura en el trazo imposible de replicar. La sensación de claustrofobia, los rostros risueños.

Cuando por fin levanto los ojos del cuaderno, el sol de la mañana se filtra a través de las ventanas. Me meto el libro bajo el brazo, guardo mis dispositivos electrónicos y apago las luces.

Tengo que hablar con Meer.

40

Meer está durmiendo sin manta, con los pantalones del pijama puestos, pero no la parte de arriba, tumbado delante de un ventilador de plástico blanco. El aire caliente le alborota el pelo, que se ha desprendido de su moño habitual. Como su colchón está apoyado en el suelo, las sábanas están desperdigadas sobre la moqueta.

Me siento en el borde de la cama y le doy unos golpecitos en el hombro. Cuento con que gire el cuerpo, soñoliento, y me pida que me vaya, pero se incorpora de golpe, parece espabilado del todo en un instante.

—¿Es papá?

—No. Aún no ha vuelto.

Meer se recuesta y me mira.

—Ay, Matilda. Creía que eras mi madre, despertándome. Uf, estoy muy cansado.

—Pero es posible que regrese hoy.

—¿Mm? ¿Por qué dices eso?

—June le ha lavado la ropa, como si se estuviera preparando para su regreso.

—No, lo he hecho yo —dice Meer, frotándose los ojos—. Me dio por ahí después de mucho tiempo, nada más.

—Ah.

Percibo la decepción que denota mi voz.

—Soy el encargado de la colada —dice Meer—. Pero no soy muy aplicado.

—Así que no está previsto que vuelva.

Meer se cubre la cara con un cojín y habla desde el otro lado.

—No, Matilda. No me ha llamado, ni me ha escrito, ni me ha mandado un email. Y tampoco a mi madre.

—¿Ni una sola vez? ¿En todo este tiempo?

—Igual que las veces anteriores que me lo has preguntado.

Hace una eternidad que no se lo pregunto.

—¿En serio?

Meer se aparta el cojín de la cara.

—Lo que acabo de contarte es la verdad y nada más que la verdad. No sé qué más quieres que te diga.

—Está bien. No te cabrees. He pensado lo que no era, ya está.

—¿Y qué haces despierta? Es muy temprano.

—No he dormido.

—¿Y por qué me despiertas a mí?

Meer se levanta a duras penas y se aparta el pelo del cuello, recogiéndoselo con una goma elástica que lleva en la muñeca. Desaparece dentro de su armario y puedo oír cómo rebusca entre la ropa para ver qué ponerse.

—¿Has visto el cuadro que se acaba de vender? ¿*Príncipe de Dinamarca*?

—Pues claro —responde Meer, todavía dentro del vestidor—. Posé para él. Después lo enviaron a la galería.

—He encontrado un cuaderno de bocetos de Kingsley —le digo—. Es de este verano. Tenía la fecha puesta.

—Ha estado aquí la mayor parte de mayo y junio —dice Meer—. Siempre tiene un cuaderno de bocetos. Y siempre anota la fecha. Uf, no consigo encontrar la otra zapatilla.

—Ya, pero ha estado dibujando con rotulador. Como haces tú. Meer, ¿puedes salir un momento? Estoy intentando hablar de algo importante contigo.

Meer reaparece, ataviado con unas bermudas y una camiseta, saltando a la pata coja mientras introduce un pie en una deportiva.

—Ya estoy. ¿Qué pasa con *Príncipe de Dinamarca*?

Inspiro hondo y lo miro a los ojos.

—¿Has estado pintando tú los cuadros de Kingsley?

—¿Qué? No. ¿Qué quieres decir con eso?

—En el cuaderno que encontré, no solo había dibujos con rotulador. Cualquiera puede hacer eso. Lo que pasa es que dibujó algo que te conté a ti. La planta piraña del videojuego. ¿Te acuerdas?

Le doy el cuaderno a Meer. Se sienta en el colchón y lo hojea, deteniéndose cuando llega a los dibujos con rotulador.

—Ja. ¡Le he dicho durante años que los rotuladores son cojonudos para dibujar! Él decía siempre que los verdaderos artistas utilizan materiales blandos como carboncillo y pinturas al óleo. Pero mira esto: ha probado el rotulador permanente.

—Pasa la página.

Meer llega hasta la planta piraña.

—Es imposible que Kingsley conozca esa fase de *Luigi's Mansion* —le explico—. De modo que es imposible que esto lo haya dibujado él.

—Hm.

—Por eso te pregunto, Meer, si lo has dibujado tú.

—No —responde—. No he sido yo.

—No creo que Brock tenga tanta destreza, ni de lejos. Y Tatum no tiene tiempo, entre su trabajo y lo mucho que sale a nadar. June no ha oído hablar nunca de la planta piraña, así que tienes que ser tú.

Meer cierra el libro.

—No sé qué decirte, Matilda. No he sido yo. ¿Cuál es tu lógica? Ni siquiera entiendo a dónde quieres llegar.

La teoría resulta descabellada cuando la expreso en voz alta:

—Kingsley te enseñó a dibujar y a pintar como él. Te educaste en casa porque te estaba instruyendo. Quería que te ocupases tú para que él pudiera... Para que pudiera marcharse, supongo. Para poder escapar de esta vida y que tú siguieras pintando en su lugar, durante el tiempo razonable de vida que le quedase por delante.

Meer niega con la cabeza.

—O puede que esté muerto —añado—. Eso también lo he pensado. Pudo haberte instruido porque sabía que se estaba muriendo. Puede que lleve muerto mucho tiempo y que todo esto sea una tapadera para que podáis vender sus cuadros por ocho millones de dólares.

—¡Kingsley no está muerto! —exclama—. Te ha estado enviando correos. Está... Oye, ya sé que te resulta muy duro no haber podido conocerlo. Y ha sido una temporada extraña, con tanta espera y con mi madre encerrada en el piso de arriba todo el día. Pero Kingsley ha pintado montones de cuadros con plantas siniestras. Como ese que hizo de un jardín venenoso. Y otro, en plan Bella Durmiente, con un castillo cubierto de escaramujos. —Da unos golpecitos sobre el cuaderno—. No creo que esta sea tu planta piraña. Creo que solo es Kingsley imaginando monstruos vegetales, algo que es habitual en él.

Contemplo el rostro afable de Meer.

Lo quiero. No tengo claro si debo creer lo que me dice, pero lo quiero.

—Está bien —reculo.

Entonces se oyen unos golpetazos por el pasillo mientras Tatum sube a toda prisa por las escaleras.

—¡Meer! —exclama, asomando la cabeza desde el umbral—. Dime que no has encargado una caja llena de animales vivos.

41

Meer y yo seguimos a Tatum hasta la cocina. Brock no ha bajado aún. *Charco* está encerrada en la despensa, ladrando sin parar. Sobre la encimera hay un paquete grande con agujeros en la tapa.

—¡Son mis aves de corral! —exclama Meer cuando lo ve. Me abraza, tan contento—. ¡He hecho lo que me dijiste! Voy a criar gallinas. Y lo que surja. Va a ser una pasada, ya lo verás.

—Maldita sea, Meer —dice Tatum, fulminando la caja con la mirada—. Decidiste que te gustan las gallinas la semana pasada. Literalmente.

—¡Me gustan desde hace mucho tiempo! —replica Meer. Después se asoma a la despensa para ver a la perra—. Deberíamos sacar a *Charco* a la calle.

—Nos hemos quedado sin pienso —dice Tatum—. No he conseguido hacer que salga.

—Puede comerse un trozo de beicon —dice Meer—. Quedan sobras.

Rebusca en la nevera hasta que encuentra el beicon, después atrae a *Charco* con una loncha y cierra la puerta de la calle cuando sale. De vuelta en la cocina, Meer se pone tan contento otra vez.

—Las pedí con envío urgente —explica—. Con la tarjeta de crédito de Brock. Me dijo que le parecía bien. —Baja la voz—. No le digáis a mamá que he pedido que las envíen a casa. A Kingsley le gusta que los paquetes lleguen a la oficina de correos. Pero resulta que no puedes pedir que te envíen aves de corral a un apartado de correos. Me parece que es ilegal.

—Entendido —le digo. Sirvo un vaso de agua y me lo bebo de un trago, intentando despejarme la cabeza después de haberme pasado toda la noche en vela.

—Aunque no creo que pregunte —añade Meer—. Ni siquiera se dará cuenta.

—¿Cómo no se va a dar cuenta de que hay gallinas? —pregunta Tatum.

—Vamos a construir un cobertizo en el extremo más alejado de la finca. Al final nos saldrá a cuenta, por todos los huevos que pondrán —explica Meer—. Y no solo hay gallinas. Es un lote sorpresa de aves de corral.

—¿Un qué?

—El dueño de Meadowlark me contó dónde podía encargar las aves. Me metí en la web pensando en comprar unas gallinas sedosas, porque tienen una pinta muy graciosa. Son esas que parecen peluches. Luego pensé en la raza Plymouth Rock, porque son un clásico indiscutible. Son esas que tienen unas franjas blancas y negras y la cresta roja. ¿Sabes cuáles te digo?

Tatum niega con la cabeza.

—No tenemos sitio para meter aves de corral. ¿En qué estabas pensando?

—Todo saldrá bien —insiste Meer—. Voy a construir un cobertizo. El caso es que no conseguía decidirme, pero entonces vi que preparan lotes sorpresa. Es como un surtido. Recibes lo que te toque y te apañas con lo que haya.

—¡¿Gallinas surtidas?! —exclama Tatum.

—Es un lote sorpresa de aves de corral —le corrige Meer—. Patos, pavos, gallinas, faisanes, gansos... Podría haber cualquier cosa ahí dentro. Y lo mejor de todo, según dicen en las reseñas, es que a veces no sabes lo que son hasta que crecen. Porque si no sabes nada sobre aves de corral, como en mi caso, al principio puedes pensar que es una gallina. ¡Y luego resulta que es un faisán! O un pavo. O lo que sea. A los patos creo que podremos distinguirlos por el pico plano.

Me encanta el entusiasmo contagioso de Meer. Y su optimismo. Me gusta que haya escuchado mi idea improvisada sobre criar gallinas y que la haya puesto en práctica. Está haciendo algo para estar menos ocioso, tal vez para encontrar una pasión o un rumbo que pueda hacerle más feliz. Aquí, bajo el confort soleado de la cocina, parece imposible que sea un pintor superdotado que se hace pasar por su famoso padre desaparecido. Es un chico encantador con pocas habilidades sociales, escasa capacidad para tomar decisiones y el sueño de criar aves de corral.

—Lo último que necesitamos ahora es otra responsabilidad —protesta Tatum, que está cabreado—. ¿Qué les vamos a dar de comer?

—Puedes comprar pienso para aves en el almacén rural —responde Meer—. Todo el mundo sabe eso.

—No me lo puedo creer —se lamenta Tatum—. Apenas podemos ocuparnos de *Charco* como es debido. No la atendemos como deberíamos.

—Claro que sí.

—Y con todo lo demás que está pasando..., ahora hay que sumar unas criaturas vivas.

—Os adoro —le dice Meer al contenido de la caja—. Os adoro incluso aunque seáis pavos.

—¡Meer! —ruge Tatum—. Tienes que devolver esas aves. Cogeré prestado el coche y pensaremos una forma de enviarlas de vuelta. Y pediremos que le reembolsen el dinero a Brock. ¿De acuerdo?

—A Brock no le importa.

—Pues a mí sí. Si no conseguimos un reembolso, ya pensaremos una forma de dárselos a algún vecino que críe... patos, o lo que quiera que sean. Uf, no tenemos un estanque. ¿Dónde iban a nadar los patos?

—¿En la piscina? —aventura Meer—. No había pensado en eso.

—Dejarlos nadar en la piscina es asqueroso, y aunque no lo fuera, el agua está llena de productos químicos.

—¿Los patos necesitan un estanque para vivir o simplemente les gusta? —continúa Meer—. A lo mejor podríamos conseguir una piscina hinchable o incluso una cuba con agua para que naden.

—¡No! —exclama Tatum—. No se pueden quedar.

—Deja en paz a Meer —le espeto—. ¿Por qué no puede criar aves y construir un corral? A lo mejor le apetece montar una granja en la finca. O tenerlas como mascotas. Tiene derecho a planteárselo y a hacer algo que le interese.

—Tú no lo entiendes —me dice Tatum.

—No veo por qué has de tener tú la última palabra —replico—. Esta es la casa de Meer. Además, es mayor de edad, y no entiendo por qué te crees que estás al mando.

Tatum se desliza una mano por el pelo.

—A June y a Kingsley no les hará ninguna gracia. —Se gira hacia Meer—. Es muy mal momento.

—¿Te das cuenta de cómo le hablas? —inquiero—. Eres condescendiente. Y controlador.

—Porque no está pensando con la cabeza. Está actuando por impulso.

—Pues déjale que lo haga. Deja que compruebe lo que puede hacer.

—Estoy aquí, por si no os habéis dado cuenta —murmura Meer—. Y voy a llevarme mis aves a la casita de la piscina. Las sacaré del paquete para que no se asfixien. Luego iré a comprarles comida, pensaré cómo construir un corral, no volveré a hablar con Tatum hasta mañana y así todo saldrá bien. —Recoge la caja—. Matilda, puedes venir a echarme una mano, si quieres.

42

Meer se va.

Salgo tras él, pero Tatum me agarra del brazo. Lo hace con mucha suavidad. Solo es un roce, en realidad, pero apoya su palma caliente sobre mi codo.

—¿Qué pasa? —gruño.

—Tú no vives aquí —dice, casi susurrando—. Eres una invitada en esta casa y aún no has conocido a Kingsley.

—¿Y? Meer es mi hermano.

—Por favor, Matilda. No te entrometas en una situación que no entiendes.

—Deja de intentar controlarme —le espeto—. Solo eres un crío.

Tatum mantiene la mano sobre mi brazo. Me mira fijamente. Como si estuviera pensando.

—¿Qué pasa? —inquiero, irritada.

Y, de repente, sin haberlo decidido, me encuentro de puntillas, rodeándole el cuello con los brazos y besándolo. Su boca es cálida y, durante un segundo tórrido, pienso: ¿qué diablos acabo de hacer? Tatum no quiere besarme, esto va a ser superincómodo, ¿cómo he acabado abrazada a él?

Pero entonces Tatum me devuelve el beso, me envuelve el olor a brisa salina de su pelo y dejo de pensar. Me limito a existir.

Llevo sabiendo que quería hacer esto

desde el principio,
pero al mismo tiempo no lo sabía.
No quería desearlo,
porque Tatum me enerva,
con su aura de chico atormentado y su *troupe* masculina y
su carácter hermético y
a la vez, por debajo de todo eso,
su integridad.
Integridad, sí, porque Tatum se preocupa por las cosas.
Se asegura de que haya comida en la mesa,
prepara batidos de frutas para los demás,
se ocupa de las cosas que antes hacía June, pero que ya no hace.

Lleva a la perra al veterinario, deja que se monte en el asiento delantero y se encarga de pagar la factura cuando nadie más lo hace.

Este primer beso no se parece a los demás que he dado. Aquellos eran lentos y tentativos. En cambio, ahora nos estamos besando con frenesí, con todo el cúmulo de rabia, fascinación y admiración que nos profesamos palpitando en nuestras bocas mientras se entrechocan.

Tatum me apoya una mano en el rostro y la otra entre la maraña de mi pelo, y yo me dejo llevar por el asombro que me produce este chico tan inusual y por el hecho de tenerlo tan cerca, con nuestros labios en contacto.

Pero al cabo de poco tiempo me apoya las manos en los hombros y se aparta.

—Espera, Matilda.

—¿Qué?

—Esto es una mala idea.

—¿Por qué?

—Es por... Kingsley. Y por Meer.

—A Meer no le importará.

—Es que no puedo. No deberías estar aquí. No quiero hacerlo. —Se dirige hacia el otro lado de la cocina—. No quiero hacerlo —repite, más alto.

—Pues a mí me parece que estabas bastante dispuesto.

—Pero no puedo. No quiero.

—Pues vale. —Me arde la cara de vergüenza. Estoy muy confusa—. Yo tampoco quiero —replico con crueldad—. Lo que pasa es que me aburría.

Atravieso la finca hacia la casita de la piscina con la mente sumida en un torbellino.

¿Por qué Tatum no quiere besarme?

Es obvio que quiere hacerlo. Pero ¿por qué al mismo tiempo no quiere?

Dijo que era por Kingsley, pero eso no puede ser cierto. Él ni siquiera está aquí.

¿Y por qué debería importarle?

En cuanto a Meer, creo que a él le daría igual ocho que ochenta. Ahora está concentrado en sus tatuajes y sus aves de corral.

Puede que Tatum piense que hay algo malo en mí, como dijo Luca. Fue una estupidez abalanzarme sobre él cuando estoy falta de sueño, inestable a nivel emocional y enfadada con él. Un beso así no está bien en ningún caso, pero es que él ni siquiera me gusta como persona.

No me siento atraída por conductores de furgoneta gruñones y territoriales.

Y desde luego, no creo que un chico huérfano y atormentado que no tiene planes ni ambiciones pueda ser un novio adecuado para una chica que sigue afectada por la indiferencia de su madre y padece oleadas de paranoia durante las que se convence de que su querido hermano es un falsificador.

La casita de la piscina traza una curva alrededor del solárium, enfrente de la piscina redonda. Tiene varias puertas correderas. En muchas de sus habitaciones hay camas sin hacer, como si sus habitantes se hubieran marchado hace años y nadie se hubiera molestado en entrar ahí desde entonces. Aún quedan libros sobre las mesillas de noche.

Encuentro a Meer en un espacio soleado que sin duda antes se utilizaba como una especie de zona chill out. Hay puertas correderas de cristal en dos lados. También hay un sofá modular situado enfrente de una chimenea y el suelo está cubierto por una enorme alfombra estampada. Mi hermano está sentado en el centro de la estancia con la caja a su lado.

Está rodeado de crías de aves. Su forma de piar denota cierto pánico.

No voy a pensar en Tatum.

Ni en nuestro beso.

Ni en lo que me hizo sentir.

Ni en cuando dijo que no quería hacerlo.

Me voy a concentrar en apoyar a mi hermano.

—¿Cuántas aves te han mandado? —le pregunto a Meer mientras deslizo la puerta para cerrarla a mi paso.

—Diez.

Me siento con cuidado en la alfombra, asegurándome de no espachurrar a ninguna cría. Cuatro de los pollitos son amarillos y algodonosos, con picos afilados. También hay dos patitos: amarillos, pero un poquito más oscuros, con el pico plano y rosado. Dos de las demás aves son más grandes, con el plumaje marrón. Una es blanca, con el cuello largo. Después hay un pajarito rayado.

Meer dice que cree que los del plumaje pardo pueden ser pavos, pero yo creo que solo son de una raza diferente de gallina. La blanca no se parece a nada que yo conozca.

También dice que mañana va a comprar madera y alambre para construir un corral. Ha buscado diseños en internet. Mientras, *Charco* está junto a la puerta corredera, asomada.

—Vete, ya te has comido el beicon —le dice Meer.

Preparamos agua para los polluelos. Meer esparce unos guisantes deshidratados sobre la alfombra, que ya estaba cubierta de caquitas de las aves.

—Estarán contentas aquí durante un par de noches —dice—. Y luego les buscaré un nuevo alojamiento con estilo.

—¿Qué nombre les vas a poner?

—Esa de ahí se va a llamar *Bola de Malta.* —Meer señala hacia una de las aves del pelaje marrón. Después señala a un pollito amarillo—. Y ese es *Rayo de Sol.*

—Venga ya. Seguro que se te ocurre algo mejor.

—No, a mí me gusta. Es un nombre puro —replica—. Y sin pretensiones.

Señalo a otro pollito.

—Ese es *Basil Plumington Palmer.*

—Ja, ja, ¿de dónde te has sacado eso? —Ríe Meer.

—Tiene patas palmeadas, de ahí lo de *Palmer.* Y lo de *Plumington* creo que es obvio.

—¿Y lo de *Basil*?

—Necesitamos un nombre pretencioso para compensar el de *Rayo de Sol.* —Señalo a un patito—. ¿Qué te parece *Bola de Algodón*? Para que combine con *Bola de Malta.*

—¿Y si los llamamos a todos *Bola*? Como *Bola de Algodón*, *Bola de Malta*, *Bola de Pelo*... —sugiere Meer—. Oh, *Bola de Bolos.* Y, hum, veamos, *Bola de Fuego.*

—¿*Bola* es el nombre y el resto el apellido?

—No. Son nombres compuestos. El apellido es Sugawara. Si llevas un animal al veterinario, le ponen tu apellido.

—Entonces, ¿la perra es *Charcosombrío* Sugawara o *Charcosombrío* Cello?

—Es Cooper-Lee. Bien, entonces tenemos a *Bola de Algodón*, *Malta*, *Pelo*, *Bolos* y *Fuego.* —Meer va señalando a las aves, asignándoles nombres mientras corretean por la estancia—. ¿Te gusta *Bola de Vóley*?

—Ni fu ni fa.

—¡Ah, *Bola de Fútbol*!

—No está mal.

—Este es *Fútbol.*

—¿Y qué tal *Bola de Helado*? —propongo.

—*Bola de Helado*. Genial. Ya van siete bolas. Ocho, si contamos *Vóley* —dice Meer—. Huy, espera, vamos a cambiar *Vóley* por *Saque.* Tú puedes ser *Bola de Saque* —le dice al ave cuellilarga—. A que te gusta, ¿eh? Te pega un montón. —Luego me mira a mí—. Y también están *Bola Solar* y *Bola Plumington Palmer*. ¿Te parece bien?

—*Bola de Palmer* queda mejor.

—Madre mía, eso no tiene ningún sentido —exclama Meer, rompiendo a reír—. Me encantan estos nombres.

Charco tiene las orejas en alto, alerta. Nos mira fijamente a través del cristal.

43

Tatum y yo estamos inmersos en una tregua implícita e incómoda,

fingimos que nunca nos hemos besado,

fingimos que no nos miramos,

fingimos que ninguno de los dos está enfadado.

A lo largo de los siguientes días, con todo eso de fondo, los cuatro intentamos construir un corral para las aves de Meer.

No es tarea fácil. Ninguno tenemos ni idea de manejar herramientas. Los materiales son caros y Brock tuerce el morro mientras aporta su tarjeta de crédito.

Ponemos los goznes mal.

No hemos comprado malla de alambre suficiente.

Los soportes se inclinan hacia dentro porque no están anclados, o nivelados, o algo así.

El tejado no queda como esperábamos.

Tras cuatro días de intentos, nos rendimos. Meer decide dejar que las gallinas sigan viviendo en la zona chill out, aunque Tatum piensa que es una mala idea.

Sin embargo, no puede evitar quedarse cautivado con ellas cuando va a visitarlas a la casita de la piscina. Se sienta en el suelo, con sus largas piernas arremetidas bajo el cuerpo, y memoriza sus nombres. Creo que las que mejor le caen son *Bola de Fútbol* y *Bola de Algodón*.

Un vacío extraño invade los días cuando abandonamos el proyecto del corral. Un día volvemos a salir a buscar almejas y otro a por pepinos para encurtir. Echamos una partida de póquer en la mesa de pícnic, utilizando botones a modo de fichas. Jugamos al Scrabble y bebemos cerveza.

June ya no nos acompaña nunca durante la cena. Ha empezado a hornear pan en mitad de la noche, cuando todos estamos dormidos. Cada mañana hay una hogaza recién hecha sobre la tabla de cortar, pero ella no aparece por ningún lado.

Intento no mirar a Tatum. Intento fingir que nunca ha pasado nada entre nosotros, incluso cuando es el único que está en la cocina conmigo. Incluso cuando está triturando fresas, colágeno y semillas de chía para servirme un batido a primera hora de la mañana.

Un día, Tatum tiene una nueva idea para una aventura. Nos reunimos todos esa noche en el garaje y él nos guía a pie a través de South Road y después por un sendero largo que conduce hasta una finca.

—La finca Robertson —anuncia—. Es toda nuestra.

—¿Por qué nunca nos habíamos colado aquí? —pregunta Brock—. Está muy cerca.

—Los dueños siempre están en casa. Pero este año se han largado para hacer un viaje por Europa o algo así. —Tatum se da unos golpecitos en una oreja—. Se oyen muchas cosas cuando conduces un taxi. Hoy me he enterado de que ya llevan más de cuatro semanas fuera.

Llegamos a la finca y Tatum nos conduce a través de una abertura en un seto. Allí, rodeada de árboles y alejada de la casa, hay una enorme piscina rectangular. El borde es de piedra. Alrededor hay varias tumbonas, mesas bajas y un cenador rectangular para tener sombra. Debajo hay una cocina al aire libre.

Brock se quita la sudadera y se tira de bomba al agua. Meer lo imita. Yo me estoy quitando las deportivas y forcejeando con la cremallera de mi sudadera. Cuando miro hacia arriba, Tatum me está observando.

Sus ojos oscuros cercados por pestañas negras se cruzan con los míos, luego desvía la mirada.

—¿Qué? —le pregunto.

—Tenía pensado decírtelo. He comprado... He comprado una cosa —dice muy bajito.

Dejo de pelearme con la cremallera y me acerco a él. Pienso:

Este chico, tan hermético y desquiciante, este
chico responsable y trabajador que
me besó en una ocasión, que con solo apoyarme
una mano fría en la pierna anula por completo mis pensamientos y que
pareció entender lo que implicó la marcha de mi madre...
ahora va a
abrirme las puertas.

Meer y Brock ya han salido de la piscina, están fisgando en un edificio anexo que contiene flotadores, churros y pelotas de playa.

—¿Qué has comprado? —le pregunto a Tatum.

Meer atiza a Brock con un churro de gomaespuma. Brock le devuelve el golpe.

—¡Eso es trampa! —exclama Meer.

—¡En esta piscina no hay ley! —grita Brock, que le vuelve a atizar con el churro.

Tatum ha desviado su atención hacia ellos.

—¿Qué has comprado? —le pregunto otra vez.

—Hum. Nada, es una estupidez —responde mientras niega con la cabeza.

—¿Y eso por qué?

Vuelve a negar con la cabeza.

—Olvídalo, Matilda.

—¿Qué es? —insisto.

—No tiene importancia. Era una mala idea.

—Cuéntamela.

Ha vuelto a replegarse, como un libro que se cierra de golpe.

—¿Por qué eres tan hermético? —le suelto.

Me quito la sudadera y la arrojo sobre una tumbona. Tatum parece dolido por mi comentario.

—No lo soy.

—Claro que sí. Es tu especialidad.

Me afano en sacar cosas de mi bolsa de tela.

—¿Qué quieres decir?

—Es imposible saber nada sobre ti.

—¿En serio?

—Dímelo. —Me siento y lo miro a los ojos—. Dime qué has comprado hoy, Tatum.

Se queda inmóvil, con los brazos colgando junto a los costados.

—No —responde—. Prefiero no hacerlo.

—Es la pregunta más sencilla del mundo.

—No.

La ira inunda mi cuerpo.

—A esto es a lo que me refiero. El tema lo has sacado tú, has dicho que querías contarme algo, pero luego cambias de idea y me dices que no tiene importancia. ¿Por qué? No hay razones para actuar así, salvo para hacerme sentir mal.

—Yo no he...

—Sí lo has hecho, Tatum. Y es inútil que lo niegues.

Tatum arruga la frente.

—Estás viendo cosas donde no las hay. He cambiado de idea, eso es todo.

—Me besas y cambias de idea. Te inventas excusas en vez de decir lo que leches ibas a decir. Vives rodeado de secretos, Tatum. Desapareces todo el día. Te adentras tanto en el mar que nadie puede verte.

—Desaparezco para trabajar, Matilda. Ya no soy un niño. No puedo seguir viviendo de Kingsley. Tengo que contribuir.

—Nada tiene sentido. Muchas veces da la sensación de que estás deseando largarte de Hidden Beach. Te escabulles al agua en cuanto tienes un rato libre. Pero, al mismo tiempo, te quedas aquí. En el castillo. Solo vas al pueblo si hay que hacer algún recado. Eres un antisocial.

Intenta interrumpirme otra vez, pero he cogido carrerilla y no dejo que me corte:

—Si no quieres estar aquí, ¿por qué no te vas de la isla? ¿Por qué no vas a la universidad o buscas trabajo en alguna otra zona del país? Antes tenías amigos en el instituto, novias, un grupo de música... Pero el instituto se acabó y ya no ves a nadie. En tu mundo solo están Brock y Meer.

—Y tú.

—Pero si estás intentando deshacerte de mí. No sé por qué creí, siquiera por un segundo, que las cosas habían cambiado. Me dices que no defienda a mi hermano y me cuentas que June me sedó. Me dices que no me meta donde no me llaman. Cualquier cosa que haces me aleja un poco más, porque quieres volver a tener a Brock, a Meer y a Kingsley para ti solo.

—Eso no es verdad.

—Piensa en lo estrecho de miras que eres. Tu universo no puede limitarse a un grupo de tíos haciendo cosas de tíos, colándose en casas, buscando almejas y cimentando el patriarcado y el club masculino a todas horas, encerrado en tu castillo. ¿No te das cuenta de que hay que ser muy retorcido para actuar así?

Tatum se muerde el labio.

—Lo has entendido mal.

—Entonces, cuéntamelo —replico—. Cuéntame la versión correcta.

—¡Eh, papá y mamá! ¡No discutáis! —exclama Brock desde la piscina.

Tatum se da la vuelta, pero yo alargo el brazo y lo agarro de la mano.

—Necesito estar aquí —susurro—. Me siento perdida, ¿vale? Ahora mismo no tengo ningún hogar. Mi madre se ha ido y necesito ver a Kingsley para averiguar quién soy y de qué estoy hecha. También necesito a Meer. Él es mi familia.

Tatum se zafa de mí y se quita el jersey, después la camiseta que lleva debajo. Se dirige hacia la piscina sin decir palabra, se zambulle en la zona que más cubre y se pone a nadar con unas brazadas furiosas.

Me doy la vuelta y voy a sentarme en el jacuzzi.

Después de estar sola unos veinte minutos, Brock se mete y me pide que le cuente la historia del videojuego *Algo podrido*. Así lo hago y estoy a punto de llegar al giro en la trama cuando escuchamos una voz:

—¡Matilda Klein! ¡En mi jacuzzi!

A través de la abertura en el seto aparece Holland Terhune.

—Lo siento —dice Tatum, que interrumpe su nado—. Nos hemos colado sin permiso.

Se impulsa fuera de la piscina y va a buscar su toalla.

—¿Esta es tu casa? —pregunto.

—¿No lo sabías? —replica Holland.

—Ni idea. Tomamos, hum, prestadas piscinas en activo. En diversos lugares de la isla.

—Sois bienvenidos en mi piscina en activo —dice Holland—. Quedaos. Relajaos. —Luego le dice a Tatum—: En serio, no hace falta que os marchéis. —Y a Meer—: ¿Tú eres Meer? Fijo que sí.

Él asiente, sonriendo.

—¿Cómo es que ya conoces a Matilda?

—Uf, es una larga historia, pero se puede decir que me obsesioné un poco con ella —dice Holland—. Después de verla vomitar de un modo adorable en el aeropuerto, cuando estuvo a punto de necesitar asistencia médica. La ayudamos con unos chicles de menta y unos cuantos consejos. Espera un momento. —Achica los ojos para ver mejor a Brock, que está conmigo en el jacuzzi—. ¿Ese es Sammy?

—Sí, el de *Hombres y otras criaturas* —dice Brock—. Me llamo Paul-David Brock.

—No, el del cuadro de Kingsley Cello —replica Holland—. El de la piel de asno ardiendo.

—¿Lo has visto?

Holland se encoge de hombros.

—Es propiedad de mi familia —explica—. Son unos grandes coleccionistas de arte. Eres más guapo al natural.

Le guiña un ojo a Brock, después mira el móvil y envía un mensaje.

—Las demás están de camino. Esas perris os van a caer genial, os lo prometo.

En cuestión de minutos, cinco chicas aparecen a través de la abertura en el seto, todas con el bañador puesto. A Winnie ya la conozco, la acompañan Olive, Jia, Agnes y Amma. Han traído dos botellas de ron, una pila de toallas blancas y grises, una nevera portátil con refrescos y unos altavoces que escupen música hacia el aire nocturno.

El resto de la velada se vuelve borroso.

Tatum se tira mucho rato hablando con Amma, sentado en el borde de la piscina mientras ella está de pie en el agua.

Sube a Winnie a hombros en la piscina. La ayuda a volver a subir cuando se cae. Le rodea las piernas con los brazos para mantenerla estable.

Agnes prepara un ron cola y se lo pasa a Tatum en un vaso rojo de plástico. Él se agacha para escuchar lo que le dice, entre el estrépito de la música.

Detesto fijarme en cada cosa que hace. No quiero pensar en él. Tampoco quiero hablar con él. No me importa lo que piense porque es un tío manipulador, controlador, un bicho raro sin amigos y, para colmo, es un gruñón de narices.

Pero registro cada gesto, cada sonrisa, cada vez que desvía sus ojos hacia mí.

Eso me produce un dolor en el esternón.

Pierdo la cuenta de los cubatas que me he bebido.

44

El día siguiente, hacia las once.

Los chicos y yo tenemos resaca. Excepto Brock, que ya no bebe.

Pienso, y no por primera vez, que ojalá hubiera café en Hidden Beach.

Nos situamos alrededor de una hogaza de pan blanco casero que June nos dejó por la noche. La vimos de pasada cuando llegamos de casa de Holland. Llevaba puesto un delantal teñido con índigo e iba remangada. No nos preguntó dónde habíamos estado.

—Me duele la cabeza —dice Brock—. Y ni siquiera he bebido.

Parece que tiene un montón de sueño atrasado.

—Te prepararé algo —dice Tatum, que se acerca a la nevera a duras penas.

Tiene el pelo alborotado. Se ha saltado su zambullida matutina y lleva puesto el pantalón del pijama y su jersey de punto trenzado favorito. Va descalzo.

—A mí también me duele —dice Meer—. Pero yo sí que bebí.

Tiene pinta de que se quedó dormido con el bañador puesto.

—Y a mí —coincido—. Pero no prepares ninguna guarrería.

Hice un esfuerzo por ducharme y cepillarme los dientes antes de bajar aquí, porque pensé que no podría exponerme a Tatum y a todos estos sentimientos tan complicados oliendo a muerto. Algo me taladra la cabeza y noto como si mis ojos fueran a explotar.

—Deberíamos desayunar huevos —dice Tatum—. Por las proteínas.

Detesto que tenga razón, aunque es lo más probable. Quiero que se equivoque en todo. Porque no quiso contarme lo que ha comprado. Porque estuvo hablando mucho con Amma. Y llevó a Winnie sobre los hombros. Y agachó la cabeza para escuchar a Agnes.

—¿Los huevos crudos con salsa picante no son un remedio para la resaca? —pregunto—. La gente se bebe ese mejunje en las películas.

Noto la cara hinchada. Tengo hambre y náuseas al mismo tiempo.

—Los huevos contienen cisteína —dice Tatum—, que rompe el acetaldehído, que es lo que provoca la resaca. No sé lo de la salsa picante, pero los plátanos son buenos porque el potasio ayuda a...

—Venga ya no nos sueltes el rollo —le corta Meer, mezclando todas las frases en una—. Menudo rollo danos de comer lo que sea y ya está ahora mismo estoy hecho polvo me parece que el ron no es lo mío y nunca volveré a probarlo.

Cojo un rotulador y Meer extiende el brazo hacia mí.

Escribo: «Ron no».

—Ese será el lema que guíe mi vida —anuncia—. Ahora y siempre. ¿Y os he contado que vomité? Poté en mitad de la noche, fue muy dramático. Mi cuerpo hizo unos ruidos muy desagradables.

—Yo también eché la pota —dice Tatum.

—Ah, por eso olía tan mal el baño cuando entré —dice Meer—. Era tu pota. Me preguntaba si habría vomitado ya y no me acordaba.

—Pues no —responde Tatum.

—En fin, gracias por apestar el baño.

Tatum ha llenado la batidora con leche y plátanos. Ahora está merodeando alrededor del aparato con varios de esos frascos marrones de June: petasita, extracto de corteza de sauce, entre otras cosas. Añade hielo y enciende la batidora. Meer y yo nos tapamos los oídos.

—Cuánto ruido —me quejo—. Ese cacharro no causaba tanto escándalo antes.

Meer se tumba boca abajo en el suelo de la cocina y cierra los ojos con una mueca de dolor.

Brock saca unos huevos del frigo y los deposita sobre la encimera.

Tatum apaga la batidora.

—Uf, creía que tenía estómago para comerme unos huevos revueltos —gimotea Brock—. Pero no.

Deja el plato en la encimera y se tumba al lado de Meer.

—¿Jugamos a las peleas en hombros? —pregunta Meer—. Me suena que sí.

—Yo me subí encima de Brock —le confirmo—. Y estuve peleando con alguien. Con Olive.

—Me causaste tortícolis con tus muslos —dice Brock.

—Oh, pobrecito —bromea Tatum.

—Se subió a mis hombros porque soy el mejor guerrero —se jacta Brock.

—No intentes ligar conmigo, Brock —le digo—. Estoy a esto de echar la papilla.

—Ligo con todo el mundo —replica—. Antes me pagaban por ello.

—¿Eso es bueno o triste?

—Las dos cosas.

Me río.

—Quizá debería dejar de coquetear con todo el mundo —dice Brock—. Puede que sea un comportamiento lamentable. Aunque, por otra parte, puede que forme parte de mi naturaleza y que encima me guste. Además, me enrollé con Amma.

—¿En serio?

—Solo un poquito. Quince minutos en el bosque, fue un poco incómodo.

—Usa protección —le digo.

—No llegamos tan lejos, jolín. He dicho «un poquito». He sido un monje durante este año en Hidden Beach. No puedes volver a darle al mambo cuando acabas de desintoxicarte.

—No digas «darle al mambo».

—Excepto si estás casado o algo así. Entonces sí que puedes darle al mambo. Además, Agnes hizo piececitos conmigo en el jacuzzi.

—Eres lo peor.

—Soy increíble —replica—. Espera, ¿crees que soy un capullo?

—En general, no. Pero puede que anoche sí.

—¿Creéis que le gusto a Jia? —pregunta Meer—. Es muy guapa. Pero creo que no le causé buena impresión.

—Le dijiste que te gustan los chicos —le recuerdo—. Así que en el fondo da igual.

—Creo que solo me fijé en ella por el ron —admite Meer—. O porque nunca conozco a nadie. Fue un poco confuso.

Me siento como si mis ojos estuvieran compuestos de fuego líquido, pero me acerco dando tumbos hacia los huevos y le quito la tapa al plato de la mantequilla.

—Dame un poco de ese potingue de plátano —le pido a Tatum.

Me sirve un vaso. Me lo bebo de un trago. Sabe a musgo dulce.

Mientras Tatum sirve el resto del mejunje para Meer, para Brock y para él, yo casco ocho huevos. Añado nata espesa y sal, después los revuelvo con mantequilla.

Corto el pan que horneó June y lo tuesto en la parrilla.

Cuando el desayuno está listo, Tatum ha conseguido que Meer y Brock prueben su mejunje y los ha convencido para trasladarse al comedor. Mientras le sirvo un plato de huevos con pan tostado, me mira.

—Gracias —dice—. Va en serio. Sé que tú también estás hecha polvo.

Alarga un brazo y me toca la mano. Una llamarada me recorre el cuerpo. El gesto parece una disculpa y un chispazo, el comienzo de algo que no entiendo.

No tengo claro si lo voy a perdonar.

—Deberíamos volver a verlas —dice Meer—. Cuando vuelva a tener la cabeza conectada al cuerpo. Holland me cae genial.

—Me da que no —replica Tatum.

—No seas antisocial —le espeto.

Mi irritación por lo de anoche regresa con toda su plenitud. Lo cual no tiene ninguna lógica, porque cuando Tatum actuó de un modo más social, hablando con Winnie, Amma y Agnes, no me gustó ni un pelo.

—No lo soy —protesta.

—Sí que lo eres.

—A mí no me importaría volver a verlas —dice Brock.

—Quedemos otro día —dice Meer—. Puede que June nos deje invitarlas al jardín. Como cuando Gabe vino a cenar. O podemos quedar en la playa.

—De ninguna manera —replica Tatum.

—Me vuelvo a la cama —anuncio—. Hoy me he levantado con el pie izquierdo.

—No te vayas, Matilda —me pide Meer.

Pero yo respondo:

—Adiós a todos.

Y me voy al piso de arriba.

SEXTA PARTE

La Torre del Hueso

45

Cuando me despierto, alguien ha deslizado un sobre por debajo de mi puerta. Es un papel blanco y liso, cubierto por una caligrafía diminuta, tan densa que alcanza los bordes del folio en algunos sitios.

Dice:

No quiero ser antisocial.

Ni hermético.

No quiero esconderme del mundo en una cala oculta.

No quiero esconderme de las personas que eran mis amigas. Ni de la gente nueva.

No quiero ser distante (mi padre lo era).

No quiero perder la oportunidad de conocerte por haber perdido a mis padres

o porque odio mi trabajo

o porque me avergüenzo de cosas que he hecho.

Tienes razón. Necesito escapar (quiero escapar), pero

también necesito quedarme (quiero quedarme).

Antes de que llegases aquí, no podía expresar esto. Así que algo está cambiando.

Voy a arrepentirme de haber escrito esto, Matilda, y también me voy a arrepentir de haberlo metido por debajo de tu puerta, pero aunque sé que voy a arrepentirme de todo eso, voy a hacerlo de todos modos.

¿Te apetecería ir a ver a Wooden Cage?

Conmigo.

Tatum

Dentro del sobre hay dos entradas. Para ir a ver a Wooden Cage. Mi grupo favorito.

«Nos arrojaron al mundo, perdidos sin rumbo. Dijeron que lo nuestro no valía, así que formamos una familia».

La cabeza me da vueltas.

Tatum me ha comprado estas entradas. Las ha comprado para los dos.

Aunque dijo que no quería besarme.

Es media tarde, el piso de abajo está en silencio.

Me asomo al exterior. Las gafas de bucear de Tatum están colgadas de un gancho junto al zaguán, así que no está en el agua. Puede que esté trabajando.

Para el carro, Matilda. Vas a ir a la universidad dentro de diez días. Estás vulnerable. Has sentido celos y rabia, y ese chico es una elección pésima, un ermitaño atormentado que no sabe nada de videojuegos y que tiene todas las papeletas para ahogarse cualquier día de estos. Es obvio que está atrapado en una vida que no quiere, todavía no ha superado lo de sus padres. Está estancado y enconado.

Además, puede que lamente haber escrito esa nota.

De hecho, dijo que sabía que se arrepentiría.

Pero quiero lanzarme entre sus brazos. De verdad. Lo quiero a él. Lo quiero y no hay más que hablar, y ahora sé que él también me quiere a mí.

Me dirijo al cuarto de Tatum cuando oigo unos ladridos fuera. Y luego... un chillido desgarrador. Y unos graznidos.

Provienen de la casita de la piscina. Echo a correr.

46

Se me entrecorta la respiración a causa del gasto inesperado de energía. Corro por el césped sin segar, atravieso el solárium e irrumpo a través de la puerta de la zona chill out, donde viven las aves.

Hay manchas de sangre en la alfombra, mezcladas con caca de pájaro, pienso para pollos y guisantes deshidratados. *Charco* ha arremetido su corpachón por debajo del sofá, hasta la mitad. Se está revolviendo. Las aves que aún siguen vivas chillan de un modo que jamás habría creído posible.

Me lanzo sobre la perra y tiro de ella con todas mis fuerzas, agarrándola por el torso, pero pesa mucho y está obcecada. No logro retenerla cuando se impulsa hacia delante.

Sigo tirando de ella y echo un vistazo a la habitación. Hay plumas blancas y amarillas por todas partes.

Veo..., uf, qué horror..., los restos de seis aves muertas. Las cuatro restantes deben de estar debajo del sofá, pero no sé cuántas quedarán con vida. *Charco* sigue tirando, gruñendo, está a punto de volcar el sofá.

Opto por mover el mueble. Suelto a la perra y me coloco en un extremo del sofá para intentar levantarlo. Pero es demasiado grande. No consigo agarrarlo bien.

De pronto, Tatum aparece en el umbral. Ve la situación y se lanza en plancha al suelo, después introduce los brazos por debajo del sofá.

Está intentando tirar de *Charco* por el cuello, creo, pero la perra no lleva collar.

—¡No consigo agarrarla!

Vuelve a ponerse en pie y corre hacia el otro extremo del sofá.

—Sepáralo de la pared.

El sofá pesa un montón, pero juntos logramos impulsarlo hacia atrás y hacia la perra unos pocos centímetros.

Durante el proceso, los últimos chillidos cesan.

Junto a los pies de Tatum, sangre y plumas. Un ala.

Charco, que sigue decidida a cazar, sale de debajo del sofá y se acerca corriendo hacia donde estoy yo.

Miro hacia abajo. Junto a mis pies hay un patito. Es *Algodón*, que aún sigue vivo.

—¡Sujeta a la perra! —grito.

Tatum corre hacia *Charco*, que está intentando abrirse paso entre mis piernas con intención de matar al patito. Mientras la agarra y la retiene, yo cojo en brazos el cuerpecito emplumado y lo sujeto sobre mi pecho.

Charco forcejea y se retuerce, pero Tatum la sujeta por el cogote y se mantiene firme. En cuanto consigue mantener a la perra más o menos bajo control, salgo corriendo al jardín con *Algodón*.

El patito es tan ligero y frágil que me preocupa fracturar sus huesitos diminutos solo con llevarlo en brazos por el jardín.

Me doy cuenta de que estoy llorando.

En el castillo, subo tres pisos hasta el cuarto de baño que comparto con Brock.

Meto una toalla en la bañera y deposito a *Algodón* encima, con cuidado.

Parece ileso. Se pasea de un lado a otro, haciendo *cuac, cuac*.

Lleno un vaso de agua y lo dejo en la bañera para que el patito tenga algo de beber.

Llamo a la puerta del cuarto de Brock y le digo que necesito que vaya a la casita de la piscina y que no moleste al patito que está en el baño.

• • •

Tatum tiene una pila de bolsas de basura negras, varios botes de limpiador, trapos y papel de cocina. Ha abierto las puertas correderas para airear la estancia. Ha encerrado a *Charco* en otra habitación. Le ha dejado un poco de agua y las sobras de pescado de la cena.

—No ha habido más supervivientes —dice en voz baja.

Le cuento lo que he hecho con *Algodón*. Y que Brock debería estar de camino.

Tatum se sienta en el sofá, que sigue torcido. Tiene la voz entrecortada.

—Las aves no deberían haber estado aquí. Necesitaban un corral.

—Lo sé.

—Es más, no tendríamos que habérnoslas quedado. Nadie sabía cómo cuidarlas. Tendría que habérselas dado a alguien, pero...

—Yo te eché la bronca para que permitieras que Meer se las quedara —concluyo por él.

—No tenía por qué hacerte caso. Sé que Meer no tiene la constancia necesaria para sacar adelante algo así. Y sé que los perros lobo tienen un instinto de caza muy agudizado. Pero... no quería ser el malo de la película. Con Meer. Ni contigo.

Nos quedamos un rato sumidos en un silencio incómodo. Después empiezo a limpiar y Tatum me ayuda.

Nos ponemos guantes de goma. Enrollamos la alfombra manchada y la sacamos a la calle para poder llevarla al vertedero. Barremos las plumas, los guisantes, el pienso para aves. Rociamos con espray la sangre y las cacas de pájaro, frotamos el tapizado del sofá con un cepillo.

Le dedico un «descansa en paz» a cada ave muerta que recogemos. Envolvemos con cuidado sus cuerpos en papel de cocina para conservarlas, por si acaso Meer quiere enterrarlas. Las llamo por sus ridículos nombres y les digo adiós.

Pelo, *Bolos*, *Fuego*, *Palmer*, *Solar*, *Helado*, *Fútbol*, *Saque* y *Malta*.

Vamos por la mitad del proceso cuando llegan Brock y Meer. Les contamos lo que ha ocurrido.

—¿Es posible que te dejaras la puerta abierta? —pregunta Tatum con tacto.

—No —responde Meer—. Yo nunca haría eso.

—¿Ni siquiera por accidente?

—¡No digas eso! —exclama Meer—. No he sido yo. Les di de comer cuando te fuiste a nadar y cerré la puerta del todo. Siempre lo hago.

—Pero...

—¡Basta ya, Tatum! No me eches a mí la culpa, ¡porque no la tengo!

Meer se cubre la boca con una mano y echa a correr en dirección al bosque. Brock se queda para ayudarnos a limpiar.

Cuando terminamos, Tatum saca las llaves de la casa de la caja del «Botín de guerra», abre el despacho para sacar su móvil y llama al Instituto Agrario. Es una granja didáctica que ofrece programas educativos para la comunidad. Les pregunta si quieren quedarse con nuestro pato.

Le dicen que sí y se ofrecen a enviar a alguien para recogerlo. Pero sabiendo que June no quiere recibir visitas, Tatum dice que él se ocupará de llevar a *Bola de Algodón*.

Le dan unas indicaciones. Forramos una caja de cartón con papel de cocina. Hacemos unos agujeros en la tapa para que respire. Metemos a *Algodón* dentro.

Todavía cubiertos de pelos de perro, sangre, sudor y líquido limpiador, nos llevamos el Mercedes sin preguntar. Depositamos la caja con el patito en el suelo del asiento trasero y pegamos la tapa con cinta adhesiva. Brock dice que él se quedará con Meer.

—Lo ayudaré a enterrar los cadáveres. Y nos despediremos o lo que sea.

• • •

Guardamos silencio durante el trayecto. Estoy agotada. Abro la ventanilla y dejo que el aire me azote el rostro con mi pelo. Contemplo el verdor exuberante de la isla, los ciclistas sudorosos, los edificios de madera desgastados.

Hidden Beach nunca será mi hogar.

Estar aquí no servirá para curar mis heridas.

Esperaba que Kingsley me ofreciera una identidad. Cierta estabilidad. Construyó este hermoso castillo y ha vivido aquí durante toda la vida de Meer. Ha echado raíces. Pero, al mismo tiempo, no siente ninguna obligación hacia este lugar, ni hacia sus habitantes. Se cae a pedazos. Está sucio. Abandonado. Cubierto de malas hierbas.

Algo huele a podrido aquí. June ya no asume ninguna responsabilidad y solo sale de su atelier en mitad de la noche. Kingsley ha abandonado a todo el mundo por alguna razón que ella se niega a explicar. No hay dinero, a pesar de que sus cuadros se venden por millones. Meer es un chaval sin rumbo ni amigos que no sabe casi nada sobre cómo es la vida en el mundo que se extiende más allá de Hidden Beach. Brock está concentrado en su recuperación y no sabe cómo lidiar con June ni con la ausencia de Kingsley, porque idolatra su modo de vida.

Yo me he comportado como una chiquilla malhumorada que espera que llegue su papá para que le diga que vale algo.

Tatum, por muy metido que esté en las sugerencias de June y sus artes curativas, es el único que intenta actuar como un adulto. Es el único que intenta cuidar de los demás.

47

Después de dejar a *Bola de Algodón*, Tatum conduce hasta el almacén rural.

—¿Qué vamos a comprar? —le pregunto mientras aparca en un hueco y apaga el motor.

—*Charco* tenía hambre.

—¿En serio?

Él suspira y observa sus manos apoyadas sobre el volante.

—Cuando llegaste aquí, te dije que estoy harto de tener que hacerlo todo. ¿Recuerdas que dejé esa cagarruta en la alfombra?

—Sí, lo recuerdo.

—Aquello pasó antes incluso de que vinieras, pero la negligencia no está haciendo más que empeorar. Brock hace la compra. Eso es cierto. Y June hornea pan. Pero aparte de eso, parece como si no pudieran ver lo que sucede a su alrededor. Se niegan a verlo y Meer tampoco lo ve. No es capaz de hacer nada a derechas, ni siquiera cuando le explicas qué es lo que quieres que haga. Tú sí echas una mano, pero solo estás aquí de pasada. Y siempre estamos discutiendo.

Asiento con la cabeza.

—Y Kingsley no nos ha dado ni un duro desde marzo.

Tatum se muerde el labio.

—Ya me había dado cuenta de que pasaba algo raro con los gastos.

—El caso es que, hace unas semanas, le dije a Meer que comprase comida para la perra. Le dije que era su responsabilidad. Le di dinero suficiente para el pienso de un mes y le pedí que fuera a comprarlo. Que cogiera el coche o que se las apañase para traerlo en moto o como fuera. Eso era problema suyo. Y también le pedí que le llenase el cuenco. Por la mañana y por la noche. Le dije que yo ya no iba a seguir haciéndolo. Porque estaba cabreado con él. Pensé que le estaba enseñando a ser responsable o algo así. Como si fuera su padre. En fin. Puede que *Charco* hubiera atacado a las aves de todas formas, al haberse encontrado la puerta abierta. Pero hace dos días que no hay pienso en casa. Yo sabía que no quedaba y le dije a Meer que fuera a comprar. Pero se le olvidó otra vez. Tendría que haberlo hecho yo.

Su rostro se descompone y se apoya las palmas de las manos sobre los ojos.

—Nunca saldré de aquí si no consigo ahorrar algo de dinero. Y nunca podré ahorrarlo si sigo gastándolo para mantener en pie esta casa, echar gasolina a las motos, dar de comer a la gente, dar de comer a las aves de Meer y dar de comer a nuestra perra. Pero tengo que hacerlo. No solo me toca pagar la comida, sino que tengo que dársela yo. Porque nadie más lo hace.

—Meer le pone de comer a veces —replico, porque le he visto hacerlo.

—«A veces» no es suficiente para cuidar bien de un perro. Hace dos días que no come otra cosa que las sobras que quedan en la mesa.

—¿Y June no se encarga?

—Ya no. Estoy deseando largarme de este lugar, pero no puedo hacerlo si sé que *Charco* no va a estar bien. No ha estado bien atendida, ni siquiera cuando yo estoy aquí. Y no se me ocurre ningún sitio al que pudiera ir y llevármela conmigo.

Alargo un brazo y le acaricio el pelo con suavidad. Es suave, a pesar de estar tan despeinado. Me quito el cinturón de seguridad y me inclino sobre el asiento delantero.

Estrecho a Tatum entre mis brazos. Le doy un beso en la sien mientras él se queda sentado cubriéndose los ojos con las manos.

No me aparta.

Nos quedamos así un rato, yo en una postura incómoda sobre la palanca de cambios, con los brazos alrededor de su cuello y sus manos sobre su rostro.

Comienza a llover y el parabrisas se cubre de gotitas.

Entonces Tatum se gira.

Lo beso con suavidad. Es una sensación aterradora y auténtica. Nos buscamos a tientas en medio de la oscuridad.

—Recibí tu nota —susurro—. Por favor, no te arrepientas de haberla escrito.

—No me arrepiento —responde con otro susurro.

Me besa otra vez, y este beso, largo, cálido y solemne, disuelve toda nuestra ira. Es mi forma de perdonarle, y de que él me perdone, y de que los dos decidamos que lo que hay de bueno entre nosotros es cien veces más importante que lo malo.

Tiene los labios supersuaves y las mejillas ásperas a causa de la barba incipiente y el enrojecimiento por el sol. Pienso en lo inusual que es este chico, y a la vez tan trabajador y leal, tan fuerte en momentos de crisis. Su existencia es un milagro plagado de contradicciones que quizá nunca llegue a entender, pero aquí está, entre mis brazos, con nuestros labios unidos, con sus manos en mi rostro y en mi pelo.

Entonces dejo de pensar.

En el almacén rural, Tatum me deja que pague cuatro sacos enormes de pienso para perros. Hace mucho que me gasté los cuatrocientos dólares de Saar, pero dijo que me pagaría el billete de vuelta en avión, Isadora me pagó la matrícula del primer semestre (que tampoco fue tanto dinero, descontando la beca), y me quedan unos doscientos pavos de mi trabajo en la cafetería.

De vuelta en Hidden Beach, arrastramos los sacos de comida hasta el zaguán. Los metemos en un armario con una etiqueta que dice «Explosivos peligrosos». La escribió Meer cuando tenía diez años.

Servimos pienso en el cuenco vacío de *Charco* y le ponemos agua fresca.

Después sacamos los bañadores y corremos a meternos en el mar, para que el agua se lleve el horror y la tristeza de la jornada.

Nueve de esas pobres aves están muertas.

Meer está desconsolado y furioso.

Algo no va nada bien entre Kingsley y June. Puede que no vuelva nunca con ella. El castillo está sucio, el jardín parece una selva, la piscina está asquerosa. Pero el bramido del mar resuena en mis oídos. Mi cuerpo se eleva al compás de las olas.

Tatum me rodea con sus brazos resbaladizos y mi corazón tamborilea al contacto con el suyo mientras sus labios salados se topan con los míos.

48

June y Meer están en el salón cuando regresamos. Ella ha cocinado algo, aparte de pan, por primera vez en muchas semanas. Tienen unos cuencos con sopa de verduras apoyados sobre el regazo. Meer tiene la cara hinchada, como si hubiera estado llorando.

—Se lo he contado todo —nos dice cuando entramos, mojados después del baño y tiritando a causa del frescor de media tarde—. Lo de *Charco* y las aves. Brock y yo las enterramos debajo de un árbol.

—Gracias por limpiar la casita —dice June—. A los dos. Pero también agradecería que no os llevaseis el coche sin permiso.

—No nos quedó más remedio —replico.

—No dudo que penséis eso —dice June—. Pero podríais haber esperado a que yo bajara al piso de abajo para haberme consultado. De este modo, si hubiera necesitado el coche, no habría podido disponer de él. Por eso tenemos las motos. Para que el coche esté aquí si lo necesito.

—Hace una eternidad que no estás despierta por el día —protesto, pero Tatum me apoya una mano en la espalda con suavidad.

—Perdona, June —dice—. No volverá a pasar.

Después de tomarnos la sopa, los chicos salen al jardín para jugar al frisbi bajo la luz de la luna. Suele haber gritos y risas, y a menudo yo me sumo a ellos. Pero hoy están bastante callados y yo me quedo dentro y me refugio en mi cuaderno.

Menudo día hemos tenido.

June se dirige al piso de arriba, dejando la cocina hecha un desastre, cuando le pido que espere.

—¿Sí, Matilda?

Se queda en el salón con los brazos en jarras, como si estuviera haciendo acopio de paciencia y no quisiera estar aquí.

—No quiero decirte cómo llevar tu casa —le digo—. Ni tu vida. Pero sé lo que se siente cuando necesitas una figura paterna y no tienes a nadie a quien recurrir. Cuando quieres que alguien esté ahí para apoyarte.

—¿Qué estás insinuando?

—No sé qué habrá pasado entre Kingsley y tú para que no quiera volver a casa, a pesar de haberme invitado a venir. Y no sé por qué te pasas la mayor parte de los días durmiendo y horneas pan a medianoche. Si no quieres limpiar lo que ensucias, no es asunto mío. Pero Meer sí me incumbe. Y los dos opinamos igual.

—Crees que no le apoyo lo suficiente.

—Creo que Meer compró un lote sorpresa de aves de corral y dejó sueltas a un puñado de criaturas que se cagaron por toda la casita de la piscina y tú no te diste ni cuenta. Diez aves en total, armando escándalo. Intentamos construir un corral para ellas. Con madera y malla de alambre. Dimos martillazos y usamos el destornillador eléctrico. Pero tú no te enteraste de nada, a pesar de que lo estuvimos haciendo delante de tus narices.

—La finca es grande —replica June—. No controlo a todas horas lo que ocurre en cada rincón. No veo qué tiene de malo que Meer dé rienda suelta a su interés en criar aves de corral sin la ayuda de sus padres. Lo aconsejaron los empleados de Meadowlark, que saben mucho más de esto que yo. Ya es mayorcito para tomar sus propias decisiones.

—Meer quería que te dieras cuenta. Eso es lo que está mal.

—No me contó nada. Es la solución más sencilla cuando quieres que alguien se entere de algo. Vas y se lo cuentas. Meer lo sabe. Es más, podrías habérmelo dicho tú, si tanto te interesaba que lo supiera.

No le falta razón, pero eso no viene al caso ahora mismo.

—Meer estaba gritando, a su manera, para que le prestases atención. Para que le dieras prioridad. Y resulta que tiene que producirse nada menos que un derramamiento de sangre para que te dignes a mirar a tu hijo.

June da un paso hacia mí.

—Todo lo que hago, lo hago pensando en Meer.

—Eso no es cierto.

—Sí que lo es. Le estoy concediendo el regalo del tiempo. El regalo de vivir sin obligaciones. El regalo de pasar este verano con su hermana, que es lo que él quiere.

No sé de qué está hablando. Pero si nunca está presente.

—Estás encerrada en tu atelier, tejiendo, preparando tónicos y haciendo no sé qué más, y luego te pasas el día entero durmiendo. La casa está sucia. Hace falta reparar cosas. Nadie le compra comida a la perra.

—Los chicos pueden ocuparse de eso.

—¿Y tú no puedes ser su madre y ya está? —exclamo—. ¿No puedes ocuparte de él? ¿Estar en su equipo?

—Ya te lo he dicho, claro que me ocupo de él —replica con brusquedad—. Y me parece que tienes un concepto muy limitado de lo que es una madre. ¿Qué pretendes que haga? ¿Seguir todos los movimientos de Meer? ¿Cortar el césped? ¿Limpiar los baños? Creo que salta a la vista que hay madres horribles que hacen esas cosas. Y ya que has sacado el tema, no veo que critiques a Kingsley. Nadie espera que él mantenga la casa limpia. A él se le considera un genio por ser como es. Por ser un hombre, un artista y por tener dinero.

—Esto no tiene nada que ver con él. Estamos hablando de ti.

—Todo tiene que ver con él —replica June—. Contigo. Con Meer. Con cada persona que hay aquí.

Mira de reojo hacia la puerta cerrada de la Torre del Hueso, como si estuviera deseando ir al piso de arriba. Pero se deja caer sobre el sofá.

—¿Nos queda vino?

Voy a mirar en la despensa. Hay dos botellas en un estante alto. Cojo un taburete y bajo una. La abro con un sacacorchos y le sirvo una copa.

—Gracias —dice June—. Siento haberme enfadado. En general, intento no dejar que mis emociones se vean afectadas por los problemas de los demás.

—Bueno. Si te sirve de consuelo, soy una persona inusualmente irritante.

Se le escapa una sonrisa.

—La gente se fija en mi vida (al menos, imagino que lo hacen) y considera que estoy liberada de las ataduras de la sociedad, ¿verdad? No me convertí en la persona que mis padres querían que fuera. No he necesitado ganar dinero. He decidido no estar en deuda con las grandes farmacéuticas ni con los fundamentos de la medicina occidental. Esas instituciones, esas empresas que a veces dirigen la vida de la gente, a mí no me han moldeado.

Sí, eso es lo que la gente ve en ella, creo. O, al menos, esa era la imagen que yo tenía de ella cuando la conocí.

—Kingsley y yo tenemos una relación poco convencional —continúa—. Otras personas pueden vivir con nosotros en nuestra casa o en la finca. Él puede irse de viaje todo el tiempo que quiera y no tiene por qué hacerse responsable de mí. Al mismo tiempo, podemos ser compañeros de vida y elegir estar al lado del otro de buena gana, siempre que nos sintamos impelidos a hacerlo.

June hace una pausa y se frota la frente.

—Esa es la historia que me he repetido durante mucho tiempo. Pero no sé si es cierta.

—¿Qué quieres decir?

—Soy una maruja —dice—. Esa es la palabra que mejor me define. Aunque nunca me he considerado como tal. —Gira la cabeza hacia otro lado—. Ojalá no hubieras venido, Matilda. Porque estaba inmersa en el índigo, en los tapices y en la elaboración de mis tónicos. Era la pareja del increíble Kingsley Cello y vivía en un castillo. Me mantenía ocupada con esas cosas, con la perra, con los chicos, y hasta que llegaste tú, nunca pensé: «Yo le mantengo la casa y él me mantiene a mí». Nunca me paré a pensar que no tengo mi propio dinero o que soy la mujer que está detrás del gran hombre, la compañera invisible.

June señala por la ventana hacia el mar, hacia Beechwood.

—Siempre he menospreciado a Tipper Sinclair —prosigue—. Era un poco racista, un poco cerrada de mente. Pero tenía buenos modales. Era amable. Había que pasar un rato con ella para advertir aquello que me desagradaba.

—Tipper aparece en el cuadro que hay en el rincón del desayuno —digo—. *Gótico junto al acantilado.*

—Ya, bueno. Kingsley pinta a sus amigos. Pero Tipper es lo de menos. Lo importante es la clase de mujer que era. Un ama de casa, la madre que cuida del hogar. Representaba la vida corriente, la tradición, el sometimiento a las normas culturales. Y todo mi empeño era no pasar por ese aro. Pero estaba equivocada.

—¿Por qué?

—Soy igual que Tipper —dice June—. Y eso es justo lo que quería Kingsley desde el principio. Soy una versión de Tipper con un vestido diferente. En un castillo distinto. —Señala hacia la cocina—. Yo me quedo en casa mientras él se va por ahí. Él trae el dinero a casa y yo no tengo ni un céntimo propio. Cocino para él, me acuesto con él, y sí, claro que nos hemos divertido mucho, y sí, tampoco tengo el aspecto de un ama de casa de los años cincuenta, pero ¿sabes qué? Massachusetts no reconoce a las parejas de hecho. Gabe me lo explicó la otra noche. No importa cuánto tiempo lleve viviendo aquí con él, no importa que Kingsley haya sufragado todos mis gastos desde que tenía veinte años y no sé cómo voy a empezar a ganarme mi propio sustento... Nada de esto me pertenece. Nada será mío cuando se muera. Pasará a ser de Meer.

»Tipper llevaba un anillo en el dedo que significa que poseía la mitad de todo. Además, contaba con el dinero de su familia, así que de todas formas no era dependiente de Harris. ¿Esas madres amas de casa con las que hablo en el mercado de artesanía? Tienen títulos universitarios. Tienen redes de amigos y familiares en las que apoyarse, aparte de sus maridos. Además, la mitad son lesbianas y ni siquiera tienen marido. El caso es que se supone que me he liberado de las ataduras de la feminidad convencional, se supone que llevo una vida libre y artística. Una vida que ha tenido sus cosas buenas. —Se frota los ojos—. Pero entonces llegaste tú con tus planes para la universidad, tu vehemencia a la hora de hablar, tu cuaderno de bocetos, tu obsesión con los videojuegos ¡y tu rabia por todo! Ah, y tus preguntas sobre nuestra forma de vida. Te instalaste aquí y desataste una especie de locura. Los chicos te adoran, orbitan a tu alrededor y se percibe una energía diferente flotando por la casa. Puedo verme a través de tus ojos. Soy una maldita princesa ama de casa, sola en un castillo. Esperando a mi hombre. No sé si odiarte o adorarte por haber hecho que me diera cuenta de ello.

Antes de que pueda decir nada, June se levanta y se dirige al piso de arriba de la Torre del Hueso, dejando la copa de vino sobre la mesita auxiliar.

Me recuesto en el mullido sofá naranja y contemplo el móvil decorativo que gira en lo alto.

¿Mi padre abandonó a mi madre porque encontró en June un alma gemela y poco convencional, que además era una artista de pleno derecho?

¿O intercambió a una grupi guapa y devota por otra que parecía menos feminista, menos centrada en sí misma y con más probabilidades de ser la ama de casa que quería en última instancia?

49

Es medianoche. Recorro la casa a oscuras, descalza, ataviada con una camisola y unos calzoncillos bóxer. Subo por la Torre de la Tiza hasta el último piso.

La puerta del dormitorio de Meer está abierta. Está despatarrado encima de la colcha, con la boca abierta, roncando con suavidad.

Llamo bajito a la puerta de Tatum. Me deja pasar.

La habitación tiene las mismas paredes curvas que la mía, pero con más solera. No es una leonera, aunque hay algo de ropa en el suelo. La luz de la luna brilla en pequeñas franjas a través de la persiana.

Tatum tiene una vieja foca de peluche. Unos cuantos anuarios del instituto, además de libros sobre hierbas medicinales sacados de la biblioteca. Varias novelas, casi todas de esas que te encargan leer en clase. Hay una foto de una pareja que deben de ser sus padres. Alrededor de ellos, en la pared, hay fotos de Tatum con varios amigos que debía de tener antes de volverse tan huraño.

Me pregunto por qué ya no queda con ellos.

—¿Puedo dormir a tu lado? —le pregunto—. Solo dormir.

Por supuesto que una parte de mí quiere besarlo y quitarnos la ropa, pero ha sido un día agotador, con lo de la perra y las aves. Por ahora solo quiero sentir su presencia.

Quiero saber que estoy conectada a alguien que ha pasado por esta jornada conmigo.

Tatum asiente y me meto en su cama. Las sábanas son de franela, aunque estemos en verano.

Nunca he dormido al lado de nadie. Ni con mi madre, ni con Luca. Con nadie en la misma cama.

Tardo un rato en acomodarme. Tatum huele a sal marina y pasta de dientes. Tenemos que averiguar cómo compartir el espacio.

Al final, presiona el pecho sobre mi espalda y me rodea con un brazo. Entrelazo nuestros dedos. Él acerca la boca a mi pelo y susurra:

—Me dijiste una vez que no eres el tipo de persona que inspira devoción.

Me sorprende que lo recuerde.

—Ya.

—¿Qué querías decir con eso?

—Pues que no lo soy. Es un hecho. Hay evidencias objetivas al respecto.

—¿Lo dices por la marcha de tu madre?

—Ajá. Pero también... por mis amigos del instituto. Tuve un novio durante medio año, más o menos. Luca. Y cuando rompimos, todos se fueron con él. Se enfadó porque le dije cosas feas y le robé el coche. Así que empezó a hablar mal de mí, a tergiversar las cosas para hacerme quedar mal. Y todos me dejaron tirada, como si nunca les hubiera importado.

—¿Le robaste el coche?

Me parece que eso le ha hecho gracia.

—Más bien lo conduje sin permiso, pero sí. Y me di cuenta de que aunque había pasado todos los fines de semana con ese grupo de gente durante mucho tiempo, para ellos solo estaba de paso. Como si hubiera ocupado el lugar de «novia de Luca», pero pudiera haber habido cualquier otra chica en ese puesto. De hecho, otra chica ocupó ese puesto enseguida, así que todos pasaron a ser amigos suyos y no míos.

—Yo sentí devoción por ti desde el primer momento en que te vi —me susurra.

—De eso nada. Ni siquiera la sientes ahora. Todo esto está muy reciente. No digas cosas bonitas que no sientes.

—Tú no lo sabes, Matilda —dice, estrechándome la mano—. Te vi arrastrando esa bolsa de viaje que era el doble de grande que tú, con pinta de cansada, pero también enérgica. Estaba claro que eras una luchadora y que te sentías perdida, pero estabas decidida a encontrar tu camino. Sentí que estaba en presencia de, no sé, una supernova o algo así.

—Pero ese día te portaste como un cretino.

—Es que mi jefe acababa de echarme la bronca. Además, cuando ves una supernova, al principio no sabes qué hacer. —Me acaricia el reverso de la mano con el pulgar—. Las supernovas dan miedo. Lo normal es intentar protegerte para que no te hagan daño.

Me río.

—Después apareciste de repente en nuestra cocina, como por arte de magia. Te vi rebuscando en la nevera y fue como si el mundo se hubiera detenido y solo estuvieras tú.

—¿Bajo la luz de la nevera que estaba saqueando sin permiso?

—Sí.

—¿Sentiste devoción?

—Sí.

—Mientes.

—Con estas cosas, no. Fue como recibir el impacto de... un bloque de cemento, un tren de mercancías o esas cosas que dice la gente. Pensé: «He aquí una chica a la que seguiría al fin del mundo».

—Pero me trataste fatal.

—Me asustó lo que sentí. Y todavía me asusta. Pensé que quizá podría disiparlo, o que era una fase, pero solo es la constatación de un hecho. Una devoción instantánea que soy incapaz de cambiar.

—Qué raro eres.

Se ríe.

—Lo sé. No tienes por qué sentir lo mismo por mí, pero no pienses que no inspiras ese sentimiento. No podría estar más lejos de la realidad.

No sé cómo responderle con palabras, así que me giro y le beso. Expreso con mis labios que su existencia es un regalo.

Cuando me despierto por la mañana, Tatum no está.

Ha dejado una nota. «Me he ido a currar. Las entradas son para esta noche».

Por un momento, me siento feliz y punto. Nada más. Solo soy una chica que se ha enamorado de un chico que le corresponde, una chica que tiene una cita esta noche y va a ir a ver a un grupo que le gusta.

50

Ir subida en la moto por detrás de Tatum es muy diferente a la otra vez que monté con él.

A través del tejido de su chaqueta noto cómo se mueven los músculos de su cintura mientras se inclina para tomar una curva. Soy consciente de que mis rodillas están rozando sus piernas y contemplo el contorno de su hombro mientras me asomo por encima para ver la carretera.

El concierto de Wooden Cage es en la calle principal de Oak Bluffs. Dejamos los cascos atados a la moto y recorremos la manzana, que está repleta de turistas en esta tarde de verano. En el cine están echando *Tiburón.* Tatum me cuenta que la proyectan todos los años.

La gente pasea con helados de cucurucho en la mano. Hay un grupo de adolescentes delante de una pizzería, pasando el rato como suele hacer la gente de su edad en casi todos los rincones del mundo. Un par de ellos saludan a Tatum y él asiente con la cabeza, pero no nos paramos.

El lugar al que nos dirigimos es un bar. Le apoyo una mano en el brazo.

—No tengo la edad. ¿Pensabas que tenía un carné falso?

Tatum niega con la cabeza.

—No te preocupes. Conozco al tío de la puerta desde hace años. Entrena al equipo de fútbol del instituto. Y la mujer de la barra era la acompañante en los partidos fuera de casa.

—¿Jugabas al fútbol?

—Ajá. ¿Te pensabas que vivía debajo de una roca?

—Pensaba que vivías en el castillo. Y que cumplías las sugerencias del castillo.

—Nunca ha habido ninguna sugerencia que impida jugar al fútbol —replica Tatum, riendo—. En fin. No nos servirán alcohol, pero cuando toca un buen grupo, hacen un poco la vista gorda y dejan pasar a los chavales de la zona.

—¿Por qué no te hablas con tus antiguos amigos del instituto? —le pregunto sin pensar.

—Sí que hablo con ellos. Acabamos de saludarnos hace un momento.

—Ya sabes a qué me refiero.

—Pues no.

—Antes jugabas al fútbol, tenías novia. He visto las fotos de tu pared. Pero no parece que quedes ya con nadie.

—Ya sabes que soy antisocial.

—En realidad, no creo que lo seas.

—¿Has cambiado de idea?

—Te vi con Holland y sus amigas. No te aislaste, hablaste con todas. Ni siquiera te mostraste tímido.

Tatum suelta una risita y me coge de la mano.

—Es que no soy tímido.

—Entonces, ¿por qué no querías volver a ver a esas chicas?

—Tampoco me cayeron tan bien.

—Dijiste «de ninguna manera».

Tatum me estrecha la mano.

—Tengo opiniones muy marcadas. No siempre vamos a estar de acuerdo. Puede que no lo estemos nunca.

Eso es cierto. Caminamos en silencio durante un rato.

—Pero, Tatum —insisto—, debes de conocer a un montón de gente en esta isla. Me lo dijo Meer. ¿Por qué no quedas nunca con nadie?

Tatum se detiene y me mira. Estamos debajo de una farola. La gente pasa de largo a nuestro lado, riendo y charlando.

—¿Puedo besarte? —me pregunta.

—No hace falta que pidas permiso.

Se agacha y roza nuestros labios con mucha suavidad. Después añade tan bajito que solo yo puedo escucharlo:

—June no quiere que lo haga.

—¿June? ¿Esto es por June?

—Tiene un buen motivo. Le debo la vida, literalmente. Lo siento mucho, Matilda, pero ¿podemos dejar eso para otro momento?

—¿Por qué?

—Porque te lo pido yo. Por favor. ¿Podemos ir a ver el concierto y disfrutar de la noche, los dos juntos, sin preocuparnos por nada más? ¿Solo por esta noche?

Asiento.

Me besa otra vez y luego me guía a través de la puerta hacia el interior del local.

Está abarrotado. Colgamos las chaquetas en unas perchas. Hace calor en la sala.

Los teloneros ya están tocando.

Como chica de ciudad grande que soy, tiro de Tatum entre la multitud hasta que llegamos casi a la primera fila. Luego nos dejamos llevar por la música: vibra a través de los tablones del suelo y se introduce en nuestras venas. Después salen a tocar Wooden Cage y son una pasada: bellos y sudorosos, sus voces suenan más libres y descarnadas que en sus discos.

Noto el roce caliente de la piel del brazo de Tatum mientras bailamos y saltamos y nos movemos y gritamos al compás de la multitud.

Él me coge de la mano.

Cuando termina el concierto, hace frío fuera. Nos hemos olvidado las chaquetas, así que tenemos que entrar otra vez corriendo a buscarlas.

La calle está tranquila.

Agarro a Tatum por el cogote y lo impulso hacia mí, me pongo de puntillas para poder juntar nuestros labios. El mundo desaparece y no importa lo que no me está contando, porque

su beso está repleto de posibilidades y

devoción y afecto

y curiosidad.

Es firme y eléctrico, como

masacrar a todos los personajes en la fase final de un juego, cuando estás en racha, y como

comerse una tarta de melocotón que alguien ha preparado para ti porque sabe que te encanta, y como

nadar en un océano turbulento, pero sabiendo que jamás podría hacerte daño.

51

Tatum tiene que hacer un servicio con la furgoneta mañana temprano, a las seis, así que le doy un beso de buenas noches, pegada a la pared del salón de Hidden Beach. Sé que debería dejarle marchar para que pueda dormir, pero siento que es

imposible separarme de él.
No depende de mí.
Tenemos que permanecer aquí,
tan abrazaditos como sea posible,
notando su aliento en el cuello,
en la oreja.
El roce de su barba incipiente en la mejilla, su
pelo con restos de agua salada
bajo las manos.

Finalmente, escuchamos cómo June abre la puerta de la Torre del Hueso, supongo que para bajar a la cocina a iniciar sus horneados insomnes. Al escuchar el ruido de la llave en la cerradura, Tatum se aparta.

Pone rumbo hacia lo alto de la Torre de la Tiza y yo subo por las escaleras de la Torre del Pergamino antes de que June entre en el salón.

Me tumbo en la cama bajo mis sábanas teñidas con índigo, pero no puedo dormir. Mi mente no para de dar vueltas.

¿Qué pasará si Kingsley vuelve a casa y ve que la alfombra de la casita de la piscina ha desaparecido y que hay un puñado de aves enterradas debajo del árbol?

Encontrará

los restos del corral que intentamos construir.

A su pareja durmiendo todo el día y preparando pan por las noches.

A Tatum aislado de sus viejos amigos, trabajando en algo que detesta y

aplacando su rabia en el mar;

a Brock intentando animar a todo el mundo con entrecots y bolsas de patatas fritas;

a Meer buscando la vida interior de su padre entre los restos calcinados de la isla Beechwood.

¿Qué dirá cuando me encuentre a mí,

perdida y

belicosa y

expectante?

¿Nos congregará a todos entre sus brazos y restaurará el orden? ¿Se dará cuenta de lo mucho que se le ha echado en falta y prometerá no volver a abandonarnos? ¿Nos considerará dignos de devoción y abnegación, de sanación y redención?

¿O pensará que somos inapropiados y decepcionantes, sobre todo en comparación con su propia genialidad? ¿Se volverá a marchar, repartirá broncas o regañinas?

Quiero respuestas a las preguntas que Tatum no quiere responder.

Me pongo unos pantalones de chándal y unas deportivas. Agarro mi linterna.

Al pasar por el salón, veo a June trabajando en la cocina bien iluminada. Está trabajando una masa sobre una enorme tabla de mármol.

Entro de puntillas en el zaguán. Para ello, salgo a la calle, doy la vuelta y entro por la puerta mosquitera. June podría oírme mientras cojo las llaves, pero tengo que subir a la Torre del Hueso cuando ella no esté. Hace más de dos semanas que no sale de la propiedad, así que cuando hornea es el único momento en el que puedo estar segura de que no estará allí.

Se oye el golpetazo de la masa sobre la losa de mármol. Se oye el traqueteo de unos cuencos de cerámica.

El chiflido de la tetera. El chasquido de la puerta de la nevera al abrirse.

Cojo las llaves de la caja del «Botín de guerra» y compruebo dónde está June asomándome a través de la puerta con ventana que conecta el zaguán con la cocina. Se está comiendo un cuenco de muesli y leyendo un libro. La masa está creciendo dentro de un cuenco grande, a su lado.

En el salón, apenas me atrevo a respirar. No hay música, ni podcasts, no hay ningún ruido que la distraiga del sonido de la llave en la cerradura de la torre, así que espero a que se ponga en marcha otra vez.

Al cabo de lo que parecen horas, escucho el traqueteo de unos platos y June abre el grifo del fregadero. Pruebo las llaves con las manos temblorosas.

La quinta gira en la cerradura.

Entro con sigilo y cierro la puerta a mi paso, inspiro hondo y enciendo la linterna.

En la planta baja de la Torre del Hueso hay varias salas de almacenaje repletas de cuadros de Kingsley. Debe de haber por lo menos cincuenta lienzos en cada habitación. Están colocados en unos enormes estantes de madera.

El segundo piso alberga dos habitaciones que deben de conformar el atelier de June. En una de ellas hay una máquina de coser, rollos de tela y ovillos de color añil. Hay una serie de telares y de la pared cuelgan unos tapices decorativos muy elaborados. La otra habitación parece más bien un laboratorio. Hay hierbas secándose en las ventanas y creciendo en macetas. Hay varios platos calientes enchufados. Un millar de frascos de tónico.

En el tercer piso, en lugar de dos habitaciones y un baño como en los demás, solo hay una puerta. Está cerrada a cal y canto, pero pruebo las llaves. Finalmente, una de ellas gira y descorre el cerrojo.

Es el estudio de Kingsley, que abarca dos plantas. Una escalera en espiral conduce desde el tercer piso hasta el cuarto. Unas ventanas altas ofrecen vistas a la negrura del mar. Huele a pintura y aguarrás, y por debajo de eso, percibo algo más terrenal. Sudor.

El suelo está cubierto por una lona. Bajo el haz de mi linterna, diviso un caballete de un tamaño considerable al fondo de la habitación. Las paredes cercanas están cubiertas de lienzos: algunos pintados, otros en blanco, algunos grandes y otros pequeños.

Decido correr el riesgo y enciendo una lámpara situada cerca de la puerta.

Estoy rodeada de cuadros a punto de culminarse.

Uno de ellos es un retrato mío.

52

El lienzo mide un metro veinte de altura, más o menos, y está apoyado en la pared. El título está escrito sobre una cinta de carrocero pegada al fino borde superior: *Melínoe, la que trae la locura.*

Me-lí-no-e. Así fue como me llamó Kingsley en aquel sueño. Cuando soñé que volvía a casa, a Hidden Beach.

En *Melínoe, la que trae la locura,*

aparezco dormida con el pelo desplegado sobre mi almohada. Como una figura mítica.

Estoy tendida sobre unas sábanas teñidas con índigo, en una cama con cuatro postes de hierro forjado que parece muy antigua.

Llevo puesta mi sudadera de UC Irvine.

Debajo de la cama hay

duendes y gárgolas, las criaturas que vi en el cuaderno de bocetos de Kingsley.

Son bestias pequeñas y temibles,

hay un millar de ellas, apretujadas entre sí por debajo del armazón de la cama,

encaramándose unas sobre otras,

pero no de un modo amenazante, sino

impacientes para que me levante y les ordene

que propaguen su locura
por el mundo de la vigilia.

Me apoyo en la pared para mantenerme erguida.

Soy la que trae la locura.

¿La de quién? ¿La de Kingsley? ¿La de June?

¿La de Meer?

¿La mía propia?

¿June sacó una foto y se la envió a Kingsley a Italia?

No. Si eso fuera cierto, el cuadro no estaría aquí. Estaría con él, en el extranjero.

Eso significa que Kingsley ha pintado este cuadro aquí. O, si retomo mi teoría anterior, lo ha pintado otra persona haciéndose pasar por él.

La persona que pintó este retrato tuvo que estar aquí, en Hidden Beach. El artista me vio durmiendo con mi sudadera de Irvine.

Mi sueño. El sueño que tuve nada más llegar, donde aparecía Kingsley, que vino a mi habitación y me llamó Melínoe.

Aquello no fue un sueño. Kingsley estuvo allí de verdad y por eso me ha pintado con la sudadera puesta. Lo vi. Me retrató como la que trae la locura.

Entonces, si Kingsley estuvo en mi habitación, fue él quien bosquejó los duendes que aparecen debajo de mi cama en el cuadro. Los mismos que salen en el cuaderno de bocetos que encontré, lo cual confirma que es suyo.

Eso significa que Kingsley intentó trabajar con uno de los rotuladores de Meer. Y luego dibujó la planta piraña. Y si sabía cómo dibujar esas cosas, tuvo que ser porque uno de los chicos le contó la historia de *Luigi's Mansion*.

Me ha dicho por email que se ha demorado en Italia, que siente no poder estar aquí, que volverá pronto a casa... Pero Kingsley Cello ha estado en Hidden Beach durante todo este tiempo.

53

Temblando, me adentro un poco más en el estudio.

Sobre el caballete hay un cuadro grande en progreso. Está basado en unos dibujos que he visto.

Mirren, Gat y Johnny se encuentran de espaldas al océano,
con cara seria, como niños en un retrato de otra época.
Llevan bañador.

Johnny es el único que está pintado. Los otros dos solo son unas siluetas trazadas con lápiz.

Su cabello rubio reluce bajo el sol. Sus ojos emiten un destello pícaro. Y está
cubierto de
cenizas oscuras.
Le cubren los hombros y los brazos, el pecho, las piernas.
La cara y parte del pelo.
Sopla viento y varios
trocitos de ceniza
salen despedidos de su cuerpo.

Tiene los pies y los tobillos metidos en el agua, y Kingsley los ha pintado
robustos y sanos,
limpios
de la oscura capa de la muerte,

como si el mar pudiera
devolverle la vida a Johnny.

Hay varios focos apuntando hacia el cuadro, pensados sin duda para iluminar la obra en los días más oscuros. Hay una mesa de madera que contiene tarros llenos de pinceles, botes de café con espátulas, esponjitas con mango, tubos de pintura y cosas así. Al lado del caballete hay una mesa más pequeña con paletas embadurnadas de color, papel de cocina y tazas de té.

Hay un escritorio que parece reservado para comer. Contiene varios paquetes de Oreo y galletitas saladas, un cuenco con fruta podrida. El suelo está plagado de manchas de pintura y rectángulos de papel cubiertos de colores vibrantes. Puede que sean experimentos para mezclas de color. Hay un fondo escénico de tela y una zona donde puede sentarse un modelo sobre un viejo taburete amarillo o tenderse sobre un sofá de cuero agrietado.

Me quedo quieta un momento, asimilándolo todo. El mundo de Kingsley. El lugar donde crea su obra, donde se pasa los días. Ante mí están las respuestas a muchas de las preguntas que me he formulado. A mi padre le gustan las galletas Oreo. Es caótico, pero organizado. Dibuja bocetos antes de pintar.

Vino a mi habitación para verme. Pero ¿por qué lo hizo en mitad de la noche? ¿Por qué se esconde de mí en esta torre?

Subo por la escalera de caracol.

En lo alto hay una habitación grande con un baño anexo. Aquí el olor a sudor es más fuerte. El cuarto no tiene aire acondicionado y las ventanas batientes tienen incorporados unos candados metálicos. Hace falta una llave para poder abrirlas.

Hay ropa tirada en el suelo. Y pañuelos de papel. Bandejas de comida añeja.

Es evidente que la estancia está concebida como un despacho. Hay un montón de estanterías encastradas, abarrotadas de libros de arte de gran formato. Un escritorio, una silla, esa clase de cosas. Pero el sofá cama está abierto.

Encima del sofá, al lado de un gotero que le introduce un fluido en el brazo, está tendido mi padre.

Tiene el mismo aspecto que cuando lo vi en mi dormitorio: un hombre imponente con un aspecto desmejorado. Tiene la barba desaliñada y con una mancha de pintura verde, que resalta entre el color castaño y canoso. Tiene el pelo sucio. Las manos cubiertas de pintura.

De repente lo entiendo todo: este es el lugar donde June se pasa los días.

Esto explica por qué Meer no quiere ir a la universidad ni abandonar la casa por cualquier otro motivo.

Esto explica por qué Tatum ha dejado de ver a sus amigos y por qué no se admiten visitas en el castillo.

El gotero. El hedor. La grasa y el sudor. Las manos sucias.

Por fin he encontrado a mi padre. Y le pasa algo muy muy malo.

54

—Papá —le digo, sin querer asustarlo—. Soy yo. Matilda.

No se mueve.

Me acerco y apago la linterna. Ahora la única luz proviene de la puerta del cuarto de baño, que está abierta.

—Papá, ¿puedes oírme?

Su respiración es lenta y sibilante.

Le toco el hombro.

Abre los ojos.

—Desconecta el tubo —dice con una voz que suena como un gorgoteo.

—¿Qué?

—El tubo. —Ondea una mano con languidez hacia el gotero que se introduce por debajo de su camisa—. No lo quiero. ¡Quítamelo!

—No sé cómo hacerlo —respondo—. Me da miedo hacerte daño.

—Ella no me deja tener tijeras. Quiero un cúter. Un cuchillo. Para cortar el tubo.

—Es posible que necesites el gotero —le digo—. Puede que sea lo que te mantiene con vida.

Él niega con la cabeza.

—Es agua. Solo es agua.

—¿Para hidratarte?

Asiente.

—Me niego a beber lo que me trae. Es una bruja. Mete hierbas en el agua. Intenta darme infusiones.

—¿June?

Mi padre mueve la cabeza arriba y abajo sobre la almohada.

—Me da miedo. Quiere que pinte. Me trae lienzos y materiales. Me tiene encerrado en esta torre. Y yo pinto para ella. ¿Qué otro remedio me queda? No puedo hacer nada más que pintar. Los arbustos me llaman. Están hechizados. Si pudiera, me mantendría encerrado aquí para siempre.

—¿Por qué no quieres beber lo que te trae?

—Me droga para mantenerme debilitado. Brock me trae galletas. Alimentos empaquetados. Patatas fritas que no puedan adulterarse. —Menea el gotero otra vez—. Tienes que hacer esto por mí. Haz algo por mí.

—¿El qué?

—Tráeme unas tijeras.

—No sé si eso es una buena idea.

—Tengo que cortar este tubo. Va conectado a un catéter que tengo en la piel. No puedo verlo bien. —Kingsley se incorpora y busca a tientas en la mesilla de noche hasta que encuentra sus gafas. Se las pone—. Está muy oscuro.

Enciendo la lámpara y, cuando lo hago, me mira fijamente. Durante mucho rato.

—Matilda —susurra.

—Sí.

—No sabía si eras real. Te vi. —Señala hacia la ventana—. Puedo verte en la playa.

—Me alojo aquí. Te he estado esperando. Creía que estabas en Italia. Eso fue lo que dijiste. ¿Lo recuerdas? Dijiste que estabas allí.

—Llevo aquí mucho tiempo.

—¿Cuánto?

—No lo sé. Tal vez un año. Antes podía salir. Pero ahora me mantiene encerrado, me conecta este tubo todas las noches. La puerta no se abre.

—¿Estás bien? —le pregunto.

—No lo sé.

Kingsley alarga una mano hacia el cuaderno de bocetos que está sobre la mesilla de noche. Es nuevo, pero del mismo tipo que encontré en el despacho de la Perla. Lo hojea, va pasando páginas hasta que encuentra lo que busca. Arranca la hoja con un rasgueo suave y la dobla en cuatro.

—Toma esto —dice—. Llévaselo a mi hijo.

Me lo guardo en el bolsillo de los pantalones.

—Así lo haré.

Kingsley presiona la cabeza sobre el respaldo del sofá cama.

—Necesito que Meer lo entienda. —Entonces se le nubla la vista y alarga el brazo para cogerme de la mano—. ¿Has traído tú esta locura? ¿Este revoltijo que noto en el cerebro? No soy capaz de hilar dos pensamientos seguidos, ¿ha sido cosa tuya? ¿O ya me pasaba antes de que llegaras tú? Vi el incendio desde mi torre, Melínoe. Vi el humo. Escuché los helicópteros que iban de camino.

—Sí. Hubo un incendio en la isla Beechwood. Se produjo antes de que yo llegase.

—Me escapé del castillo de mi padre y edifiqué el mío propio. Construí una vida que hasta entonces solo había imaginado. La hice realidad con mi mujer y nuestro hijo. Ahora ella es una bruja que me mantiene encerrado y tú has traído la locura. El castillo de Peter Pevensie fue pasto de las llamas.

No entiendo nada, pero asiento con la cabeza.

—Intentaron obligarme a ir al médico —continúa Kingsley—. Pero no quiero saber nada de esos matasanos. No quiero que sus pastillas interfieran con lo que veo. Sin esas visiones, no puedo pintar, así que no permito que se me acerquen.

—Yo no he traído la locura, papá —le digo—. Solo soy Matilda. La hija de Isadora Klein. Tu hija.

Kingsley zarandea la cabeza hacia delante y hacia atrás.

—¡Tráeme unas tijeras, Matilda! —aúlla, clavándome las uñas en la mano—. Tráemelas y abre la puerta. Ayúdame a escapar de esta bruja.

Tiene el aliento agrio. Lanza esputos al hablar.

Me zafo de él. Aturdida, corro al piso de abajo, atravieso el estudio y salgo a la escalera. Me encuentro a mitad de camino de la planta baja cuando me paro y regreso.

Estremecida, cierro la puerta del estudio.

Giro la llave en la cerradura y deslizo el cerrojo. Vuelvo a correr escaleras abajo, dejando a mi padre encarcelado en su torre.

SÉPTIMA PARTE

La verdad

55

Mi mochila, una muda, mi cepillo de dientes y mi carné de identidad.

Puedo dejar todo lo demás aquí: la bolsa de viaje, el resto de mi ropa, el maquillaje. Sea como sea, tampoco he traído tantas cosas.

Abro el despacho con la llave. Meto el móvil, los cargadores y mi portátil en la mochila.

En el zaguán, cojo el chubasquero de alguien. Antes de que pueda arrepentirme, antes de que pueda pensar que estoy abandonando a mi hermano, que estoy renunciando a Tatum, salgo por la puerta y me cae encima la lluvia.

Echo a correr, mi mente también va a toda velocidad. Tengo que salir de aquí.

Mi padre está sumido por completo en la demencia,
es un prisionero,
me ha asustado.
Me reconoció,
me pintó.
Me ve tal y como soy.
Pero no es la persona que yo me imaginaba.

Corro por el sendero que conduce a la carretera, con idea de cruzar South Road y llegar hasta la finca de los Robertson, donde se alojan Holland y sus amigas. Está lloviendo a cántaros. La capucha del chubasquero se desliza y el agua se introduce por el cuello de la prenda, empapando el reverso de mi camiseta.

—¡Matilda!

La voz de Tatum resuena por el camino. Me detengo un segundo para comprobar dónde está. Apenas logro atisbarlo entre la oscuridad. Está corriendo sin linterna. Me está siguiendo, pero yo no quiero hablar con él. Tengo que salir de Hidden Beach, desprenderme de mis propios delirios y fantasías, entender qué es real y qué no. Quiero escapar de la traición de Tatum, de la traición de Meer y también de la de June y Brock.

Empiezo a correr otra vez.

—¡Espera! —exclama Tatum—. Para, por favor. ¿Qué ha pasado? ¿Adónde te vas?

Miro atrás, pero sin dejar de moverme. Se está acercando. Tiene los pantalones del pijama rasgados a la altura de las rodillas. Ha debido de caerse. Lleva las zapatillas desatadas.

—¡Déjame en paz! —grito, trastabillando.

—Para, Matilda. Háblame. ¿Qué ocurre?

Tatum está jadeando cuando me alcanza. Trata de agarrarme del brazo, pero me zafo y me giro para encararme con él.

—Ya sabes lo que ocurre.

—No lo sé. De verdad.

—Kingsley está en el piso de arriba. Encerrado.

Un gesto de angustia atraviesa su rostro.

—Has entrado en la torre.

—Tendría que haberlo hecho hace mucho tiempo. ¿Tú has estado ahí arriba?

Asiente con los labios fruncidos y la cabeza gacha.

—A Kingsley le ocurre algo muy malo y peligroso.

—Lo sé —dice Tatum—. Lo sé.

—¿Por qué no me lo contaste? —La rabia explota fuera de mi cuerpo. Está lloviendo a mares, tengo las zapatillas empapadas y también las piernas—. ¿Cómo has podido mentirme durante todo este tiempo? Con las ganas que sabías que tenía de verlo. Cuando no dejaba de esperar y esperar. —Niego con la cabeza mientras encajo las piezas—. Lo sabíais todos, ¿verdad? Lo habéis sabido desde el principio. Por eso Tatum quería que me fuera de Hidden Beach. Para que no encontrase a mi padre en la torre del castillo.

—Sí —responde Tatum con voz ahogada.

Me pongo en marcha.

—¿Me dejas que te lo explique? —Me agarra de la mano. Me suelto y sigo avanzando—. Detesto haberte mentido —continúa—. Por favor, por favor, no te marches.

Todas las moléculas de mi cuerpo están en ebullición, pero no quiero ser una persona que se va sin mirar atrás. Como mi madre. Como mi padre.

Me detengo.

—No quería que estuvieras aquí —dice Tatum—. Desde luego que no. Porque estábamos ocultando un secreto horrible. Meer fue un idiota por traerte aquí. Pero quería verte. Decía que necesitaba un recurso, una persona, para no tener que pasar por todo esto él solo. Sabe que quiero marcharme. Y Brock no se quedará para siempre. Meer pensó que serías un consuelo, una perspectiva nueva, alguien que podría alojarse en casa y ayudarnos a averiguar qué hacer. Le dije que no podíamos contártelo y que no sabíamos lo que podría ocurrir si Meer te traía aquí, pero lo hizo de todos modos.

Niego con la cabeza.

—No has mentido solo sobre Kingsley. Has mentido en todo. Por qué no tienes amigos que vengan a verte, por qué no vas a ir a la universidad. Quién eres. Mentiste sobre tu identidad.

—No.

—Claro que sí.

—Matilda. —Ha suavizado el tono—. Lo que dije acerca de seguirte hasta el fin del mundo era cierto. Y lo de que eres la encarnación de una supernova. No podía dejar de mirarte. Sigo sin poder hacerlo. Quiero oírte hablar, entender cómo funciona tu mente. Te conté lo de June y el sedante porque no podía soportar que alguien tan inteligente y lleno de vida se viera absorbido hacia este purgatorio viviente en el que habitamos, este simulacro de vida en el que no hacemos nada aparte de estar al servicio del secreto, donde hemos renunciado a nuestros amigos y nuestro futuro porque nuestro rey ha dejado de gobernarnos.

Estoy tiritando bajo la lluvia, a pesar de la chaqueta. Tatum tiene la camisa empapada. Pero dejo que continúe.

—Cada vez que nos contabas la historia que había detrás de un videojuego, era como jugarlo de verdad. Y pensaba en lo inteligente que eras al resolver esos puzles. Al perseverar cuando se volvían intrincados. Tienes ese libro lleno de ideas alocadas, con todos esos mapas y armas. Esa imaginación violenta y explosiva. Como tu padre. Como las mejores partes de tu padre. Y cuanto más te conocía, más convencido estaba de que no te merecías que todos te mintiéramos acerca de Kingsley. Pero la situación ya se había alargado demasiado.

»Además, empezaste a cuestionar a June, a recalcar cosas sobre nuestra forma de vivir que nunca había advertido. Sus normas eran inamovibles. Desde que vine a vivir aquí, las acepté todas. Y tú le plantaste cara. Así que te veía y pensaba: esta persona sabe quién es y cuáles son sus valores. Mi mundo ya había pegado un vuelco, pero la noche que cantaste conmigo esa canción de Wooden Cage fue como si algo se resquebrajase en mi pecho. Como si tu voz hubiera entrado en mí y me hubiera abierto en canal. Nunca me había sentido así.

Son unas palabras bonitas, pero ahora mismo me dan igual.

—¿Por qué está encerrado Kingsley?

Tatum desliza los dedos a través de sus cabellos mojados.

—Odia a los médicos y la medicina occidental. Igual que June. Así que, cuando empezó a mostrar indicios de demencia, nos hizo prometer a todos que no traeríamos a nadie.

—¿Qué indicios?

—Se quedaba callado en mitad de una frase, perdiendo el hilo de sus pensamientos. Se desorientó varias veces y acabó en las fincas de otras personas. A veces olvidaba dónde estaba o qué día era. Después rompió sus tarjetas de crédito por la mitad. Y canceló su seguro médico. June recibe una asignación, cierta cantidad de dinero que Kingsley ingresa de forma automática en su cuenta bancaria cada mes, pero era él quien lo pagaba todo. Si June quería o necesitaba algo, lo abonaba con las tarjetas de Kingsley. Hasta que él se las quitó. A veces, la gente que tiene demencia se vuelve paranoica con los asuntos financieros. Es bastante común. Kingsley le dijo delante de todos que no se merecía su dinero, pero eso también implica que June no tiene ninguna forma de pagar un tratamiento si alguna vez cambia de idea y quiere llamar a un médico.

»Al principio, Kingsley se tomaba las infusiones de June y seguía sus consejos nutricionales. Y es cierto que pueden mitigarse algunos efectos de la demencia subsanando deficiencias vitamínicas. Decidimos esconder las llaves del coche, las de la moto y todo eso. Así estaba más seguro, al no poder salir de la propiedad.

»Pero empezó a salir a deambular de noche. Le daban arrebatos violentos: arrojaba el contenido de la cómoda o vaciaba el armario en busca de cosas que ni siquiera estaban allí. June ya no se atrevía a dormir en la misma habitación que él. Así que lo instalamos en el estudio. Y desde que está allí, empezó a decir que June era una bruja. Ella le lleva comida todos los días, le hace masajes, intenta que se mantenga activo, le lleva materiales. Algunos días come y acepta sus cuidados, pero otras veces piensa que lo está envenenando y la echa de allí a gritos.

»Entonces dejó de beber cualquier cosa que le diera June, incluso cuando llenaba un vaso de papel sin estrenar en el lavabo del cuarto de baño. Incluso cuando lo hacía delante de él. La deshidratación le estaba haciendo enfermar. Así que, al final, June consiguió agenciarse un gotero y me pidió que viera unos vídeos para aprender a conectárselo. Ella no tenía fuerza suficiente para lidiar con él si se resistía.

»Yo no sabía si eso estaba bien o mal —prosigue Tatum—. Pero lo hice. Brock y Meer me ayudaron. Conseguimos conectarle el catéter al pecho y, después del forcejeo, lo aceptó de mala gana. Estaba dispuesto a hidratarse de esa manera, con fluidos esterilizados, aunque eso suponga mantenerlo amarrado por las noches. Pero no permite que June le cambie la aguja del catéter ni la bolsita con el fluido. Meer se encarga de eso. ¿Recuerdas lo tarde que llegó cuando nos fuimos a la isla Beechwood? Kingsley le hizo sudar la gota gorda esa noche. Meer y Brock se pasaron más de una hora ahí arriba.

—Por eso Meer no quiere ir a la universidad. Ni a ninguna otra parte.

—Por eso yo tampoco me voy —dice Tatum—. Aunque estoy desesperado por marcharme. Cuanto más se alarga esta situación, más cerca del límite está June. Se pasa la mayor parte del día con él, atrapada con una persona enajenada.

—Meer quería que yo lo supiera y que encontrase una forma de ayudar. Entonces, ¿por qué no me lo contó?

—Le preocupaba que lo odiases por ello. Y yo no me vi capaz de contártelo, en vista de que Meer había decidido no hacerlo. Al menos, por el momento. Y también me preocupaba que me odiases. Porque es una situación aborrecible.

—Y todo esto explica por qué June me sedó —digo al encajar las piezas—. Y por qué consideraste que era necesario. Porque Kingsley se escapó, ¿verdad? June quiso dejarme fuera de combate hasta que estuviera bajo control. Kingsley vino a verme una noche. A mi habitación. Incluso hablamos, pero yo creí que era un sueño.

—Aquello fue antes de que añadiésemos el cerrojo a la puerta y le quitásemos el cuchillo que tenía escondido —explica—. Estaba cortando el tubo del gotero, después utilizó el cuchillo para forzar la cerradura en mitad de la noche.

Contemplo el rostro hermoso y torturado de Tatum.

—¿Tú te oyes? —le pregunto—. ¿«Antes de que añadiésemos el cerrojo a la puerta»?

—Es por su bien —replica—. Kingsley no quiere que vengan médicos. Es un peligro para sí mismo y para los demás.

—Pero aún sigue pintando. ¿A que sí?

—Él quiere pintar —responde Tatum—. Nadie le va a quitar eso, a no ser que sea necesario.

—¡No mientas! —gruño—. Sabes que todo lo que pinta vale una cantidad ingente de dinero. Un dinero que Meer y June heredarán cuando se muera Kingsley. No finjas que estáis dejando que un viejo enfermo mantenga su pasatiempo favorito. Es un prisionero que convierte la paja en oro para vosotros. Cada día que lo mantenéis encerrado ahí arriba, es un día que ellos siguen incrementando su fortuna. Gabe dijo que *Príncipe de Dinamarca* se vendió por ocho millones. ¡Ocho millones! ¿Y qué me dices de ti, Tatum? ¿También estás en su testamento?

—No —replica—. Es decir, no lo creo.

—Seguro que se te ha pasado por la cabeza que podrías estar. Has vivido con él la mitad de tu vida.

—Tú también podrías estar —protesta—. ¿No explica eso en parte por qué has venido? ¿Un padre rico del que sacar tajada? Te vi discutir por ese cuadro que crees que te prometió.

Nos sostenemos la mirada en silencio durante un rato.

—Vine porque mi padre me invitó y quería conocerlo —le suelto—. Y ahora me largo.

—Matilda, por favor.

—No me sigas.

—¿Volverás? —inquiere—. Vuelve, por favor.

No respondo. He empezado a correr.

56

Holland acude a abrir la puerta enseguida.

—He tenido que irme de Hidden Beach —le explico—. No tengo adónde ir. ¿Puedo entrar?

Aunque son las tres de la madrugada, Holland está despierta y vestida con una camisa y unos pantalones de chándal. El enorme vestíbulo de la casa está plagado de chanclas, sudaderas y bolsas de tela desperdigadas por el suelo y apiladas sobre el banco tapizado con piel de la entrada. Me conduce a través de un salón con múltiples zonas independientes donde sentarse. La tele está encendida y Amma está frita en un sofá.

Estoy chorreando sobre las alfombras mientras balbuceo cosas sobre mi padre, un gotero, un libro de bocetos, una discusión con Tatum, un cuadro.

—Espera —dice Holland—. Para de hablar, porque ahora mismo no estás bien. Te voy a escuchar, pero primero vamos a hacer que entres en calor y a ponerte ropa seca.

Asiento con la cabeza y ella me conduce a través de una cocina muy iluminada. Las encimeras están abarrotadas de paquetes de cereales, bolsas de patatas fritas y galletas, cuencos con manzanas y naranjas, cartones de zumo y botellas de alcohol. Enfilamos por un pasillo y Holland me señala un cuarto de baño con azulejos relucientes y una ducha. Me da un juego de toallas mullidas y me promete que me traerá algo para vestirme.

Me meto bajo el agua caliente hasta que se me enrojece la piel. Lloro hasta que ya no me quedan lágrimas que derramar. Después me froto el pelo con champú y la piel con jabón con aroma de vainilla hasta que me borro todos los restos posibles de rotulador. Finalmente, el hedor del cuerpo desaseado de Kingsley y el olor a disolvente de pintura se van por el desagüe.

Me pongo la ropa que me ha dejado Holland en la encimera del baño: ropa interior sin estrenar, una camiseta de tirantes, unos pantalones holgados de algodón, unas sandalias que me parece que tienen una etiqueta con un precio de setecientos dólares y un jersey verde de cachemira tan fino que resulta casi transparente.

Ya vestida, reviso el móvil.

No hay ningún mensaje de Tatum. Ignoro todo lo demás.

En la cocina, Holland prepara café utilizando una de esas máquinas de cápsulas tan sofisticadas. Calienta un *streusel* congelado en el horno y me ofrece un cuenco de frambuesas, pero yo solo quiero ese pastel caliente y crujiente.

—¿Quieres contarme ahora qué ha pasado? —me dice mientras nos sentamos en unos taburetes junto a la encimera de la cocina—. No tienes por qué. Puedes acostarte sin más o podemos ver una peli. Hablar de sexo, de la universidad o, no sé, del último capítulo de *Portlandia* o algo así.

—Es por mi padre —digo al fin.

—Ya sabes que todo lo que tenga que ver con Kingsley Cello me chifla.

Se lo cuento todo. La historia sobre cómo descubrí que era su hija, cómo llegué a Hidden Beach, cómo me encariñé perdidamente de mi hermano enseguida. Intento explicar cómo me he adaptado a muchos aspectos de la forma de vida de June y Kingsley; lo hermosa que parece a veces, y lo rígida y restrictiva que resulta en otras ocasiones. Le cuento que June me sedó. Y que Tatum quería que me fuera, pero luego nos encontramos y ahora creo que lo he vuelto a perder. Y que pensé que Meer estaba falsificando los cuadros de Kingsley, pero resultó que Cello está encerrado en el castillo. Me retrató y me rogó que lo rescatase, enajenado, desesperado y escalofriante.

¿Voy a emprender acciones para que Kingsley reciba una ayuda médica que en el fondo no quiere? ¿De veras la necesita, o de todas formas no hay nada que puedan hacer los médicos?

Casi me espero que Holland quiera salir corriendo para ir a ver a Kingsley enseguida, tener acceso a los cuadros y al gran genio, pero se muestra serena y racional. Hace preguntas y se asegura de entender bien la situación. ¿Voy a llamar a los servicios sociales para informar de que está encerrado en la torre? ¿O quiero dejar que June resuelva este embrollo que ha creado, como si no fuera asunto mío? ¿Quiero arreglar las cosas con Tatum o no quiero volver a saber nada de él? ¿Y qué pasa con mi hermano?

No tengo respuestas, pero ella me anima a hablar hasta que el sol comienza a iluminar el cielo.

Cuando al fin me quedo sin nada que contar y me pregunto si tendrá algún sitio donde pueda dormir, Holland prepara dos tazas más de café.

—Tengo información para ti —dice—. No te lo he contado antes porque Meer estaba enredado en sus propios problemas. Y yo estaba enredada en los míos, francamente. Pensé que debería ser él quien te lo dijera, pero es obvio que no lo ha hecho.

—¿Meer? Pero si solo lo has visto una vez.

—Bueno, eso no es del todo cierto.

—No te sigo.

—Será mejor que empiece por el principio, ¿vale?

Vale.

57

—Allá por la mitad del siglo XX —me cuenta Holland—, un hombre llamado Jonathan Sinclair se casó con una mujer, Marybeth Bridger. Esos son mis bisabuelos por parte de madre. Jonathan Sinclair venía de una familia adinerada, estudió Derecho en Harvard y se convirtió en un experto en derechos de autor. La familia de Marybeth también estaba acomodada, así que ella invirtió en inmuebles.

Luego, me cuenta Holland, Marybeth tuvo tres hijos.

Harris era el mayor.

Dean, el mediano.

Y el benjamín, Kincaid.

Los tres niños eran fuertes y robustos. Cuando eran jóvenes, estaban muy unidos. Pero Jonathan enfrentó a sus hijos entre ellos. Tuvieron que competir por su aprobación, por sus recursos, por su fortuna.

—Se regían por un puñado de nociones elitistas sobre la excelencia, originarias de Nueva Inglaterra, que convirtieron la vida de Kincaid en un infierno —explica Holland—. Y lo entiendo, porque, aunque cumplo con muchos de los dictados de mi familia, ser lesbiana es algo que no entra en su concepción del mundo, así que... en fin. A veces creo que esas personas son lo peor y otras veces las quiero con toda mi alma.

—Kingsley contó un cuento de los hermanos Grimm en un podcast que escuché —le explico—. Era su favorito cuando era pequeño. Trata sobre tres hermanos enfrentados entre sí por obra de su padre.

Holland me agarra de la muñeca.

—Lo mismito que sus hermanos y él.

—Ya —replico—, salvo que, aunque uno de los tres hermanos gana la competición, no actúa como si fuera el vencedor. En cambio, los tres comparten la fortuna que hereda. Viven juntos hasta el final de sus vidas y los entierran en la misma tumba.

—Eso es lo contrario a lo que les pasó en la vida real —dice Holland.

Cuando los hermanos Sinclair se convirtieron en jóvenes adultos, tenían una educación brillante, acorde con sus privilegios. Lucían dientes rectos y hombros fornidos. Participaban en regatas y salían con mujeres guapas. Se esforzaban mucho en los estudios y en los deportes.

Estaban convencidos de que se merecían lo mejor debido a ese esfuerzo. Creían en la democracia y en la igualdad de derechos, pero nunca se les pasó por la cabeza que la sociedad en la que vivían pudiera ser injusta.

Sin embargo, Kincaid, el más joven, aquejó las consecuencias de esa competición entre ellos. Era el pequeño de la familia y, durante una temporada, recibió el cariño incondicional de todos. Pero conforme creció, perdió el favor de su padre. Y después el de su madre.

Él era un artista, no un estudioso. Tampoco tenía madera de atleta. Sus hermanos siempre lo superaban en las tareas que valoraban sus padres. Ninguno de ellos consideraba que pintar fuese un trabajo.

Kincaid solo era un niño. Se estaba buscando a sí mismo. No quería emular a su progenitor. Y para su padre, eso era una decepción.

El hermano mayor, Harris, se convirtió en todo aquello que la familia esperaba de él. El hermano mediano, Dean, aparentaba haberse convertido en todo lo que la familia quería que fuera. Y Kincaid abandonó la familia. Desapareció en las escenas artísticas de Bolonia y Florencia. Aprendió italiano. Se entregó a sus caprichos, le partió el corazón a su madre y desperdició su educación, según el relato de Jonathan. Pero Kincaid diría seguramente que lo que hizo fue cuestionar lo que le habían enseñado, cometer algunos errores de calado y buscar un significado más profundo en esta hermosa oportunidad de vivir que nos ha sido concedida a todos.

En otras palabras, Kincaid mudó su
piel de Sinclair.
La quemó, como si fuera la
piel de un asno,
para escapar de su yo del pasado.
Se la arrancó con garras afiladas, como la
piel de un dragón narniano,
para revelar a la persona que había dentro.
Prescindió de ella, como la
piel humana de un *selkie*,
para poder adentrarse en el mar como la
foca que siempre estuvo destinado a ser.

El matrimonio Sinclair lo repudió formalmente. Y lo desheredó. Lamentaron su ausencia casi como si hubiera muerto.

—Kincaid regresó de Italia tras reinventarse a sí mismo como Kingsley Cello —dice Holland—. Así que tu familia es nuestra familia.

—Si Kingsley es un Sinclair, entonces Meer también lo es.

—Sí.

—Y yo también.

—Ajá.

—Esos chicos que murieron eran mis... ¿qué?

—Tus primos segundos —dice Holland—. Separados por una generación.

Saca un medidor de glucosa de un cuenco que hay en la encimera y comprueba su nivel de azúcar mientras explica el resto.

Kingsley Cello se convirtió en una voz nueva y excitante en el mundo del arte. Nunca volvió a hablar con sus padres, pero mantuvo un contacto muy ocasional con sus hermanos y sus mujeres. De hecho, su hermano mayor, Harris, financió la primera exposición de Kingsley en Nueva York. Él fue el mecenas anónimo.

Kingsley se hizo famoso, pintando una y otra vez su encarcelamiento y posterior fuga del reino metafórico de la familia Sinclair, de un millar de formas diferentes. Fue padre de dos hijos pasados los cuarenta, en una época en la que sus hermanos mayores estaban a punto de convertirse en abuelos. Y aunque afirmaba detestar todo lo relacionado con su familia biológica, Cello construyó su reino alternativo en la misma isla donde Dean pasaba los veranos. Hidden Beach estaba tan cerca de la isla Beechwood que Kingsley podía ver la casa de Harris desde su estudio de la torre.

Puede que todavía quisiera a sus hermanos. O, quizá, supuso que la proximidad con la familia de la que escapó alimentaría sus mejores obras de arte.

El principal contacto entre Kingsley Cello y Harris Sinclair fue por medio de la mujer de este, Tipper. En su afán como mediadora, Tipper le compró varios cuadros y de vez en cuando le contaba novedades sobre su hermano. También mantuvo el contacto con Dean después de que Harris rompiera los lazos con él. Cuando Tipper murió el año pasado, el contacto entre los tres hermanos cesó por completo, hasta que la casa de la isla Beechwood se prendió fuego.

—Kingsley le escribió una nota a Harris —le cuento a Holland—. Al menos, eso creo. Pero no llegó a enviarla. Era algo sacado de Narnia. Debían de tener algún juego donde Harris era Peter, Dean era otro personaje y Kingsley era Eustace.

—¿Qué decía? —me pregunta.

Oh, Peter Pevensie de Narnia:
Me han llegado tus noticias.
Pienso en ti a todas horas.
Eustace Scrubb

58

Hace poco más de un año, me explica Holland, cuando Kingsley comenzó a mostrar los primeros indicios de demencia, Tipper Sinclair mantuvo una charla con Meer. Se produjo porque ella pasó por Hidden Beach. Tenía una cita con Kingsley para que le enseñase un par de cuadros nuevos para una adquisición familiar.

Pero Kingsley no estaba en casa. June y Brock se habían ido en coche a pasar la mañana en el mercado de artesanía. Tatum estaba en clase. Así que solo quedaba Meer para abrir la puerta.

Llamaron a Kingsley al móvil para averiguar adónde se había ido, pero no respondió. Subieron al estudio, pero no estaba allí. Meer no había visto a su padre desde el desayuno.

Se embarcaron entonces en una larga búsqueda por toda la finca. Finalmente, condujeron despacio por South Road con el coche de Tipper, llamándolo.

Lo encontraron en la gasolinera, sentado en un banco con un par de empleados, bebiéndose un refresco de naranja. Los trabajadores lo habían convencido para que se quedara cuando lo vieron deambulando por la carretera. Estaban intentando que llamase a alguien para que viniera a recogerlo. Llevaba el móvil encima, pero se negó a llamar a nadie. Decía que estaba bien.

Tipper y Meer lo llevaron de vuelta a Hidden Beach. Juntos, lo instalaron en el estudio, donde se puso a pintar.

Cuando volvieron a quedarse a solas, Tipper se llevó a Meer a dar un largo paseo por la playa y le contó que su padre se llamaba en realidad Kincaid Sinclair. Le explicó la historia de los hermanos y le contó que ella era su tía. Tipper dijo que Kingsley le había pedido que no les revelase nunca su parentesco ni su conexión familiar a June ni a Meer. De hecho, le ocultó el secreto de su familia biológica a todo el mundo.

Tipper le dijo a Meer que pensaba que Kingsley estaba enfermo. Y que, si de verdad se estaba sumiendo en la demencia, Meer necesitaba conocer la realidad sobre su familia. Le habló de Holland, Johnny, Cadence y Mirren, todos sus primos segundos y de una edad parecida. Además de unos cuantos primos más jóvenes. Y Meer le habló a Tipper de la hermanastra a la que nunca había conocido, Matilda Klein.

Un par de meses después, Tipper Sinclair murió. Y Kingsley comenzó a mostrar muchos signos de demencia que no podían ignorarse. Tenía arrebatos de furia. Se mostraba paranoico con el dinero.

Con el destino de Meer como cuidador asegurado mientras su padre estuviera en esa situación,

con Kingsley cada vez más empeñado en no ver a ningún médico,

con June tan agobiada que ya no se hacía responsable de nada excepto de Kingsley

y con Tatum deseando marcharse tras la graduación, pero reticente a abandonar a su familia adoptiva,

Meer necesitaba ayuda.

Estaba aislado. Y tenía miedo de lo que le estaba ocurriendo a su padre.

No podía seguir soportando esa situación.

Así que buscó a sus primos en las redes sociales. Holland y Mirren respondieron a sus mensajes, al contrario que Cadence. Mirren le dijo a Meer que no insistiera, alegando que

Cadence vivía en su mundo de cuento de hadas. Johnny le respondió para desearle buena suerte, pero dijo que no quería remover los viejos fantasmas del pasado familiar.

Meer les explicó a Holland y a Mirren toda la historia familiar que le había contado Tipper. El plan era reunirse en Martha's Vineyard en julio, en cuanto Holland terminase un curso intensivo de remo durante la primera mitad del verano y cuando Mirren estuviera asentada en Beechwood.

—¿Alquilaste la casa para estar cerca de él? —le pregunto.

—Y de ti. Y también esperaba conocer a Kingsley, por supuesto. Me obsesioné con él de mala manera.

—¿Sabías lo de la demencia?

—No. Meer solo me contó que estaba pasando una mala racha en casa y que quería conocer a su familia lejana. Quizá podríamos, no sé, hacer valer nuestro parentesco y reparar algunos de los agravios que provocó la generación anterior. Meer había intentado contactar contigo de varias formas. Principalmente a través de redes sociales, también probó con varias direcciones de email, y creo que incluso envió una carta a tu instituto. En papel, me refiero.

—No tengo constancia de ello.

—No tienes muchas dotes comunicativas, que digamos. —Sonríe—. No me sorprende que no revises los mensajes directos. Sea como sea, Meer dedujo que lo estabas ignorando y se le ocurrió que sería más probable que vinieras de visita si te escribiese como si fuera Kingsley y te ofreciera un cuadro.

La revelación me cae como un jarro de agua fría.

—Meer me escribió haciéndose pasar por Kingsley.

Mi padre no quería conocerme. Nunca tuvo intención de regalarme *Perdida*.

Meer mintió con todo eso. Para conseguir que viniera y así no estar solo. Para hacerme sentir querida.

Holland asiente con la cabeza.

—Yo sabía que ibas a venir a la isla porque Meer me escribió. Por eso te reconocí en el aeropuerto. Te había visto en tus redes sociales, y justo le acababa de enseñar el cuadro de *Perséfone* a Winnie cuando saliste del cubículo del baño después de haber potado. Fue un flipe. Pero no podía decirte que estábamos emparentadas, porque Meer tenía preparado un plan para cuando te conociera.

—Pero cuando llegué a la isla, el plan ya se había ido al traste —explico tras comprenderlo—. Porque Mirren ya no podría reunirse con nosotros. Y tú estabas en duelo. Y Meer también, a su manera. —Me acuerdo de nuestra excursión a Beechwood—. Entonces Meer te dejó colgada. Recuerdo que me hablaste de un primo que no cumplió su palabra.

—Sí, exacto. Al ver que Meer no se presentaba para seguir adelante con los planes, y como tampoco respondía a mis mensajes, decidí mandarlo todo al cuerno y acercarme a Hidden Beach. No podía dejar pasar el verano sin llegar a conocerlo. Pero resulta que solo estabas tú en casa. Dejé algunas pistas cuando te hablé de mi familia, pero estaba claro que no tenías ni idea de que estábamos emparentadas, y no quería arriesgarme a disgustar a Meer si te lo contaba.

—Meer temía que lo rechazásemos por mantener a Kingsley encerrado en la torre —le cuento—. Cuando nos invitó, Kingsley estaba enfermo y seguramente viviendo ahí arriba, pero no fue hasta justo antes de que tú y yo llegásemos a la isla cuando empezaron a encerrarlo con llave.

—Así que Meer me evitó porque sabía que yo esperaba que me contase lo que estaba pasando.

—Un momento. —Me quedo pensativa—. Kingsley me dio un trozo de papel para que se lo diera a Meer. Era una especie de carta con dibujos.

—Déjame verla.

—Me la guardé en el bolsillo. Buf, parece que fue hace un millón de años.

—Tu ropa está en la secadora.

Holland abre una puerta que conduce a un cuarto de la colada. Sacamos mis prendas cálidas de la máquina y rebusco en el bolsillo delantero de mis pantalones.

La hoja doblada del cuaderno de bocetos está muy arrugada y deshecha por los bordes, pero sigue de una pieza. No sé si debería abrirla, ya que está dirigida a Meer, pero Holland no tiene reparos. Me quita la nota de las manos y la despliega sobre la encimera de la cocina.

Es un dibujo de Meer de perfil.

Aparece regordete y con el pelo de punta, radiante, tendrá unos tres años.

Al igual que muchos modelos de Kingsley,
se está riendo con la cabeza inclinada hacia atrás.
El texto rodea el dibujo, cubriendo el espacio en blanco.
Dice:

Mi niño, vas a heredar
mi hogar, este castillo.
Vas a heredar
el dinero que he invertido y el dinero de mis cuentas bancarias.
Vas a heredar
la obra de mi vida, que deberás administrar.
Todo quedó dispuesto hace muchos muchos meses, cuando
la bruja reveló por primera vez su verdadera identidad, pero
desde entonces
has demostrado que te has convertido en su cómplice,
que has traicionado a tu propio padre,
que eres un aprendiz de brujo.
Te quiero, pero no te lo mereces.
Heredarás, pero no te lo mereces.
Nunca pensé que me convertiría en un padre decepcionado
con su hijo.
Mi propio padre siempre estuvo decepcionado conmigo. Siempre.
Pero
eso es en lo que me he convertido
y ahora comprendo
que así es como moriré.

• • •

Holland y yo contemplamos la nota, enmudecidas.

—Menudo hijo de puta —dice al fin—. Es una persona aborrecible.

—Está dolido —replico en defensa de mi padre—. Se siente traicionado por su propio hijo. Y también por su pareja.

Holland niega con la cabeza.

—No sé cómo un cretino así ha podido pintar esos cuadros tan llenos de alma —dice—. ¿Cómo puede ser tan asombroso y despreciable al mismo tiempo?

—No tengo tan claro que sea despreciable —replico, pensativa.

—Entonces ¿qué es?

—Creo que se siente atrapado, cuando lo único con lo que ha soñado en su vida ha sido con escapar.

59

Holland me cede una habitación donde dormir y cuando vuelvo a abrir los ojos es de noche. Me he perdido el día entero.

No hay nadie en la cocina ni en el salón, así que le escribo un mensaje para darle las gracias, cojo una manzana de un cuenco de la cocina y me vuelvo a Hidden Beach.

Solo hay una cosa clara en todo este embrollo:

he venido a esta isla para encontrar a mi padre. Ahora que lo he localizado, no podré descansar hasta saber que él me haya visto como lo que soy.

Matilda Avalon Klein:

la estratega,

la *gamer*,

la narradora,

la persona que les hace carantoñas a los perros,

la que prepara unos huevos para sus amigos aunque esté hecha polvo,

la que está dispuesta a limpiar los restos de una masacre avícola.

Matilda Avalon Klein,

la que se siente perdida e insegura, pero

a la vez es fuerte y resolutiva.

Matilda Avalon Klein, la que quiere construir mundos fantásticos para que la gente juegue en ellos, la que se presta a cantar si alguien toca la guitarra.

La niña que Kingsley no llegó a conocer.

No quiero que recuerde solo a Melínoe, un personaje surgido de su imaginación.

Mientras recorro el camino que conduce a Hidden Beach, Holland me responde: Guapi, estamos junto a la piscina. ¿Quieres que vaya contigo? Ahora somos familia. Quizá pueda ayudar.

Le doy las gracias y le digo que no hace falta, pero su propuesta surte el mismo efecto que un abrazo.

Mi móvil suena en la oscuridad. Es Tatum.

Lo siento mucho. ¿Podemos hablar?

No respondo, pero él sigue escribiendo.

Meer me ha explicado muchas cosas.

Dice que Kingsley es Kincaid Sinclair. Y que Meer y tú sois primos de Holland.

June está muy cabreada. No sabía nada de eso.

Meer cree que te has ido a casa de Holland, pero le escribió un mensaje y ella no le respondió.

Estamos preocupados.

Se produce una pausa. No parece que esté escribiendo. Estoy pensando en una respuesta cuando llega otro mensaje.

Matilda

La chica supernova

La persona más interesante que he conocido en mi vida, con la mente más inusual

No dejo de pensar en ti

Estoy muy arrepentido

Quiero arreglar las cosas, cambiarlas, averiguar cómo hacer las paces

No tengo las respuestas

¿Tal vez podría encontrarlas si hablo contigo?

Me encantaría que volvieras

Espero no haberte enviado demasiados mensajes

Lo siento mucho, mucho

Voy a dejar de escribir ya.

Me detengo. Lo leo todo una y otra vez.

Y me ablando. Porque Tatum me gusta y me encanta la imagen que tiene de mí.

Aún no sé cuál es su helado favorito o
si alguna vez ha llevado aparato en los dientes o
qué nombre le puso a su foca de peluche.
No conozco las historias felices de su infancia,
ni las vergonzosas,
ni con qué sueña cuando tiene una pesadilla.

Estoy muy disgustada. Tatum forma parte de esta horrible conspiración. Pero no puedo negar la atracción que ejerce sobre mí.

Le escribo un mensaje.

Podemos hablar más tarde.

El castillo está en silencio. Hay pocas luces encendidas.

A través de la ventana de la cocina, veo a Tatum lavando los platos. Mi corazón pega un respingo, pero no me acerco a él.

Estoy aquí por mi padre.

Entro sin hacer ruido en el salón, a través de una puerta corredera. Con un chasquido, abro la torre de Kingsley con las llaves que llevo en el bolsillo.

Si June está ahí arriba, lidiaré con la situación. Me encararé con ella o lo que haga falta.

Pero tengo suerte y las habitaciones de la planta baja están vacías.

En el segundo piso, entro en el atelier de June, que está repleto de hilos.

Me llevo unas tijeras.

60

—Soy yo, papá —susurro—. Matilda.

Hace un calor intenso en el estudio del piso de arriba, con las ventanas cerradas a cal y canto. Huele igual que antes: a disolvente de pintura, sudor y pelo sucio. La bolsita del gotero despide un destello azul en el triángulo de luz que proviene del cuarto de baño, el tubo desciende hasta el catéter que Kingsley tiene en el pecho.

Mi padre está tendido e inmóvil en la cama plegable. Está acostado encima de las sábanas y lleva puesta una camisa y pantalones cortos. Tiene las piernas finas y pálidas, las uñas de sus pies parecen mejillones.

No abre los ojos hasta que le toco el hombro. Entonces, con brusquedad, como si no hubiera estado dormido, se convierte en una mezcla de furia y decrepitud, de genio y malicia.

—Aprendiz de bruja. Has vuelto.

—No, papá. Soy yo, Matilda.

—Me pregunto una cosa: ¿siempre has sido una bruja o ella te transformó?

—He venido a ayudarte. ¿Estás bien? ¿Puedes incorporarte?

—¿Te ha instruido en sus tónicos y hechizos? —me pregunta—. Envía a los demás brujitos a forcejear conmigo, a forzarme. Me mantienen confinado en esta cama, cumpliendo sus órdenes. ¿Y ahora te envía a ti para perpetrar alguna nueva atrocidad?

—No estoy aquí por eso.

Se incorpora de repente.

—Princesa —dice con grandilocuencia—. ¿Por qué has viajado hasta Hidden Beach y subido hasta lo alto de mi torre? ¿Tienes un plan de rescate, aunque no tenga ningún cabello dorado que desplegar? ¿Tienes un corcel esperando ahí fuera?

Ha empezado hablando con un tono amable y casi juguetón, pero ahora se está burlando de mí.

—¿Te consideras una guerrera? ¿Empuñas una espada y puedes acabar con los demás moradores del castillo?

—No, papá. Esperaba que pudiéramos hablar. ¿No quieres conocerme?

—Hija de Perséfone. ¿Querías visitar el inframundo del que escapó tu madre? ¿Y me consideras Hades, señor de ese inframundo? ¿Has venido a vengarte o a reclamar tu sitio en mi trono? El inframundo es distinto al infierno. Aquí hay muchos placeres por experimentar, pero no podemos salir. No creo que quieras tener un trono como el mío. Aquí no podemos entrar en contacto con el mundo de los vivos, salvo a través de la pintura. Los cuadros son misivas dirigidas a los vivos desde este simulacro de existencia.

—¡Papá! —exclamo—. Solo soy Matilda. He venido a intentar ayudarte. Nada más.

—Matilda Klein. Quieres dinero.

—No —replico—. No quiero dinero.

—Todo el mundo lo quiere. El niño huérfano, el actor y mi hijo. Todos ellos. June quiere mi firma y mis contraseñas, pero me niego a dárselas. Y los invitados de antes, los amigos de antaño, también lo querían. Lo usaron mientras estuvieron aquí, hasta que los eché a patadas. Ninguno de ellos sentía el menor cariño hacia mí como persona. Puede que a algunos les gustasen los cuadros. Esos lienzos inspiran devoción, de vez en cuando. Pero lo que más les gustaba era la vida que podían llevar gracias a mi dinero. Isadora nunca me pidió un céntimo. Era una mujer tozuda y orgullosa. ¿Te ha enviado ahora a buscarlo?

—No, no. Meer me pidió que viniera.

—El dinero no sirve de nada cuando mueren tus nietos. En un incendio. June me enseñó el periódico. Pero yo vi el humo desde mi ventana y supe que había ocurrido una tragedia. —Niega con la cabeza—. Las pinté, a sus tres niñas. Hace años, cuando eran pequeñas. La mayor es la Cenicienta.

—He visto ese cuadro.

—A Tipper no le gustó. No quiso comprarlo. Pero me perdonó, porque somos mis hermanos y yo —añade—, en igual medida.

—¿Qué quieres decir?

—No me pidas explicaciones de los cuadros. Dime, ¿qué tal están las aves?

No sé a qué se refiere.

—¿Qué aves?

—Meer vino a verme. Trajo rotuladores permanentes, un surtido entero de colores. Estaba radiante como cuando era niño, orgulloso de su regalo. Le seguí la corriente. Y cuando se marchó, se olvidó de echar el cerrojo. Su subconsciente se olvida a propósito, ¿te das cuenta? Porque se siente culpable. Y porque me quiere. Así que la puerta estaba abierta y la bruja se había quedado dormida durante su guardia. Cuando se cansa, le fallan las fuerzas. Era de día y yo estaba liberado de mi tubo, así que corrí escaleras abajo, hacia la luz.

»Estamos concebidos para habitar en el mundo, Matilda. Estamos diseñados para respirar el aire fresco. Cuando el sol me acarició la piel, me sentí afortunado y pleno otra vez. Pero descubrí que yo no era la única criatura encarcelada por la bruja. Había unos pollitos retenidos contra su voluntad, del mismo modo que a mí me mantienen enjaulado. Abrí la puerta de la casita de la piscina para que pudieran escapar y luego me fui corriendo al mar, donde me encontró el niño *selkie*, el huérfano. Fue amable conmigo, pero no deja de ser un carcelero. Me llevó de vuelta al piso de arriba y yo no me resistí, no forcejeé con él, porque lo quiero igual que a Meer. Además, no podía llegar lejos sin mi teléfono. No era una fuga de verdad. Por eso te lo pregunto: ¿las aves alcanzaron la libertad? ¿Corearon mi nombre? ¿Me consideran un necio por dejar que el niño *selkie* me trajera de vuelta?

—Nadie te considera un necio, papá.

Entonces me mira a los ojos con un gesto de lucidez repentino.

—Libérame, Matilda —me pide—. Corta este tubo y podremos ir al piso de abajo. Te enseñaré algunos cuadros. Quiero escuchar tus historias. Te has convertido en una hija preciosa. Lo he pasado de maravilla pintándote.

—Eso me gustaría.

Saco las tijeras del bolsillo trasero.

Corto el tubo que conecta el gotero al catéter que lleva en el pecho.

Ayudo a mi padre a levantarse. Es mucho más alto que yo y al principio le cuesta mantener el equilibrio, pero luego se yergue cuan largo es.

Camina despacio, pero seguro, y entra en el baño, cierra la puerta y se queda allí un rato.

Cuando sale, va peinado. Lleva puesta una camisa limpia y unos chinos. Y un par de zapatos. Se dirige hacia la escalera de caracol.

—Ven conmigo, Matilda —dice mi padre—. Vamos a charlar un rato.

61

En cuanto llego al piso de abajo, Kingsley me agarra las manos y me las sujeta por detrás de la espalda.

—¿Qué haces, papá?

Forcejeo con él.

—Me marcho —dice—. Ahora que la casa está dormida.

—He hecho lo que me pediste —protesto—. Si lo hablamos, podemos encontrar una solución...

—Niñata ingenua —me espeta mientras me sujeta las manos con brusquedad y me roza la parte de atrás de la oreja con su barba. Mete una mano en el bolsillo delantero de mi pantalón y saca las llaves de la casa.

—Basta, papá. No hemos hablado...

Me interrumpe alzando la voz, noto su aliento caliente en la oreja:

—Sé que quieres algo, niña perdida. Todo el mundo quiere algo de mí. Igual que los demás. Conexión, reconocimiento. Lo sé. Pero no vas a conseguirlo. Y yo no te debo nada.

Intento volver a sacar las tijeras del bolsillo trasero, pero Kingsley adivina mis intenciones, las agarra y me apunta con ellas a la garganta.

—¿Quieres que me sienta orgulloso de mi niñita después de todos estos años? —masculla con crueldad—. Entonces deja que me vaya.

De repente, *Charco* entra en el estudio y se pone a ladrar a Kingsley. Ha notado que algo va mal.

—¡Fuera, *Charcosombrío*! —gruñe Kingsley.

La perra sigue ladrando mientras avanza hacia él. Yo forcejeo para que me suelte.

—Soy yo, *Charco* —dice Kingsley, que sigue empuñando las tijeras junto a mi mandíbula—. Me conoces. Perra mala. Sienta.

Charco ladra un poco más, fornida y heroica, y yo le pego un pisotón a Kingsley con todas mis fuerzas, tal y como aprendí en las lecciones de defensa personal que nos dieron en la clase de gimnasia del instituto.

Con un gruñido de dolor y un movimiento veloz, Kingsley me suelta y deja caer las tijeras al suelo. Se abalanza sobre la perra y le abofetea el rostro con el aparatoso llavero. *Charco* gimotea de dolor cuando le golpea en el hocico y Kingsley se aprovecha de la situación para correr hacia la puerta del estudio y cerrarla de un portazo al salir.

Salgo tras él, pero entonces escucho el ruido del cerrojo al volver a su sitio.

—¡No me dejes aquí dentro! —exclamo—. ¡Detente!

Charco se ha situado a mi lado, vuelve a ladrar. Intento accionar el picaporte, pero no cede.

—¡Claro que me lo debes! —grito, aporreando la puerta—. Y no finjas que no te importo. Te has dedicado a pintarme. ¡Vuelve!

Pero Kingsley no regresa.

Me paro para mirar la cara maltrecha de mi querida *Charco*. La perra me mira con sus ojos castaños y tristes, acalla sus ladridos para dejar que le acaricie las orejas. Tiene una herida en el morro y un tajo cerca del ojo, donde recibió el impacto de las llaves, pero estoy segura de que se pondrá bien. Le acaricio el pelaje áspero del cuello y vuelvo a aporrear la puerta.

He sido una ingenua. Mi padre no quería hablar conmigo. Quería utilizarme, servirse de mis sentimientos como un medio para escapar. La gente lo considera un hombre evolucionado, libre, sabio y poco convencional, pero está constreñido por sus viejas heridas. Es un egocéntrico. Le ha escrito esa nota cargada de desprecio a Meer ahora que la demencia ha tomado el mando, porque esa crueldad es lo único que conoce. El rechazo paterno.

Estoy furiosa contigo,

nunca me has querido,

te tengo miedo,

eres débil,

eres una persona limitada, atrapada en un ciclo familiar enfermizo.

No te importa nadie que no seas tú mismo, eres el centro del mundo, siempre.

Pero también te implicas, sientes más cosas que el resto de la gente.

Puede que yo también sea un poco así.

Eres un genio. Sabes cómo crear arte a partir del dolor.

Todo eso corre por mi mente, pero no lo digo en voz alta, porque Kingsley ni siquiera está aquí para escucharlo.

Mientras aporreo la puerta y *Charco* vuelve a ladrar, llamo a Tatum. A Brock. A Meer.

No hay respuesta. Este estúpido castillo es tan grande que nadie puede oír nada.

Enciendo las luces del estudio y me paseo por la habitación. Estoy rodeada por todas esas evidencias del mundo interior de Kingsley que tanto me interesaban, pero soy incapaz de asimilar ninguna porque tengo que salir de aquí. Mi padre no está seguro ahí fuera, sin supervisión. Y quién sabe lo que podría hacer.

Escribo a los chicos, pero sus aparatos electrónicos están encerrados en el despacho y creo que solo Tatum está despierto. En cualquier caso, no responden.

Llamo a Holland, pero salta el buzón de voz.

¿Debería llamar a la policía?

Intento localizar a Gabe. No me sé su apellido, pero busco «Gabriel abogado Martha's Vineyard» y me aparece el número de una oficina. Llamo, pero el bufete está cerrado. No me sorprende, estamos en mitad de la noche.

Pateo la puerta, que se estremece. La pateo una y otra vez.

June está en el pasillo. Va vestida con un jersey gris y unos pantalones teñidos con índigo. Luce un gesto de preocupación en el rostro y lleva el pelo recogido con dos trenzas infantiles. Parece sorprendida al verme. Esperaba ver a Kingsley.

—¿Qué haces aquí?

No hay tiempo para explicaciones largas.

—Ha cogido las llaves y se ha ido corriendo —le cuento.

June no hace más preguntas, se limita a bajar por las escaleras a toda prisa.

—Es un peligro para sí mismo —dice mientras corremos. *Charco* nos sigue—. Se desorienta. No sabe dónde está. Y se enfada. Como un niño pequeño. Cuando no entiende algo, se pone a tirar cosas.

—Pegó a la perra —le explico mientras la sigo al piso de abajo—. Me inmovilizó los brazos por detrás de la espalda y me apuntó al cuello con unas tijeras.

—Se pone violento. Es un efecto de la demencia.

—Pero no deberías haberlo encerrado —le digo—. Lo has tenido como un prisionero.

—Piensa lo que quieras.

—Lo tenías cautivo. No me extraña que esté tan enfadado.

—Es un peligro —repite—. Tú misma lo has visto.

—¿Tenías previsto contarme alguna vez dónde estaba?

—No, Matilda —responde—. No pensaba hacerlo.

El salón está vacío. También el comedor.

Tatum sale de la cocina. Una oleada de emociones complicadas inunda mi cuerpo, y cuando me ve al lado de June, pone los ojos como platos.

—¿Qué está pasando?

Se lo explicamos. Tatum dice que irá a despertar a Brock.

—¿Habrá ido a ver a Meer? —pregunto.

June y yo subimos corriendo a la Torre de la Tiza, asomándonos a cada habitación. Cuando lo despertamos, Meer se levanta de la cama dando tumbos, descalzo, y pregunta a qué viene tanto jaleo.

Poco después está vestido y todos corremos escaleras abajo. Buscamos en la despensa, en el zaguán, en el comedor, registramos incluso los armarios, pero no encontramos a Kingsley.

Acordamos dividirnos para registrar la finca. Tatum y yo buscaremos en la playa. Brock irá a los edificios anexos. Meer y June dicen que ellos irán al garaje (por si acaso Kingsley se ha llevado una moto o el coche) y después recorrerán el camino que lleva hasta la carretera.

Yo sigo a Tatum por las escaleras del acantilado en la oscuridad, las olas resuenan en nuestros oídos.

Ya en la arena, miro a derecha e izquierda. Ni rastro de Kingsley.

No detectamos ninguna pisada. Miramos en los recovecos del acantilado. Tatum enciende una linterna.

Me adentro un poco corriendo en el mar y Tatum me sigue. Las olas rompen sobre nosotros, empapándonos la ropa. Oteo el horizonte en busca de mi padre, tambaleándome entre las turbulentas aguas.

—¿Crees que se habrá adentrado en el océano?

—Si no quería estar aquí, es posible. Por eso las ventanas del estudio están bloqueadas.

—Pero él no haría eso —replico—. Quería... Ha estado pintando. Le asustan las brujas. No ha querido beber nada de lo que le daba June.

—Está confuso —dice Tatum—. Siente cosas diferentes, según el momento.

—¿Crees que habrá entrado en alguna casa de la playa? —le pregunto—. ¿Hay alguien a quien querría ir a ver?

—No lo creo. Hace mucho que no quiere ver a nadie.

—Deberíamos regresar. —Pongo rumbo hacia la arena, dando tumbos—. Kingsley no está aquí.

Tatum me sigue, recoge sus chanclas mientras yo me vuelvo a calzar las carísimas sandalias de Holland.

—Espera. —Tatum me agarra de la mano cuando me dirijo hacia la escalera—. Matilda, espera.

Me giro hacia él.

—No puedes salvar a tu padre —dice en voz baja—. Lo que hemos hecho, al mantenerlo encerrado en la torre, puede ser lo correcto desde un punto de vista. Pero también sé que tú crees que está fatal. Sea como sea, es imposible salvarlo. No quiere tratarse, aunque tampoco mejoraría por mucho que lo vieran mil médicos. Odio decir eso, pero es la verdad. Solo le queda un camino por delante. ¿Lo entiendes?

Sí.

Lo entiendo.

Kingsley ya está perdido.

—Quería compartir algo de tiempo con él —digo con pesar—. Tal y como era antes. Tal y como creo que era.

Tatum no responde, pero me estrecha entre sus brazos.

Este chico. Este chico al que no conocía hace seis semanas, este chico al que abandoné y al que le grité bajo la lluvia, este chico que tiene todo el derecho del mundo a estar furioso conmigo por haberlo dejado tirado y avergonzado, este chico está intentando sanar mi corazón.

Me aferro a él. El viento es tan fuerte que está a punto de derribarnos, pero nos mantenemos en pie.

En lo alto del acantilado, registramos el merendero, después nos vamos al garaje.

Todo está tranquilo. No vemos a nadie. Enfilamos por el camino que conduce a la carretera, alumbrando con la linterna los arbustos y los árboles a ambos lados.

Por el camino, le cuento a Tatum que encontré el cuaderno de bocetos con el dibujo de la planta piraña. Me confirma que fue él quien le habló de la planta a Kingsley.

—Se pone nervioso por la noche, cuando tiene que conectarse al gotero para la hidratación. No le gusta la sensación de estar atado. Pero tampoco le gusta que le den órdenes, así que solemos ir de uno en uno para intentar cumplir la operación, con tacto, ¿sabes? Otro espera fuera, junto a la puerta del estudio, para echar una mano si se pone violento. Un recurso que tengo y que suele funcionar es contarle historias. Por ejemplo, lo que hemos hecho ese día, o algún cotilleo de la isla que he escuchado en el taxi, pero también le conté toda la historia de Luigi en la fase del jardín.

—Como un cuento para antes de acostarse.

—Ajá.

Ya hemos llegado a South Road. No veo a Kingsley por ninguna parte.

Lo llamamos a voces, como ya hemos hecho cien veces, pero la única respuesta es el canto de los grillos. En alguna parte, por detrás de nosotros, June también lo está llamando.

Sinceramente, no sé qué deberíamos hacer si lo encontramos. ¿Será mejor llevarlo de vuelta a la torre? ¿O puedo convencer a June para que aborde su demencia de otra forma, para que le consiga ayuda profesional? ¿Deberíamos enviarlo a una residencia, o eso sería cruel, puesto que él no querrá ir?

—Vamos a dar la vuelta —dice Tatum—. Es más probable que esté en la finca antes que en la carretera.

—Deberíamos llamar a la policía —replico—. Pueden ayudarnos a buscarlo, quizá con perros o lo que sea. Al menos, habría más gente intentando localizarlo.

—No lo hagas —me pide Tatum mientras regresamos por donde hemos venido, alumbrando todavía con las linternas—. June no quiere implicar a la policía.

—Da igual lo que quiera June si Kingsley está en peligro. O si puede hacerle daño a alguien.

—Pero él tampoco querría implicarlos —insiste—. Cuando empezó a enfermar, nos dijo por activa y por pasiva que no quería que nadie lo viera debilitado. Jamás. No quería visitas. No quería ir a ninguna parte y recelaba de todo el mundo.

—¿Incluso de Gabe?

—Desde hace unos seis meses, sí. Dejó de hablar con él. Hazme caso, Matilda. Kingsley no quiere que su demencia salga en las noticias, no quiere que se sepa en la isla. Detesta las figuras de autoridad y las instituciones reguladoras. Deberíamos encontrarlo por nuestra cuenta, siempre que sea posible.

—¿Y si no lo es?

Tatum suspira.

—Si no es posible, si descubrimos que ha salido de la finca o se ha llevado un vehículo, llamaremos a la policía. ¿De acuerdo?

—De acuerdo.

Cuando llegamos a lo alto del sendero, escuchamos unas voces en el solárium, así que ponemos rumbo en esa dirección. Cuando nos aproximamos, Meer se acerca corriendo hacia nosotros. Tiene el rostro desencajado por el horror. Se lanza a mis brazos y me doy cuenta de que está llorando. Es mucho más alto que yo, pero hunde el rostro en mi hombro mientras me abraza con fuerza.

—¿Qué ha pasado? —susurro—. Meer, hermano. ¿Qué ha ocurrido?

No puede responder.

Tatum se pone en marcha, sube corriendo por las escaleras del solárium. Veo a Brock y June ahí arriba, sus siluetas se dibujan sobre el cielo estrellado.

—¿Qué ha pasado? —pregunto de nuevo.

—¡Vete! —ruge June—. Deberías irte, Matilda. Vamos.

—¿Adónde quieres que me vaya? —inquiero—. Estamos en mitad de la noche.

—Adonde te fuiste antes —me espeta—. Pero vete. Meer, haz que se vaya.

—No, mamá —replica él, que sigue llorando sobre mi cuello—. Deja de decir eso.

Arriba, en el solárium, Tatum se cubre el rostro con una mano y retrocede unos pasos, tambaleándose. June lo sujeta del brazo con vehemencia.

—Haz que se vaya. Ya se ha inmiscuido bastante en nuestros asuntos. Ella lo soltó. —Me señala y pega un pisotón en el suelo—. Es culpa de Matilda. No mía. Ni nuestra. No es culpa vuestra, chicos. La culpa la tiene ella, y lo que ocurra después no le concierne.

—Chssss —la tranquiliza Brock—. No digas cosas que no piensas.

Meer suelta un gemido angustiado.

—¿Qué ocurre? —le pregunto otra vez.

—Él quería salir. Llevaba todo este tiempo queriendo salir —susurra—. Me rogaba, pero yo no se lo permitía. Podría haberlo liberado a la menor oportunidad. Pensé en hacerlo, igual que tú.

Recuerdo que Kingsley dijo que Meer no echaba siempre el cerrojo.

—¿Lo has encontrado tú? —le susurro—. ¿Se ha hecho daño?

La respuesta de Meer queda amortiguada. Tiene el rostro hundido en mi pelo.

—No es culpa tuya. Tú no tienes culpa de nada. Hiciste lo que yo quería hacer.

—¿Qué ha ocurrido?

—Lo ha encontrado June. —Meer levanta la cabeza y se enjuga las lágrimas—. Lo hemos encontrado, pero está muerto.

62

Agarro a mi hermano de la mano y subimos poco a poco por las escaleras del solárium.

Kingsley está flotando boca abajo en la piscina. Sus brazos se deslizan hacia fuera desde los costados. Aún lleva los zapatos puestos. Su cabello grisáceo flota alrededor de su cabeza, sucio y lacio. Tiene la camisa mojada y se transparenta.

Se ha ahogado.

Nuestro padre,

el que me pintó en una balsa a merced del océano embravecido,

ha encontrado

una tumba acuática

en su propio jardín.

Nunca volverá a empuñar ese pincel, utilizándolo para crear mundos, planear fugas, cobrarse venganzas y enmendar agravios. Nunca. Jamás.

No llegaré a conocerlo, ni siquiera bajo la apariencia de esa persona demente que vivía en esa torre. Eso era lo que más quería en el mundo, pero ya nunca podré conocerlo mejor de lo que lo conozco en este momento.

Kingsley nunca me explicará quién soy.

Ya ni siquiera sabía quién era él.

• • •

June está hablando en voz baja con Meer, sentada en el borde de la piscina con las piernas cruzadas. Contemplando el cuerpo. Está mojada de cintura para abajo, sus pantalones añiles se aferran a sus piernas. También se ha mojado la parte inferior de sus largas trenzas. Tiene una mirada inexpresiva mientras habla con su hijo, sin mirarlo, con toda su atención proyectada sobre Kingsley, como si estuviera contemplando una obra de arte que intenta entender.

Brock también está mojado de cintura para abajo. Nos guía a Tatum y a mí para sentarnos en el borde del solárium, de espaldas a los otros dos.

—Cuéntanos qué ha pasado —le pido—. Si puedes.

—Claro —responde—. Al cien por cien.

Aunque, en el fondo, no conoce todos los detalles.

—Estaba junto a la mesa de pícnic, buscando. No sabía dónde estabais los demás. Estaba llamando a Kingsley de un modo amigable, diciéndole que estaba preocupado por él y que quería protegerlo. Entonces escuché a June hacer un ruido. No fue un grito, pero indicaba que algo iba mal.

—Nosotros debíamos de estar al final del camino de la carretera —dice Tatum.

—Corrí en dirección al ruido y encontré a June en la piscina. Estaba rodeada de hojas, y Kingsley estaba allí, boca abajo, tal y como lo habéis visto. June me vio y dijo: «No puedo girarlo, no puedo girarlo». Porque se había sumergido hasta la cintura y él es mucho más grande que ella. No podía hacer nada. Salté a la piscina y me acerqué a ellos lo más rápido posible. Me dispuse a voltear a Kingsley..., pero era demasiado tarde. Lo empujé un par de veces, pero estaba claro que era un peso muerto, que no estaba consciente. Así que... —Brock se interrumpe y se frota la frente con una mano temblorosa—. Le giré la cabeza hacia un lado y vi que tenía la boca abierta y llena de agua. Le palpé el cuello para ver si tenía pulso. No noté nada. Debía de llevar boca abajo en el agua un buen rato antes de que lo encontrásemos. Estaba... muerto. —Endereza la espalda y menea la cabeza, como si quisiera despejarse la mente—. Me siento... Esto es una mierda.

—¿Deberíamos intentar moverlo? —susurro.

—No lo creo —dice Brock—. Ya no podemos hacer nada por él. —Después añade con una voz que apenas resulta audible—: June le administró un sedante.

—¿Qué? ¿Cuándo?

—¿De qué tipo? —pregunta Tatum.

De pronto, June se cierne sobre nosotros, todavía goteando.

—No hables de mí —le reprende a Brock—. No hables de ello.

—Todos queremos a Kingsley —dice Brock—. Necesitan saber lo que ocurrió para decidir qué hacemos.

—Deberíamos llamar a la policía —insisto.

—He dicho que no —replica June, autoritaria—. Eso va por ti, Matilda. —Se aparta un mechón de la cara. Está iluminada por un único haz de luz que se proyecta sobre el solárium—. No llames a nadie. Ni se te ocurra. Y los demás tampoco.

—Está bien —dice Brock.

—Estoy pensando —dice June—. Yo decidiré cómo resolvemos esto. Hay muchas opciones y las estoy sopesando. No quiero oír ni una palabra más, porque se trata de mi pareja. Kingsley Cello, el artista. Todo lo demás es secundario.

Nos quedamos callados.

La imagen de Kingsley en el agua resulta casi insoportable.

Agarro de la mano a Meer mientras formamos un semicírculo alrededor de la piscina. Está temblando.

June se queda callada durante mucho rato, así que nosotros tampoco decimos nada. Estamos aguardando su decisión.

63

Media hora después, Brock, Tatum y yo nos reunimos en la cocina, vestidos con ropa seca. Meer se ha quedado fuera con su madre, que no se ha separado del borde de la piscina.

Tatum está rebuscando en la nevera. Saca unos cuantos paquetes para mezclar los polvos con té de camomila y miel. Brock me mira mientras menea la cabeza.

—Ya no es una crisis —me dice—. Es algo que me gusta de ti, Matilda: siempre quieres hacer algo. Quieres irrumpir en un sitio armada hasta los dientes, resolver puzles, pasar de nivel, lo que sea.

—No entiendo por qué estamos esperando a que June decida cómo resolver esto —replico—. Siempre hacemos las cosas a su manera. Es hora de dejar de esperar.

—Es terrible —interviene Tatum, que se estira para tocarme la mano—. Pero Brock tiene razón. Este verano hemos vivido en una crisis masiva y prolongada. Pero esta noche ha llegado a su fin. Podemos tomarnos un tiempo para pensar.

—Está bien —respondo, entrelazando nuestros dedos.

—No me digáis que estáis liados en medio de esta película de terror —dice Brock al ver nuestras manos.

—Es posible —respondo.

—Sí —afirma Tatum con firmeza.

—Vale, bien. Yupi. Ya estabais tardando. Os quiero a los dos. Pero dejad que os explique algo que no he querido decir delante de June. Ella no se fue con Meer al garaje. —Brock coloca la tetera sobre el fogón—. Mientras yo buscaba junto al huerto y vosotros estabais en la playa, ella volvió a entrar en casa y encontró a Kingsley en el despacho de la Perla. Tenía las llaves, así que entró allí para buscar su móvil y llevárselo. Pero no pudo encontrarlo, claro.

—El móvil no está ahí —me explica Tatum—. June se lo confiscó en primavera, a pesar de que le dijimos que no nos parecía una buena idea.

—Pensábamos que Kingsley debía tener su móvil por si salía —dice Brock—, porque así podríamos localizarlo. Pero June opinaba que era menos probable que se fuera si no podía llevarse el teléfono. Sea como sea, tenía razón en que eso lo retrasó, ya que puso el despacho patas arriba para buscarlo. Pero cuando June lo encontró ahí dentro, Kingsley se puso violento con ella. Al parecer, la empujó contra la pared y se puso a gritarle y a llamarla bruja, pero June consiguió inyectarle ese... Bueno, ya sabes el qué —me dice Brock.

—El sedante.

Brock sirve agua hirviendo en tres tazas. Tatum vierte los tónicos de unos cuentagotas en cada una, después añade un chorrito de limón y una cucharada generosa de miel.

—¿Y qué pasó luego? —le pregunta Tatum.

—El narcótico funciona muy rápido —nos cuenta Brock—. Creo que podría tumbar a un caballo. Pero en cuanto June le clavó la jeringuilla, Kingsley la tiró al suelo de un empujón y salió corriendo por la puerta principal. June pensó que se habría ido hacia la carretera, pero en realidad giró hacia la casita de la piscina. No sé por qué. Tal vez pensó que nadie lo encontraría allí. O quizá quería llegar al bosque desde allí.

—Kingsley me preguntó por las aves de corral —les cuento—. Fue él quien les abrió la puerta y las dejó salir. A lo mejor decidió volver para comprobar cómo estaban.

—En cualquier caso, el sedante hizo efecto y se desmayó mientras se precipitaba dentro de la piscina. O eso creemos.

—Tenemos que llamar a la policía —repito—. Tendríamos que haberlo hecho ya.

—June no quiere que los avisemos —dice Tatum.

—No quiere que nadie se involucre —añade Brock.

—June no piensa con claridad desde hace mucho tiempo —replico—. No debería inyectarle sedantes a la gente sin su consentimiento, ni mantener a Kingsley encerrado en una torre, ni siquiera reteneros a los tres aquí para ayudarla.

—Nosotros hemos elegido quedarnos —dice Tatum en voz baja.

Saco mi móvil y llamo a la policía.

64

June me grita cuando se entera.

Se trata de su pareja.

Del padre de su hijo.

Kingsley es un hombre reservado, yo soy una intrusa, no tengo cabida en este asunto.

Soy una advenediza que se ha entrometido en su hogar, en su familia, alborotando a todo el mundo.

La muerte de Kingsley es culpa mía, yo lo puse en peligro, me inmiscuí en una situación que no comprendo.

Yo le digo que Kingsley es mi padre. Le digo que necesitamos ayuda cuanto antes. Le digo que puede cabrearse conmigo todo lo que quiera. Que no pretendía causar ningún daño y que Kingsley no debería haber estado encerrado. Puedes odiar las instituciones todo lo que quieras, pero a veces necesitas recurrir a ellas.

La actitud de June cambia cuando llega la policía. Circulan lentamente por el camino de acceso, con las luces rojas encendidas, pero sin emitir ningún ruido. Tres coches blancos y azules se agolpan en el camino de piedra, enfrente del garaje, bloqueando el paso del Mercedes. Los agentes pasan de largo junto al castillo, sin apenas fijarse en los edificios, concentrados en la localización del cadáver.

June habla con ellos en el solárium de la piscina sin el menor atisbo de la furia que mostró hace un rato. Parece triste y débil, apelando a la autoridad de los policías para que la ayuden en este momento de necesidad. Se ha quitado las trenzas. Parece diminuta y asustada, pero se mantiene erguida.

Estoy enfadada con June, igual que lo está ella conmigo.

Me mintió, dejó a mi padre encerrado y no le proporcionó la ayuda médica que necesitaba. No me permitió conocerlo, cuando sabía que me estaba pintando. Ese retrato al óleo era el testimonio palpable de que quería verme. Y ella nos mantuvo separados. Tengo mucho rencor acumulado, muchas cosas que echarle en cara, muchas sospechas.

Puede que June empujase a Kingsley a la piscina.

Es posible que lo sedara, que lo condujera aturdido hasta el borde y después lo empujara.

Es posible que se quedase allí, observando cómo se zarandeaba en el agua.

Es posible que se metiera en el agua para asegurarse de que su rostro estuviera bien sumergido y su pulso hubiera cesado por completo.

O puede que lo persiguiera, intentando detenerlo y salvarlo, hasta que llegaron junto a la piscina, discutiendo. Kingsley tenía la mente abotargada y cada vez menos reflejos. Hasta que, debilitado como estaba, intentó estrangularla, o retorcerle el brazo, o tirarla al suelo, y puede que ella lo empujase para defenderse, capaz de imponerse a él con la ayuda química del tranquilizante.

Planeado o fortuito, asesinato o autodefensa, podría haber ocurrido de cualquier manera.

O puede que June sea tan inocente como la sal y la arena.

Nunca lo sabremos. Es evidente que la policía no va a iniciar una investigación. Dos de ellos conocen a June del mercado de artesanía. Están atendiendo a una vecina que vive en la zona desde hace mucho tiempo y forma parte de la comunidad, una damisela en apuros, una viuda que necesita su ayuda, una reina en pleno duelo.

Yo no digo nada. Porque Meer ha perdido a su padre. Y yo al mío. Nada cambiará eso.

En la oscuridad, plantados encima del césped, apuntando cosas en sus móviles y anotando otras en sus libretas, los agentes nos hacen preguntas.

Les contamos lo que sabemos: Kingsley se puso violento. June le administró un sedante. Luego salió corriendo a la calle y se desmayó en la piscina.

Estaba muerto cuando ella lo encontró.

June les pide que no revelen a los medios cómo murió.

Llega la ambulancia.

Se llevan el cuerpo de mi padre.

Kingsley Cello escapó de los grilletes dorados de la familia Sinclair. Creó la obra de su vida a partir de esa fuga y, en sus instantes finales, se escapó otra vez.

June acepta que la lleven en coche a la funeraria que está situada cerca del centro de la isla.

Mientras sale el sol, los demás regresamos al castillo.

OCTAVA PARTE

Ahora y siempre

65

Me duermo vestida al lado de Tatum, en mi cama del Cuarto de Hierro.

Lloramos juntos, derramamos lágrimas de culpabilidad (por diferentes razones) y cargadas con un sentimiento de pérdida (por motivos distintos).

Nuestras manos están entrelazadas. Nuestros pies se rozan, enfundados en calcetines.

La luz del sol atraviesa las cortinas y alternamos el sueño con la vigilia. Cada vez que recobro la consciencia, la pérdida de Kingsley me invade, el horror de su cuerpo en el agua, las cosas terribles que me dijo. Cuando cierro los ojos, los retratos que pintó de mí flotan en mi campo visual.

Brock llama a la puerta a mediodía. Damos tumbos de un lado a otro, cepillándonos los dientes y cambiándonos de ropa. Tatum despierta a Meer cuando regresa a su habitación y, cuando todo el mundo está listo, los cuatro nos llevamos el Mercedes y a *Charco* a la cafetería de North Road.

Meer se sienta detrás conmigo. Cuando estamos a mitad de camino, se quita el cinturón de seguridad y se inclina para apoyar la cabeza sobre mi hombro.

—Siento haber sido tan mentiroso.

—No pasa nada —respondo.

—Te traje aquí con un pretexto falso.

Le acerco una mano al rostro.

—Eso estuvo muy mal. Pero me alegro de tenerte como hermano. De conocerte.

—Es que tenía muchas ganas de verte —añade—. Probé con un montón de cosas normales, pero al final lo que funcionó fue esa idea tan horrible y estúpida que tuve. No paraba de repetirme que todo saldría bien. Como si el hecho de no contarte nada que pudiera disgustarte fuera a hacer que, de alguna manera, todo acabara bien.

—Estabas en una situación muy extraña.

—Sí —admite Meer—. Como todos.

—Te quiero.

—Y yo a ti, bichito.

—¿Bichito? ¿Desde cuándo me llamas así?

—Desde ahora.

—Vale, está bien. Si no queda otro remedio...

—No, no queda —confirma Meer—. Ya sabes que me gusta ponerles nombres bonitos a las cosas.

Le acaricio el pelo.

—Creo que después de desayunar unos burritos nos sentiremos un poquito mejor. Un poquitín microscópico. Pero menos da una piedra, ¿vale?

—Vale, bichito —dice mi hermano—. Trato hecho.

Estamos en la cafetería de North Road. Sé que tengo que hacer algo con la carta que Kingsley le escribió a Meer. Durante todo el trayecto en coche, ha sido como llevar una granada en la mochila.

Me excuso para ir al baño y la saco.

«Te quiero, pero no te lo mereces», escribió Kingsley.

Antes no podía verlo. Estaba obsesionada con la idea que me había hecho sobre mi padre, con la necesidad de obtener su validación. Solo veía el sentimiento de traición de Kingsley, su encarcelamiento.

Pero Holland tenía razón. El dibujo del pequeño Meer es hermoso, pero las palabras de Kingsley están llenas de odio.

Meer no debería leerlas nunca.

Un boceto de Kingsley Cello puede valer unos seis mil dólares, y puede que Meer quiera verlo, por muy crueles que sean esas palabras.

Pero Kingsley está muerto.

Y Meer ya se siente bastante mal.

Esta es mi oportunidad para romper el ciclo del rechazo paterno, en lo poquito que pueda. Las despreciables palabras de nuestro padre no harán sufrir a mi hermano.

En este aseo frío y húmedo, cubierto de pintadas y con un bote de plástico de jabón de manos barato puesto en equilibrio precario sobre el lavabo mugriento, rompo el papel en mil pedazos y los tiro por el retrete.

66

Pedimos unos burritos y unos cafés bien cargados. Esperamos a que llegue la comida exhaustos y en silencio, contemplando un tablón de anuncios que enumera actividades en la isla y servicios para el cuidado de niños, clases de yoga y paseos en poni. Cuando nos traen la comanda, lo sacamos todo a una mesa de pícnic que hay en el jardín.

Hace un día radiante. Los turistas y veraneantes abarrotan el porche y el aparcamiento de la cafetería.

Parece como si viviéramos en un mundo diferente al suyo. Como si nos moviéramos a cámara lenta, lastrados por la tristeza, conscientes de que este verano tan extraño está llegando a su fin para todos nosotros.

Embadurnamos los burritos con salsa picante. Se nos quedan las manos pegajosas. Manchamos las servilletas.

Ninguno de los chicos se ha traído el móvil. Están acostumbrados a salir sin él. Pero yo sí llevo el mío en el bolsillo de la mochila y le queda un poquito de batería.

Lo saco y leo unos artículos sobre la muerte de Kingsley en varios portales de noticias. Hay un montón de publicaciones, pero todas parecen basadas en la misma nota de prensa, tal vez expedida por el bufete de Gabe o la galería de Kingsley. No encuentro ninguna mención sobre su parentesco con la familia Sinclair, ni sobre su verdadera infancia.

Me sorprende que ningún periodista haya intentado sacar a la luz la verdad sobre Kingsley. Pero Meer se encoge de hombros.

—Tenía gente en nómina para que mantuvieran su dirección fuera de internet, sus datos fuera de los archivos, o lo que sea. Creo que quemó su partida de nacimiento. Su biografía está en sus cuadros, eso es lo que siempre decía.

Los obituarios tampoco especifican cómo murió. Lo que sí cuentan es que Kingsley deja atrás a su pareja desde hace mucho tiempo, June Sugawara, y al hijo que tenían en común, Vermeer Sugawara. No incluyen ninguna mención a Tatum ni a Brock. Tampoco me mencionan a mí.

Los artículos explican que se espera que el valor de los cuadros de Kingsley Cello suba como la espuma. Instagram se llena de publicaciones donde aparecen *Perséfone escapa del inframundo* y otros cuadros muy conocidos. «DEP, el mayor artista del siglo XXI». «Su arte = mi corazón». Y cosas así.

Cierro las apps que he estado revisando y me apoyo encima de Tatum, que está concentrado en su burrito.

—Parece como si el resto del mundo supiera lo que nos pasa —digo—. Pero, al mismo tiempo, no saben nada de nada.

—Eso es lo que suele pasar con la gente famosa —dice Brock.

Los cuatro repetimos las típicas cosas que se dicen cuando muere alguien. «No puedo creer que ya no esté». «¿Qué hacemos ahora?». «Estaba aquí hace nada. Ayer mismo lo vi». «Ojalá hubiera compartido más tiempo con él».

Ninguna frase resulta adecuada, pero las decimos de todos modos.

Brock cuenta una anécdota de cuando Kingsley pintó un retrato de la dueña de un puesto de pescado en Menemsha. Cuando intentó regalarle el cuadro donde salía ella rodeada de peces muertos con los ojos abiertos, la mujer le dijo que era un bicho raro y que no volviera a pasar por allí.

Tatum recuerda que Kingsley acudió a la «noche de bandas musicales» en el instituto, y como June no estaba allí para imponer elecciones alimentarias ricas en nutrientes, se llenó los bolsillos con galletas Oreo de la mesa de los aperitivos. Se las comió en silencio durante la actuación, metiéndoselas enteras en la boca, de una en una, y sin hablar con nadie.

Meer nos habla de una ocasión en la que tenía cuatro años y Kingsley se pasó casi un mes fuera de casa. Regresó con un enorme elefante de peluche, muy suave y más grande que el propio Meer.

—Parecía un puf más que un elefante —nos explica—. Lo llamé Laxante, porque era una palabra que acababa de aprender y me pareció que sonaba guay.

—No me creo que tuvieras un elefante que se llamaba Laxante —replico.

—Claro que sí. Se llamaba Lax para abreviar. Es una palabra muy chula.

—Es verdad —dice Tatum—. Yo conocí a Laxante.

—¿Y dónde está ahora ese grandullón? —pregunta Brock.

—Grandullona. Era una elefanta —dice Meer—. Y está muerta.

—¿Qué? —pregunto.

—Le clavé un lápiz, para ver qué pasaba, y todas esas bolitas de plástico que contenía se salieron y se desperdigaron por el suelo. Mi madre la cosió, pero yo no dejaba de hurgar en la zona donde estaban los hilos y las bolitas siempre se desparramaban. Así que al final Laxante tuvo que despedirse.

—Qué final tan triste.

—Pero fue un regalo estupendo —dice Meer—. Nuestro padre no hacía regalos muy a menudo, pero cuando los hacía, eran muy buenos.

—Excepto para la señora del puesto de pescado, que no quiso aceptar su cuadro del millón de dólares —bromea Brock.

Por supuesto, yo no puedo contarles nada sobre Kingsley. Él y yo solo compartimos veinte minutos juntos. Pero me gusta mucho escuchar sus historias. Ahora los chicos no evitan hablar de él. Su secreto ha salido a la luz, así que quizá pueda averiguar algo más acerca de quién era mi padre.

Aunque esté muerto.

Muerto.

Horrible y maravilloso.

Mi móvil suena y abro los mensajes. Es Holland, para ver qué tal estoy.

Le prometo que pronto se lo contaré todo. Después reviso los demás mensajes que se han acumulado. Mi madre ha enviado diversas manifestaciones breves de cariño, junto con una fotografía suya con lo que parece ser un vestido nuevo. La marco con un corazón. Hay un enlace de la secretaría de UC Irvine, donde me informan de mi residencia y número de habitación. Después hay una serie de mensajes de Saar, que van aumentando de preocupación ante mi falta de respuesta. Son un montón, la verdad.

Escríbeme cuando puedas. ¿Más tintes? ¿Una foto del castillo? ¿Info sobre ti y tu padre?

Últimas noticias: he descubierto que hay que aprovisionarse antes de ir a la universidad. Desiree, la maquilladora, me ha dicho que vas a necesitar sábanas extralargas o algo así.

Y una nevera mini.

Ya lo miraremos.

¡Hemos terminado la temporada de «Alto secreto»! Yuju. Me voy a la playa con Serena un par de días. Después volveré.

Por favor, confirma que no estás muerta.

¿Y cuándo vuelves a casa?

Necesito terminar «Algo podrido». Estoy atascado en el nivel de Polonio. Ayuuudaaaa.

¡Matilda! ¿Hola?

Estoy MUY PREOCUPADO. Responde, por favor. Te he llamado incluso, como si estuviéramos en 1962, pero me ha saltado el buzón de voz.

El último dice: Voy para allá. Perdona si resulta raro.

Lo mandó anoche.

Le escribo un mensaje: No pretendía preocuparte. Ha muerto mi padre.

El móvil suena de inmediato.

67

—Madre mía, Matilda —exclama Saar con su voz nasal de gánster—. Cuánto lo siento. No tenía ni idea. ¿Estás bien?

—No mucho.

—Este aeropuerto es liliputiense —dice—. Acabo de bajar del avión y estoy cruzando una pista de asfalto. Parece una especie de aparcamiento para aviones. Nunca había estado en uno así.

—¿Dónde estás?

—Estoy saliendo de la plataforma de embarque y voy a entrar en... Creo que es un jardín. Un jardín en un aeropuerto. Necesito encontrar la zona de alquiler de coches.

—Pero ¿dónde?

—En Martha's Vineyard. Ya te dije que iba a venir.

—¿Estás en la isla?

—Me tenías preocupado —replica—. ¿No viste mi retahíla de mensajes?

—Acabo de leerla.

—Entonces pensé: ¡está muerta! Matilda la ha palmado. O se ha unido a una secta, o decidió hacer autoestop y le ocurrieron cosas innombrables. Puedes usar mi cuenta de Uber. Lo sabes, ¿verdad? No hagas dedo. ¿Te di mis claves de Uber?

—No.

—Pues deberías tenerlas. Porque cuando estés en la universidad, necesitarás una forma segura de volver a casa de una fiesta chunga o lo que sea.

—Gracias. Lo usaré para todas las fiestas chungas a las que acuda.

—No hay de qué. Oye, supongo que he exagerado al venir aquí. Soy consciente de ello. Pero, por otra parte, no podía quedarme de brazos cruzados sin saber si estabas bien. Ocurren cosas malas a todas horas, desaparece gente. ¡Como esas chicas que estaban bajo la influencia siniestra de aquel tipejo en el Sarah Lawrence College! O esa capellana de un hospital que fue secuestrada por un paciente de salud mental.

—Saar.

—Vale, pero no tenía noticias tuyas, así que decidí venir para intentar ayudar —explica—. Por si necesitas ayuda.

Percibo el nerviosismo que irradia a través del teléfono.

—Puedo cuidarme sola —le digo—. No tienes por qué sentir ninguna obligación hacia mí. Pero gracias por ser tan majo.

—Tú sueles ser la que asalta el castillo o lidera la masacre —dice Saar—. Eso lo sé. No pretendía insinuar que no eres capaz. Pero... he venido por si necesitas apoyo. Mi intención es apoyar, no ayudar. Tu ubicación no se movía, ¿sabes? Ni una sola vez.

—¿Has estado revisando mi ubicación?

—Te pregunté si podía hacerlo aquella vez que te fuiste de visita a UC Irvine y pasaste la noche fuera. Míralo desde mi punto de vista. ¡La jovencita de la que soy responsable se va a la otra punta del país para hacer una visita breve y no vuelve nunca! Si compartes tu ubicación conmigo, claro que voy a revisarla de vez en cuando. Y nunca te movías a ningún lugar de la isla. Cada vez que lo comprobaba estabas en el mismo sitio, en esa finca concreta.

—Es que estábamos desconectados —le explico—. Hay unas normas.

—No respondías a mis mensajes y tu madre tampoco tenía noticias tuyas. Y luego me llamaron de UC Irvine porque no habías rellenado el formulario para elegir tus clases. —Entonces cambia de tema—. Ah, bien. He encontrado la zona de alquiler de coches. Así que ayer te escribí... Bueno, ya sé que fueron muchos mensajes, pero es que quería confirmar de una vez qué pasaba. También vi que tu ubicación por fin se estaba moviendo. Así que, o bien estabas viva, o el líder de la secta se estaba llevando tu móvil a alguna parte.

—Sabías que estaba viva, Saar. No seas dramático.

—¡Estaba preocupado, Matilda! No quería inmiscuirme en tus asuntos, pero al mismo tiempo pensé: ¿cómo va a eliminar al jefe final si no tiene refuerzos? Y también pensé: no me lo perdonaré nunca si Matilda no está bien y decido no ir. La serie se ha quedado en barbecho hasta septiembre, así que me monté en un avión y ahora... Huy, espera. Un segundo. —Dedica un rato a hablar con los empleados de la empresa de alquiler de coches y recibe un juego de llaves. Luego retoma la conversación—: Voy a montarme en el coche. ¿Puedo ir a donde estés?

Le doy las indicaciones y Saar mete la dirección de la cafetería de North Road en el móvil. Después me pregunta por Kingsley, por Hidden Beach, por todo. Cuando terminamos con todas las explicaciones, ya está entrando en el aparcamiento.

—¿Quién es ese tipo? —pregunta Tatum mientras Saar aparca el Range Rover.

—El exnovio de mi madre con el que vivo.

—¿Es tu padrastro?

—No.

—Pero ¿más o menos? —pregunta Meer.

—No sabía que tuvieras a alguien así —dice Brock—. Una especie de figura paterna.

Estoy a punto de decir que solo llevo viviendo con él desde hace un par de años y que no hay nada legal ni formal en nuestra relación. Viene a ser una especie de compañero de piso. Pero entonces veo la figura enjuta y familiar de Saar, mientras se baja del Range Rover, y me invade una alegría inmensa al verlo.

Saar Adler leyó y releyó mis borradores para la carta de presentación a la universidad.

Tiene una habitación reservada para mí en su casa, por la que no me cobra.

Saar es el que compra la comida que me gusta y el que me escribe cuando se va a quedar a dormir en casa de Serena, para que no me preocupe por si ha tenido un accidente de tráfico. Saar es el que me compró una sudadera de la universidad y el que tiene pensado llevarme a comprar una nevera mini y unas sábanas extralargas para mi habitación de la residencia. Saar es el que me llevó a celebrar Hanukkah con sus padres.

Ha recorrido cinco mil kilómetros porque estaba preocupado.

Me llevará en coche a la universidad. Iré a visitarlo a casa por Acción de Gracias.

—Yo tampoco sabía que tenía una figura paterna —les digo a los chicos—. Pero resulta que sí.

68

En el bar del hotel, me bebo una limonada y miro a Saar mientras se come un cóctel de gambas y una ensalada mixta. La camarera que toma nota de su bebida (soda con lima) le dice que *Alto secreto* es su serie favorita. Saar le dice que también es la suya y ella se ríe.

Intento explicarle cómo ha sido mi paso por aquí.

Las ganas que tenía de conocer a mi padre.

Cómo me sentí indispuesta durante el viaje y llegué a la isla sin saber si sería bien recibida, y

cómo me encariñé de Meer desde el momento en que me contó que era mi hermano, y cómo después

me encariñé de Brock, y ya por último

me encariñé de Tatum, de un modo distinto y omnipresente.

No sé si podré describir la atracción de la red invisible que me conecta con

la isla Beechwood;

con el castillo y sus habitaciones repletas de cuadros, instrumentos musicales, remedios naturales y tapices decorativos;

con la triste historia de los padres de Tatum y su accidente,

con la demencia de Kingsley, su encarcelamiento;

con la imagen de mi madre escapando del inframundo,

con mi propia efigie en esos lienzos.

Mi padre ya no está.

No volverá nunca a por mí. Jamás.

Ni siquiera tenía intención de conocerme, pero puede que los cuadros que pintó sobre mí sigan viviendo en los museos

muchos años después de que yo haya muerto.

Dentro de varios siglos, puede que algún chaval entre en un espacio grande y frío, lleno de turistas y estudiantes de arte, y me vea

a mí

arrodillada sobre una balsa, perdida y luchando con un océano violento, o

durmiendo con una sudadera de una universidad, sobre una horda de criaturas malévolas.

Las ideas se apilan una detrás de otra, no sé bien lo que quiero expresar.

Cuando llegamos a Hidden Beach, me alivia que June no esté por ninguna parte. La casa transmite una sensación de soledad. Todas las puertas correderas están abiertas, para que el aire fluya por las habitaciones.

En el piso de arriba, Saar y yo preparamos mi equipaje. No traje muchas cosas y no he comprado nada, pero Meer dijo que podía quedarme su camiseta de «Almacenes Shirley».

Abajo, en el rincón del desayuno, Saar se queda mirando durante mucho rato *Gótico junto al acantilado*, el cuadro que pintó Kingsley sobre Harris, Tipper y sus hijas.

—Las tres niñas representan a Kingsley y sus hermanos, ¿verdad? —dice al fin.

—Técnicamente, son las hijas de Harris —replico, aunque entiendo lo que quiere decir—. Pero sí. Supongo que las dos cosas pueden ser ciertas. Kingsley era el que nunca estaba a la altura.

—Y al igual que Cenicienta, se fue de casa y empezó una nueva vida en un castillo.

69

Encontramos a Meer y a Brock sentados ante la mesa del comedor. Meer está llorando, con la cabeza apoyada en los brazos y el pelo suelto alrededor de los hombros. Hay un rollo de papel higiénico y un montón de trocitos estrujados y llenos de mocos desperdigados sobre la mesa. Me acerco y le doy un abrazo.

—No puede parar de llorar —me cuenta Brock.

—Puedo intentar parar ahora —dice Meer, levantando la cabeza—. Me siento ridículo.

—No es ridículo —dice Brock—. Lo que pasa es que no sé cómo reaccionar cuando la gente llora. Mis padres eran expertos en reprimir las emociones.

—Me trajiste el papel higiénico —dice Meer, sorbiéndose la nariz. Tiene las mejillas coloradas—. Eso era lo que había que hacer. Y no me has dejado solo.

—¿Dónde está June? —pregunto.

—Se ha ido a dormir —responde Brock, que se dirige hacia la cocina—. ¿Os apetece agua con hielo?

—Otro punto positivo —dice Meer, que sale tras él—. Sí, por favor, agua con hielo.

Le enseño a Saar la nevera con sus bonitos tarros de semillas y frutos secos, con el cajón lleno de polvos nutricionales. Es extraño, pero agradable, tener a Saar en el castillo. Está siendo testigo de esta vida que he estado viviendo.

Mientras le muestro las hileras de frascos con tónicos en la despensa, Meer comienza a escribir en su brazo izquierdo con rotulador. «Kingsley. Kingsley. Kingsley». Lo escribe una y otra vez, como si quisiera grabarlo a fuego sobre su piel.

Mientras los demás charlamos, Meer sigue escribiendo hasta quedarse sin espacio. Después escribe sobre la palma de la mano y por el reverso de los dedos.

Me acerco a él y extiendo el brazo izquierdo, con la palma apuntando hacia arriba.

Me pinta unas letras grandes y bonitas. «Kingsley».

Le ofrezco el brazo derecho y escribe: «Soy la hermana de Meer Sugawara. Ahora y siempre».

Meer es el mejor. Lo quiero con locura. Cojo el rotulador y le escribo en el brazo derecho: «Soy el hermano de Matilda Klein. Ahora y siempre».

—Tú también, Brock —le digo.

Brock extiende un brazo sobre la mesa. Me quedo quieta sin saber qué poner, pero quiero escribir algo que exprese nuestra conexión, aunque tenga que ser con un rotulador que no es permanente y posiblemente sea tóxico. Finalmente, escribo: «Soy Paul-David Brock, no Sammy. Soy amigo de Matilda Klein. Ahora y siempre».

—No hace falta que escribas un ensayo entero para que no te olvide —me dice—. Tengo tu número de teléfono.

Dejamos a los dos escribiéndose cosas con el rotulador y llevo a Saar a ver el huerto y la casita de la piscina. Le cuento más cosas sobre Holland y la historia de *Charco* y la masacre avícola. Me hace sentir bien que sepa lo que ha pasado. Le cuento que Meer y yo estamos emparentados con la familia Sinclair. Que mi padre comía galletas Oreo mientras pintaba. Que Tatum encontró un hogar para *Algodón*, el patito superviviente.

Saar quiere ver el océano, así que lo acompaño por la escalera sinuosa, como hizo Meer conmigo el primer día. Al pie de los acantilados, nos quitamos los zapatos.

Tatum está metido en el agua. Podemos verlo, sentado sobre su tabla de *bodysurf*, contemplando el océano. Los músculos de su espalda se estremecen mientras las olas se desplazan bajo su cuerpo. Tiene algo escrito con rotulador en la piel, con la letra de Meer:

«Descanse en paz, Kingsley Cello. Artista. Padre. Visionario».

Lo llamo.

Tatum se gira.

Cabalga la siguiente ola.

Saar le da un abrazo entusiasta, muy de señor de Los Ángeles, y se separa con la camisa empapada.

Mientras Tatum se ducha y Saar hace unas cosas con el móvil, yo subo al piso de arriba de la Torre del Hueso.

Echo un último vistazo al estudio de Kingsley antes de marcharme. Hay muchas cosas que podría averiguar sobre mi padre, si me quedase. Pero June está furiosa conmigo y ya nunca podré ser la hija de Kingsley en el sentido que yo esperaba. Lo único que compartimos fueron dos conversaciones breves y estos cuadros.

Aun así, me vio tal y como soy. En cierto modo.

No soy solo una chica con una sudadera de una universidad.

Bajo la superficie de mi ser hay oscuridad y fortaleza.

Locura, tal vez. Pero puede que también haya magia.

70

Hemos cargado mi equipaje y el cuadro titulado *Perdida* en el Range Rover de Saar. No tengo ningún documento que acredite la propiedad, pero me lo llevo de todas formas. Porque Meer dice que debería quedármelo.

Me despido de él y de Brock con un abrazo. El plan es que se queden con June durante una temporada. Una vez se haya llevado a cabo la lectura del testamento de Kingsley y el abogado haya podido resolver todas las cuestiones financieras, Meer heredará algo de dinero. Eso le ha dicho el propio Gabe.

Entonces los dos se vendrán a vivir a Los Ángeles.

Brock buscará trabajo como actor. A Meer ya se le ocurrirá algo.

Tatum aún tiene el pelo mojado cuando sale del castillo con la funda de su guitarra en una mano y una mochila al hombro. Se viene conmigo y con Saar.

Se despide.

La luz de la tarde brilla sobre mis tres chicos. Los cuatro estamos muertos de pena. Los cuatro nos hemos liberado de Hidden Beach.

Los quiero a todos.

Entonces Tatum, Saar, *Charco* y yo nos ponemos en marcha por el camino que conduce a la carretera, que está cubierto de maleza. *Charco* asoma la cabeza por la ventanilla trasera del coche como hacen los perros desde tiempos inmemoriales. Sonríe mientras sus orejas ondean al viento.

Giramos a la derecha hacia South Road. Ponemos rumbo a la zona baja de la isla y hacia el futuro.

NOVENA PARTE

Más tarde

71

A pesar de su huida del reino de su juventud y de su éxodo de las tradiciones tiránicas de la hermosa familia Sinclair,

Kingsley Cello, nacido Kincaid Sinclair,
legó su castillo y todos sus bienes a su
hijo primogénito, Meer Sugawara.

Al igual que su padre, Jonathan, hizo con Harris.

Al igual que hicieron los monarcas de un millar de culturas durante muchos siglos.

A Tatum y Brock no les dejó nada. Y a mí, tampoco.

Dejó establecido que la asignación mensual de June continuase después de su muerte, y Gabe ayudó a Meer a establecer una anualidad mucho más generosa para ella que durará el resto de su vida. Con ese dinero, alquiló una casita en Oak Bluffs, a la que se puede llegar caminando desde el pueblo. Encontró trabajo en una panadería que vende sus productos en los mercados de productores. Comenzó a relacionarse otra vez, a reconstruir sus lazos con la comunidad.

Una vez que su madre se asentó, Meer puso el castillo a la venta. Gabe mandó trasladar y almacenar los cuadros, y gestionó las ventas a través de la galería de Kingsley. Brock organizó un equipo de limpieza. Meer y él quitaron las etiquetas y sugerencias de los armarios. Donaron los libros y el material artístico de Kingsley, la máquina de coser que June ya no quería, los jerséis y los chubasqueros viejos del zaguán.

Brock dice que el año que ha pasado viviendo en Hidden Beach le ha sanado. Ha encontrado gente a la que le da igual que en el pasado fuera Sammy y ha dejado de considerarse un juguete roto. Dice que ha alcanzado «la sobriedad plena», por lo que ya no tiene que pensar en empezar de cero otra vez, algo que mucha gente no tiene la suerte de experimentar. Ha quemado la piel de asno en la que habitaba.

Ahora tiene un trabajo estable poniendo voz a un superhéroe adolescente en unos dibujos animados. Hace un montón de audiciones y de vez en cuando interpreta algún papel en películas y series de televisión. Da clases de yoga, saca a *Charco* a dar largos paseos y está aprendiendo a hacer surf.

Vive con Meer en un ático abuhardillado en plena Venice Beach. No está lejos del bungaló de Saar, así que lo tenemos muy cómodo para quedar cuando vuelvo a casa durante las vacaciones de la universidad, puesto que todavía vivo con Saar cuando no tengo clases. Por extraño que pueda parecer este arreglo doméstico, Saar se ha convertido en mi figura paterna.

Meer ha mostrado un interés sorprendente por las inversiones, la venta de diversos cuadros de Cello y las organizaciones benéficas con las que colabora: en especial, relacionadas con la educación artística y la lucha contra el hambre. Ha desarrollado opiniones propias sobre las criptomonedas. Parece como si la energía que dedicaba a recolectar rocas moradas y a hacerse dibujos sobre la piel estuviera canalizada ahora en hacer un buen uso de la herencia de su afamado padre.

También se ha convertido en aprendiz de un tatuador que tiene un estudio en Abbot Kinney. Y tiene un novio muy guapo, un estudiante de último año en la Occidental College que estudia poesía, hace surf los fines de semana y va en bici a todas partes entre el tráfico de Los Ángeles.

La primavera pasada, Meer ayudó a organizar una retrospectiva sobre la obra de Kingsley en el Museo de Arte Contemporáneo de Los Ángeles. El museo me pidió prestado *Perdida*, a Tatum le pidió *Pequeño Selkie* y a la madre de Holland le pidió *Sammy*. También trajeron cuadros de una serie de grandes colecciones, así que *Perséfone escapa del inframundo* llegó en préstamo desde San Luis.

La inclusión de su efigie en esta celebrada exposición fue motivo suficiente para que mi madre tomase un vuelo desde Ciudad de México. Fue la primera vez que veía a Isadora en persona desde que se marchó.

Yo estaba nerviosa. Y seguía enfadada.

Pero fue agradable verla, sentir el roce suave de su piel sobre mi rostro cuando me abrazó, ser testigo de cómo ilumina una estancia con su presencia y ver a su novio por segunda vez.

Ya no la considero parte de mi familia.

Vale, ya sé que lo es. Siempre tendremos nuestros lazos de sangre. Pero esos lazos solo tienen la importancia que tú quieras darles.

No hablamos de nada trascendente.

Ella no me pidió disculpas.

Yo no intenté que lo hiciera, ya que va en contra de su filosofía.

Creo que puedes decidir si quieres comprometerte con alguien. Puedes decidir si esas personas son dignas del compromiso y la devoción. Y cuando eso es lo que has decidido, das la cara por ellos. Los apoyas. El compromiso no tiene por qué ser eterno, pero si le das la importancia suficiente, tiene opciones de perdurar.

Mi madre no hace nada de eso. Está demasiado cegada por su propio brillo, demasiado enamorada de su próxima aventura. Regresó a Ciudad de México después de la presentación. No sé cuánto tiempo se quedará allí. Puede que solo hasta que aparezca otro tío. Ella no va a cambiar a estas alturas.

Holland no pudo venir a la inauguración de la exposición. Estaba ocupada estudiando en la Universidad de Brown y alcanzando sus metas sin necesidad de esforzarse demasiado, lo cual es algo que la caracteriza. Pero Winnie y ella por fin se han dado cuenta de que están enamoradas, y como Winnie vive en Los Ángeles dando clases de interpretación e intentando meter la cabeza en Hollywood, Holland vendrá a pasar el verano aquí para que puedan darle una oportunidad a la relación. También nos visitará a nosotros: a Meer y a mí. Nos escribimos a todas horas, manteniendo los nuevos lazos familiares que hemos creado, después de que la generación anterior los cortase. Soy consciente de las gotas de sangre Sinclair que nos unen a todos, pero eso no basta para forjar una familia. Eso requiere cierto esfuerzo.

El dinero sigue llegando a medida que Gabe continúa vendiendo los cuadros de Kingsley. Y Meer no quiere o no necesita toda su herencia, así que ha establecido un fideicomiso para Tatum y para mí. Dará para pagar la universidad y para mucho más después de eso. Es una cifra tan astronómica que me provoca vértigo solo de pensarlo.

Meer le ofreció lo mismo a Brock, pero él se negó. Dice que le basta y le sobra con vivir sin pagar alquiler en el apartamento de Meer. Así que mi hermano le regaló tres cuadros por su cumpleaños, dejó firmado todo el papeleo y no aceptó que se los devolviera.

En Irvine, Tatum y yo hemos alquilado unas habitaciones en una casa grande habitada por otros estudiantes. Estoy a punto de terminar mi penúltimo año de carrera, aprendiendo modelado 3D por ordenador y diseño de videojuegos, aunque también estudio Mitología del Mundo, Historia Judía Moderna y asisto a una clase sobre abejas. Tatum se pasó los primeros dos años en un centro de formación profesional y ahora se va a sacar un título en herbología en una academia que está a media hora de distancia.

Podemos ir caminando desde nuestra casa hasta el océano.

Tatum lo hace a diario. Vuelve a casa con el aroma del agua salada en la piel.

72

En mi cuaderno, y para mi tesis del año que viene, estoy desarrollando un juego.

Se titula *Candelabro*. Empiezas
a la deriva,
en una balsa en mitad de una tormenta.
Poco después llegas hasta un
castillo que parece abandonado y está
medio sumergido.
Comienzas a abrirte camino.
Algunos niveles solo están húmedos, el agua se filtra desde el techo en pequeños chorros.
En otros, el agua es tan profunda que puedes nadar.
En cambio, otras salas requieren que te desplaces con tu
cuerpo de foca,
lo que te permite sumergirte sin respirar durante largos periodos de tiempo.
(Luchar con la apariencia de foca debería resultar más difícil —y diferente— que hacerlo con tu forma humana. Aún tengo que concretar esa parte.)
En cierto momento de cada nivel,
se enciende un candelabro de techo.
Algunas lámparas permanecen ahí arriba,

estirando sus tentáculos verdes de cristal para estrujarte, o se convierten en las cuentas de un tapiz que amenaza con envolverte como una mosca dentro de una telaraña.

Una de esas lámparas se desprende para convertirse en un dragón.

Una vez derrotado, el dragón muda su piel para revelar a un

niño asustado en su interior.

Otro candelabro se convierte en una

manada de perros lobo agresivos a los que puedes domar si dices sus nombres.

Uno de ellos se convierte en ceniza y está a punto de asfixiarte.

Pero tú sigues luchando hasta encontrar la salida.

Mi tutora quiere saber cuál es el objetivo del juego. Me ha sugerido que podría haber un prisionero al que el jugador intenta rescatar: un padre, un amante, un hermano, un amigo. Incluso una bruja o una madrastra.

Pero yo creo que el juego que estoy desarrollando no es de ese tipo. Creo que se trata de un proceso de transformación para el jugador. Pasas de sentirte perdida y a la deriva, a culminar el juego en el piso más alto del castillo. Una vez allí, puedes asomarte al exterior y orientarte en el mundo.

Puedes pasar de ser débil a sentirte poderosa, concluyendo la historia armada con habilidades, armas y conocimientos.

La tutora dice que todavía necesito darle un par de vueltas más, así que le haré caso.

73

Por las noches, Tatum y yo preparamos la cena y comemos con nuestros compañeros de piso o nos vamos a cenar a la hamburguesería de la esquina. A veces vamos a un concierto o Tatum toca la guitarra y yo hago los deberes. A veces damos un paseo hasta el local de helados italianos que nos gusta, o vamos a una fiesta, o a algún evento en el campus: una conferencia, una obra de teatro o un partido de fútbol.

Es una vida universitaria corriente. Y afortunada.

Algún día, dentro de poco, nos licenciaremos. Tendremos que buscar trabajo. Puede que nos distanciemos.

Pero este amor es un prodigio diario. Lo comparto con una persona que ve a la chica que trae la locura
y a la chica corriente
y a la narradora
y a la preguntona
y a la *gamer* que hay en mí.

No hay normas disfrazadas de sugerencias.

Hay más horas de internet de la cuenta, seguramente.

Hay muchas obligaciones, grandes y pequeñas.

No hay ningún castillo.

No hay ninguna institución familiar, ni hermosos Sinclair con sus tragedias, su isla privada y sus secretos.

El océano que baña estas costas es diferente al de Hidden Beach.

Árbol genealógico de los Sinclair

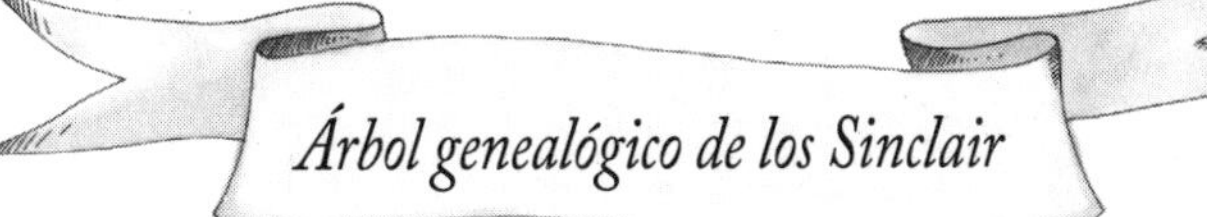

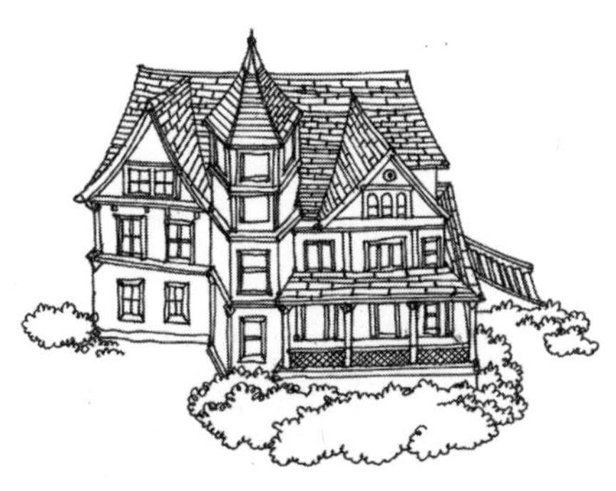

Jonathan Sinclair — *Marybeth Bridger*

Tipper ⚭ *Harris* — *Dean* — *Isadora* ⚭ *Kincaid (alias Kingsley)* ⚭ *June*

Tomkin — *Yardley*

Carrie — *Bess* — *Penny* — *Rosemary*

Johnny — *Mirren* — *Cadence* — *Holland* — *Matilda* — *Meer*

Charcosombrío

Nota de la autora

Como escritora, me encantan las referencias. La mayoría de mis libros beben de obras literarias, películas y (en este caso) videojuegos que me han influido.

En esta novela encontraréis referencias a la mitología griega, a *La Odisea* de Homero y *Hamlet* de William Shakespeare. Reconoceréis dos cuentos de hadas en concreto: «Los tres hermanos» (recopilado por los hermanos Grimm) y «Cenicienta», que cuenta con miles de versiones procedentes de todas partes del mundo. También hice referencia a ese cuento, pero de un modo diferente, en *Una familia de mentirosos*.

Los juegos *Killer Odyssey* y *Algo podrido* son imaginarios, pero me inspiraron mucho las descripciones de juegos narrativos que incluye la maravillosa novela de Gabrielle Zevin titulada *Mañana, y mañana, y mañana*. También estoy en deuda con los creadores de todos los juegos reales mencionados en el texto. Además, me inspiré en *El buen aprendiz* de Iris Murdoch, *Capturo el castillo* de Dodie Smith, *Siempre hemos vivido en el castillo* de Shirley Jackson y *Jane Eyre* de Charlotte Brontë.

Los historiadores del videojuego se darán cuenta de que *Luigi's Mansion*, que estaba disponible en 2012 para que lo jugase Matilda, está combinado con *Luigi's Mansion 3*, porque ese es el que he jugado yo.

La versión de Martha's Vineyard que aparece en el libro también es ficticia. Muchas de las localizaciones mencionadas fueron inventadas para esta historia. Otras existen, pero se han adaptado y renombrado por el bien de la narrativa. Mi imaginación también se avivó con la casa de verano en Martha's Vineyard del famoso arquitecto Araldo Cossutta, que tuve la suerte de poder visitar. Gracias a Yvonne MacPherson y Nicole Kim por hacerlo posible.

Este libro está ambientado en 2012, coincidiendo con el verano de los quince años en *Éramos mentirosos*. Holland Terhune puede utilizar tanto el pronombre «ella» como «elle» hoy en día, pero en aquel año (aunque los pronombres de género neutro han existido de una forma u otra desde hace mucho mucho tiempo), «elle» como elección neutra o no binaria apenas se estaba empezando a utilizar en el habla cotidiana. Además, Holland proviene de una familia pudiente con una mentalidad cerrada. Esa es la razón para el uso de su pronombre en la novela.

Como siempre, tengo que dar las gracias a mucha gente. En particular, a mi editora Beverly Horowitz de Random House por su fe inquebrantable, sus afinadísimas observaciones y su negativa a dejarme descansar hasta que este libro llegó a ser más fuerte de lo que yo creía posible; a mi agente literaria Elizabeth Kaplan por su apoyo incansable; a mi abogado Jonathan Erhlich por potenciar todo lo bueno y eliminar cualquier detalle negativo en mis contratos; a mi equipo de entusiastas de los libros en Random House y Anonymous Content, incluyendo, entre otros, a John Adamo, Barbara Marcus, Jillian Vandall, Sarah Lawrenson, Ari Lewin, Wendy Loggia, Kassie Evasheski, Ali Lefkowitz y Robyn Meisinger. Gracias a Julie Plec, Carina Adly Mackenzie y a los equipos de escritores, directores, cinematógrafos, diseñadores, productores, actores y al personal de My So-Called Company, Universal Studios y Amazon Prime Video. Su maravillosa adaptación televisiva de *Éramos mentirosos* me animó a pensar que podría haber otra historia capaz de expandir el mundo de la familia Sinclair más allá de la isla Beechwood.

Sarah Mlynowski valoró un manuscrito preliminar y, como siempre, dio en el blanco con todos sus comentarios. Morgan Matson y ella soportaron un millar de mensajes sobre el título y aportaron un millar de ideas. Gayle Forman fue increíble y de gran ayuda. También Bob. Jennifer Lynn Barnes analizó con ojo experto la mejor manera de presentar este proyecto al mundo. Y también hubo más amigos que me ayudaron a pensar cómo titular este proyecto: Libba Bray, toda la familia Kantor/Gancher, la mayoría de la familia Williams, Sunita Apte, Elise Broach, la familia Carey/Block, Chloe Swidler, mi círculo cercano y todo el mundo que habló conmigo durante el verano de 2024.

Heather Weston y Conrad Wells me hacen quedar bien en internet, lo cual no es nada fácil. Hazel me ayudó con la jerga y la experiencia *gamer*. Ivy y Daniel creyeron en mí y aguantaron mis quejas. Mis padres y los demás miembros de la familia fueron tan generosos y maravillosos como siempre. Mi padre es pintor, así que las mitologías que conforman su obra me inspiraron mucho, pero las familias disfuncionales de mis libros siempre son fruto de mi imaginación al cien por cien.

Acerca de la autora

E. Lockhart es la autora de las novelas superventas *Éramos mentirosos* y *Una familia de mentirosos*. *Éramos mentirosos* también cuenta con una serie de TV en Prime Video. Lockhart se inventó una superheroína para DC Comic: *Whistle: A New Gotham City Hero*. Entre el resto de sus obras se incluyen *Again Again, Genuine Fraud* y *The Disreputable History of Frankie Landau-Banks*. Ha sido finalista del Los Angeles Times Book Prize y del National Book Award, y ha sido galardonada con un Printz Award. Posee un doctorado en Literatura Inglesa por la Universidad de Columbia.